屈平 京涛 子夜霜 主编

影视卷

震撼 心灵 的 镜头

一颗露珠，折射着经缓情思；
一片枫叶，飘洒着绵绵思绪；
一粒沙子，聚聚出串串遐想；
一个微笑，传递的是拳拳善意；
一道风景，蕴涵的是深深哲理；
一段经典，演绎的是精神盛宴……
点点法点，激发你的艺术灵光；
处处批注，打开你的智慧锦囊；
篇篇妙文，点燃你的人生梦想……
这辑美文哟，是天下最美最鲜的心灵鸡汤，
品悟它吧，你一生心里有滋养……

文心出版社

《品读经典》编委会

主编：
屈　平　京　涛　子夜霜

执行主编：
屈　平

副主编：
吴潇枫　刘　宇

编委（以姓氏笔画为序）：

丁　武	万爱萍	王　臻	王连仓	王崇翔	史新杰
左保凤	石　晶	仲维柯	刘　宇	刘春霞	刘道勤
吕李永	孙云彦	孙维彬	曲明城	朱诵玉	许喜桂
吴潇枫	张　洁	张大勇	张金寿	李　燕	李荣军
杨七斤	杨刚华	杨景涛	杨新成	汪　明	汪茂吾
肖优俊	苏先禄	陈白冰	陈百胜	陈学富	陈锦才
周　红	周小闵	周礼华	周波松	周流清	罗　胤
姜全德	柯晓阳	贺秀红	唐仕伦	夏发祥	徐红钰
殷传聚	聂　琪	贾　霄	贾少阳	贾少敏	梁　娜
梁小兰	黄德群	彭秋云	曾良策	蒋茉莉	韩锦松
解立肖	詹长青	鲍海琼	臧学民	蔡　静	樊　灿
樊林强	戴汝光				

与书结缘

诸君嘱我为"品读经典"书系作序,颇为难。非名人亦非什么专家,作序于售书似无益;亦非权威,谈不出什么高深玄论,会让读者失望;学养有限,阅历又浅,啰里啰唆的,徒费学子寸金时光,深恐有负众望……辞几次,拗不过,只得鸭子上架了。

从何说起,我犹豫了颇久,还是从与书结缘谈起吧。

很小的时候,我不怎么读书,就是想读书,识字也不多呀。倒是在畅快淋漓地读大自然这部大书,常常"忙"些城里孩子做梦都艳羡的事儿,丛林里听鹊儿莺儿蝉儿唱歌啦,草丛里看蚂蚁抬青虫啦,小溪里捕鱼网虾啦,点煤油灯炸螃蟹啦,抽青藤编花环啦,追逐点点流萤啦,藤蔓上荡秋千啦,采山菌摘野果啦,竹林里捉迷藏啦,山岭上看夕阳白云啦,葡萄架下听故事啦……一切都是那么的有趣!

不过,也常常伴着危险。山林若是走得深了,会遇到狼,大人也跑不过狼,小孩子得就近赶快爬到树上,呼喊人们来救援。有时也会捣蛋地逗引公牛斗架,观战须格外留神,那硕壮的牛蹄子踢一下腿,轻则骨折,要是牛角剜着了肚子,那可就呜呼哀哉了。翻石块捉蝎子风险小一些,不过有时会突然蹿出一条蛇来,骇得你出一身冷汗。采野果安全些,但也会因不辨果性而中毒。有一种植物俗名叫红眼子,学名我至今也没有弄清楚,果实与刺莓很相像,味道也是酸甜的,只是红眼子有毒性,吃多了会出人命的。不过,眼珠子滴溜溜转的孩子是能区分的,红眼子枝干粗壮而无刺,刺莓茎蔓细弱而多刺。采药的时候,小腿胳膊脸啦,被划伤是家常便饭,最让你防不胜防的是蜂子的袭击,我就曾遭遇一群小拇指大小的土蜂的围攻。我刚碰到荆棘丛那株诱人的柴胡,忽地从地下旋出一群土蜂,我没作片刻犹豫,就地滚出数丈远。但蜂子仍如战斗机般地紧追不舍。山里曾发生过公牛被土蜂活活蜇死的事,我想自己是要死了,冒出了玉皇大帝、阎王爷还有菩萨究竟是什么样子的念头。蜂子蜇了我几下,我立刻清醒了,绝不能动,即使再蜇几下也绝不能还击,否则,蜂子攻击会更疯狂,而且还会有更多的蜂子飞来。蜂子绕着我尖叫着,十来分钟后便飞走了。结果我中了九毒针,三天都吃不下饭。土蜂留给我的纪念——九个褐色斑直到四五年后才消失……一切都是那么惊险而又刺激,男孩子的探险、坚毅、无畏也许就源自大自然吧。

父亲爱读书看报。他回家后的第一件事便是搬把圈椅放在老楸树下的石桌旁,沏杯菊花茶——野菊花山里多的是,坐在圈椅里读起来。嬉闹是孩子的天性,尤其是像我这样天不怕地不怕的顽童。不过,父亲读书的时候,我是不敢疯的。一边悄悄地玩耍,一边偷偷瞄几眼父亲,渐渐地,我发现父亲读得很陶醉,在书上画着批着什么的。其实,疯玩是影响不了父亲的,只是我那时并不晓得。父亲有时还微笑,父亲虽然不曾打骂过我们,却是个极严肃的人,我寻思,书里究竟有啥稀奇居然能让父亲笑?溜进书房,翻翻父亲刚刚读过的书,都是黑乎乎的字,这些字也"可笑"?这字里一定有什么不可告人的秘密,于是我自觉不自觉地开始认字了。

认字稍多些的时候,我渐渐从只言片语的小故事里沉醉到长篇里去,到生我养我的这片土地之外的神奇世界漫游了。我读的第一部长篇是儒勒·凡尔纳的《十五小豪杰》,大概是小学二年级吧。书中讲的是15个孩子流落荒岛,后来用风筝飞离荒岛,历尽艰险,最后成了一群小豪杰的故事。书是繁体字,那时简体字我也没认几个,读,不过是结结巴巴连猜带蒙的,主人公的机智勇敢,我倒还能深深地感受到。

这本书情节离奇,加上"看官"之类评书味道的语言,我第一次真切地悟到,这世界上有比玩耍还有趣的事情。就这样,我迷上了书,吃饭时读,路上也读,蹲茅厕也读,被窝里也读。放牛时候,如果遇到雨天,我把牛赶进山洼里,然后冲到山头,寻一块平坦的巨石,把化肥袋子铺在上面,盘着脚,在伞下读了起来。那时候探险、推理、科幻、传奇的书读得多,读得如痴如醉,后来被声嘶力竭的嚷嚷声惊醒,原来牛进了庄稼地。牛糟蹋了那么多庄稼,回到家里,教训是免不了的了,但我没有敢辩说是因为读书。读书实在是一件妙不可言的事。有人说读书"如雨后睹绚烂彩虹,如江岸沐温馨春风,如清晨饮清爽香茗",这可能是年龄稍大的孩子或成年人读书的感觉吧,我那时读书,感觉就像是踩着彩虹桥去跨在弯弯的月亮上摇啊摇的。

父亲是个教书先生,在盆地里也算个小有名气的作家了。他教语文,教自然,也教美术,他的大书柜自然也是个杂货铺。我与语言文字打交道,就是从与这杂货铺结缘开始的。杂货铺里有《格林童话》《钢铁是怎样炼成的》《从地球到月亮》《唐诗选》之类的文学书,也有《东周列国志》《三国演义》《说岳全传》之类的演义书,也有《上下五千年》《史记》之类的历史故事书,也有《十万个为什么》《趣味数学》《新科学》《本草纲目》之类的科学书,等等。这些书,有的我一翻就入迷了,有的翻来翻去也不懂,便不感兴趣了,不过,有外人在跟前我还是煞有介事地读的。《本草纲目》是一部医学书,小孩子自然不感兴趣,但在随便翻翻中,我知道了李时珍写这部书很不容易,花了三十多年,中国人读它,外国人也读它。奇怪的是,我没有从医,却莫名其妙地懂一点医道,大概是与此有关吧。

我不怎么热乎书的时候,书柜好像没有落锁,迷上了书后,好像是突然落了锁。这书柜就像一块巨大的磁力方石,越是上锁就越有魔力。忽然发现,锁没有直接锁在门扣上,倒是门扣用一条松弛的链子穿过,再用锁锁着链子,可以"偷"书的哟!手伸进柜缝,能取出中间的书,但取两边的书就不容易了。我想了一个法儿,用铁丝钩想看的书。书钩出来容易,要还回去就不那么容易了。有次把书弄破了,心里打鼓了一两天,很快察觉打鼓是不必要的,父亲只是看了看那本书,就把它放到里面去了。

不久,我又发现,隔几天书柜中间总摆着一些我没有读过的书。有时书柜也不落锁,再后来就彻底不锁了,倒是父亲时常提醒我,专心读书是好事,但读上二十来分钟,眼睛要向周围望望,多看看绿叶啦青草什么的。有朋友说我读书写文章没明没夜的,却总不见我近视,很是嫉妒也很是纳闷。这可能得益于这一习惯吧。现在想想,书柜的落锁与开放,那是父亲教子读书的苦心与智慧。

有时,我也和父亲坐在老楸树下读书。父亲引导我怎么读书,起初让我点点画画一些词呀句呀段落呀的,后来让我写写自己的想法。父亲爱惜书是有名的,有个亲戚还书时不小心把书散落到泥地上,父亲心疼了好一阵子,但他从不在意我在书上画呀圈呀的。就这样,快上中学的时候,书柜里的书我几乎读了遍,尽管许多我还似懂非懂的,却隐隐约约感觉到有些知识老师似乎没有我懂的多。

父亲也让我读些报刊,给我订有《文学故事报》《中国少年报》《少年文艺》《少年科学》《向阳花》,等等。书是文明的沉淀,报刊虽不及书厚重,却是一扇通向新世界的窗口,读读报刊能呼吸到清新的空气。父亲读报有个习惯,哪篇文章写得精彩了,就把它剪下来,那时候山里没有复印机,若背页也有不错的文章,父亲就把它抄下来,然后,剪裁的和抄写的文章都贴在不用的课时计划里。父亲挑选的这些文章,更多的是让我们兄妹读。我迷上文学,可能就与父亲剪裁《文汇报》里的连载故事有关吧。

父亲爱写点东西,在我刚上小学二年级时,也硬让我开始写。那时候,我连"观察""具体"之类观念都还没弄明白,不过,写的无论长短,父亲都要细细看的,哪处写得好或不妥,都一股脑儿指出来,批改的比我写的还要多。不知不觉,我想什么就能写什么了。父亲从来没有给我买过作文书,但我的作文向来都不差。老师评讲作文时,大多是读我的作文,学校出校刊也常常有我的"大作"。语文老师在我日记、作文里批语说"有很好的文学素养""希望将来能成为什么什么"的。我因此陶醉了。

感觉良好的我，很快就得到了教训。我写了一篇两万余字的小说，自以为非常完美，寄给了父亲，"谦虚"地让他给提点意见。父亲读了三遍，没有改一个字，只是在文末批了四个字："华而不实！"要知道，那篇小说班里超过三分之一的同学都抄在笔记本里，连写作老师也大加赞赏。看到批语，我是多么沮丧啊！父亲料到我会失望，随批寄来一封信，信中说："孩子，浮躁是成不了大器的！曹雪芹披阅十载，增删五次，写就《红楼梦》，'字字看来皆是血'……福楼拜著《包法利夫人》，一天只写几百字，千锤百炼，字斟句酌，字字如珠……这些作品都是可以传世的。语言可以写得华丽，但不能没有思想，缺乏思想深度的语言，就像一件陈列在商店里而永远售不出去的漂亮衣服，好看而无用。缺乏思想沉淀，无论语言和技巧如何绝妙，无论长短，那就是废纸一张……大学里的书很多，你可以多读些经典。经典是有灵魂的，灵魂就是那不朽的思想。不想做蹩脚的作者，就要使你的作品有影响人的灵魂的思想；不想做平庸的批评家，就要使你的评论具有独到的前瞻的震撼人的观点……"看似说教，对我的影响却是刻骨铭心而深远的。

当下，出版业可谓繁荣，就我国而言，不说报刊、互联网、电子书、手机阅读，单是出版纸质新书，2000～2012年就达1890375种，全球历年出版的新书就更多了，加上流传下来的"古书"，数量之巨是无法想象的。不说读了，就是一本一本地数，我们一辈子恐怕也数不清楚。繁荣的背后，是品质的良莠不齐，浩瀚书海不乏有让你手不释卷的佳作，但更多的书是你不需要读的，或者就是粗制滥造，根本就不值得读。不知什么时候，国民迷上了出书，于是乎，但凡能写几个字的会说几句的都能出书了！这样的书，能读吗？生命是有限的，时间是宝贵的。作为学子，我们要选择那些必读的学业性书和能使我们受益无穷的经典书来读。

"品读经典"的入选作品，很早时候，编写者就寄给我了，这些作品就像白玉盘里颗颗璀璨耀眼的珍珠，许多作品令我沉吟至今。我不想刻意溢美"品读经典"，但编写者的两句话的确吸引了我："读经典，给心灵痛痛快快洗个澡；品经典，让审美如痴如醉做个梦！"这话说到了点子上。经典就像一泓思想圣水，浸润其中，给心灵痛痛快快洗个澡，灵魂就会得以升华。用经典滋养灵魂，那可没准儿，你也能成为一代大家的。

驻笔时，我想起了冰心赠给读者的话："读书好，多读书，读好书。"读者读经典，往往不觉其美，或不知其所以美，若读了"品读经典"，你会觉其美，也知其所以美。于是乎，我觉得冰心赠语也可以这么说："读书好，好读书，多读书，读好书，会读书！"

是为序，与学子共勉。

汗青　于静心斋

2013年5月22日

目　录

旷世绝恋

广岛之恋（节选）

◇ [法国]玛格丽特·杜拉斯

读 点

回忆和现实的交错闪回。
记忆与忘却的矛盾纠结。

剧情介绍：

影片叙述的是一位法国女演员在广岛和纳维尔的两段情感经历。

1957 年 8 月，一位 30 岁左右法国女演员来到日本广岛参加拍摄一部宣传和平的影片，她在影片中扮演一个角色。回国前一天，偶遇一位日本工程师，尽管他们各有家室，但仍很快双双陷入情网。从日本工程师熟睡中颤动的手，女演员想到了自己的初恋情人——一位年轻的德国士兵。恍惚中她将日本工程师、德国士兵两人混同了起来。

第二天早晨，他们恋恋不舍地分手。工程师又在拍摄现场找到了她并一同回到他的居所。到了晚上，女演员情绪焦躁再度告别。

工程师尾随她来到咖啡馆，并听她讲述自己的初恋：14 年前（即 1944 年），在她的家乡法国小城纳维尔，18 岁的她和一个德国士兵相爱。战争就要结束了，他们偷偷地约会并准备逃往国外结为夫妻，可就在出逃前夕，德国士兵却被冷枪打死，而她也被纳维尔的人剃光了头关入地下室……女演员神情迷乱，广岛的惨状与她的经历混在一起。她把工程师当作初恋的情人，歇斯底里地发出谵语，工程师打了她一记耳光，使她清醒过来。

夜深了，他们分手后她心里仍以难平静，又踏上街头徘徊，一直到天色微明。临别之时，工程师要求她留下，但她说不，然后他们彼此呼唤着对方：广岛—纳维尔。

选文节选自《广岛之恋》的第四部的结尾部分，主要叙述的是法国女演员向工程师讲述她与一位德国士兵相恋的悲剧故事。

她

<u>十四年过去了。</u>

[他给她倒酒。她喝了。看上去她已经平静下

批：幽怨的口气，从过去痛苦的回忆中回到了现实。

来。他们从纳维尔的黑暗时期脱身出来。

她

连他的那双手我也记不清了……至于痛苦,我
还记得一点儿。

批:想要忘记过去,可刻骨铭心的
痛苦难以抹去。

他

是在今天晚上吗?

她

是的,是在今天晚上我才记得的。不过终有一
天,我一点也记不起来,全都忘掉,一点儿也不剩。

批:不愿再受痛苦的折磨。这只不
过是自欺欺人的一种愿望罢
了。

[这时候她抬起头看他。

她

明天这时候,我已经离你几千公里了。

批:想起明天即将离别,感伤不禁
油然而生。

他

你的丈夫知道这段经历吗?

她(有点犹豫)

不知道。

批:一直将痛苦深埋心中,不愿提
及。

他

那么只有我一个人知道吗?

她

是的。

[他站了起来,抓住她,强迫她也站起来,紧紧地
搂住她,也不顾忌他们是在公共场所。旁人注视着
他们,弄不懂是怎么回事。他欣喜欲狂,笑了。

批:有一种被信任的兴奋和得意。

他

只有我知道,只有我一个人知道。

[她说,同时闭上眼睛:

她

别说了。

[她再向他靠近一点,用手轻轻抚摸他的嘴唇,
沉浸在突如其来的幸福中。

她

啊! 有时同一个人在一起是多么美好啊。

批:对眼前的幸福很是留恋,同时

[他们缓缓地分开了。

　　　　　　　他

是啊。（她的手指留在他的嘴上）

[唱片在自动电唱机上，机器突然降低了音量。什么地方的一盏灯熄灭了，或许是在河岸上，或许是在酒吧间里。

[她吓了一跳，把手从他的嘴上缩回来。他并没有忘记时间。

　　　　　　　他

再说下去吧。

　　　　　　　她

好的。

[她思索着说什么，可是没有想出来。

　　　　　　　他

说呀。

　　　　　她（筋疲力尽地）

我很荣幸曾经蒙受耻辱。当剃刀在头上的时候，人们就会从愚蠢中获得超常的智慧……

我真想再经历一次那个时刻，那个无与伦比的时刻。

　　　　她（仿佛脱离了现实）

再过几年，等我忘记了你，等习惯的力量使我又有了其他的相同经历，我会想起你，就像想起遗忘的爱情一样。我会回忆这段经历，如同回忆可怕的遗忘一样。我现在就知道我会那样做的。

[一些顾客走进咖啡馆。她朝他们看。她（抱着重新燃起的希望）问：

　　　　　　　她

广岛的夜，难道没有尽头吗？

[他们进入最后一场戏。她故意受骗，他的回答是在撒谎。

也意识到这是无法长久的。

批：距离离别的时间不多了。

批：想尽可能多了解她的内心，也是表明对离别的不舍。

批：回忆对于她来说，是一件痛苦的事。

批：内心是如此矛盾，既不愿回忆过去，又不忍忘记过去，哪怕是过去那些让人痛不欲生的遭遇。

批：珍惜眼前的这份感情，但又担心像过去的痛苦遭遇一样会留下无尽的痛苦与遗憾。

批：明知道两人在一起是不可能实现的，仍旧怀有一丝希望。两人都陷入一种难以言状的内心

他

广岛的夜永远没有尽头。

[她莞尔一笑,温情脉脉,微笑中含着忧伤。她（娇媚地）说:

她

我喜欢这样……喜欢无论白天黑夜都有人醒着的城市……

[酒吧间的老板娘熄了一盏灯。唱片也唱完了。他们几乎处在幽暗中。广岛咖啡馆关门虽然很晚,但不可避免的关门时间快到了。

[他们俩都垂下眼睛,仿佛突然感到非常害羞。他们被有着正常秩序的社会拒之门外,在那里他们的故事是不被接受的。抗争是不可能的。

[她仿佛一下子全明白了。

[他们再度抬起眼睛时,他们微笑了,目的是"不要哭起来"。

[她站起身,他没有做任何动作阻止她。

[他们出了门,站在咖啡馆前,被茫茫的夜色包围了。

[她站在他前面。

她

有时要避免去想世上的种种困难,否则,人就会感到窒息。

[最后这句话是在"叹息"中说出来的。

[咖啡馆的最后一盏灯,离他们很近,也熄灭了。他们低垂眼皮。(一艘汽艇溯流而上,驶向大海,它发出飞机轰鸣的声音。)

她

离开我吧。

[他走开了,眺望着远处的天空。

他

天还没有亮呢……

痛苦挣扎之中。

批:爱情是美好的,然而他们又将分离,故而"微笑中含着忧伤"。

批:暗示夜已深了,而依恋依旧。

批:意识到两人注定无法在一起。

批:强忍内心的悲伤。

批:清楚离别无法避免。

批:汽艇的轰鸣声,反衬出此时的相对无言。

批:下定决心离开。

批:依旧不舍,希望"她"能留下来。

她

没有亮。（沉默片刻）也许我们到死也不会再见面了。

批：想到无法预知的未来，内心无限悲怆。

他

大概是这样。（沉默片刻）除非，有那么一天，战争爆发……

[沉默片刻。

[她带着明显的讥讽回答。

她

是的，战争爆发……

（佚名/译）

批：简洁的语言，痛苦的回答。在"她"心中，战争带来的恐怖和阴影永世难以抹去，对战争的厌恶与控诉喷薄而出。

战争，难以抹去的痛

玛格丽特·杜拉斯（Marguerite Duras，1914 年 4 月 4 日～1996 年 3 月 3 日），法国作家和电影导演。她是 20 世纪最有影响力的女作家之一，也是一位极具精神魅力的女人，有人形容她"五十是美酒，六十像朝阳，七十似晚霞，八十如明月"。

杜拉斯的作品拥有很多的读者，主要作品有《抵挡太平洋的堤坝》（1950）、《琴声如诉》（1958）、《广岛之恋》（1960）、《副领事》（1965）、《情人》（1984）、《中国北方的情人》（1991）等，是享誉世界的法语作家。1984 年荣获龚古尔文学奖。

《广岛之恋》是一部关于爱情与战争的剧本。作品讲述了两个爱情故事，涉及一场战争。一个故事是作品中的女主人公即法国女演员与日本工程师之间的爱情故事，这是一个现实的正在发生的故事，地点是在日本的广岛——一个第二次世界大战结束时遭受原子弹毁灭性打击的地方；一个故事是发生在 14 年前第二次世界大战时期被德军占领的法国的一个小镇纳维尔，一个 18 岁年轻姑娘与一个德国军人之间的爱情悲剧。

《广岛之恋》摒弃讲故事的手法，通过画面剪接、对话来震撼心灵。故事以两个人的独白代替了通常的一个人的独白或一个讲述者，女主角的那些回忆的独白，既是讲给对方，也是讲给自己，是一种积郁多年的内心倾泻，也是一种对自我的寻找，对已经被埋葬了的爱情的反思，带着强烈的意识流，直抵人的内心。

剧本从表面上看来讲述了一个难分难舍的爱情故事，但通过对电影时空的重构，发掘电影剖析人物内心世界的潜在功能,可以看出,剧本的深层意义是:揭示战争带来的个人命运与人类的悲剧,揭露战争对人类美好情感、尊严、命运的摧残。

女主人公"她"面对广岛的不幸,立刻回想起在故乡法国纳维尔的不幸、战争的悲剧。影片中的一切灾难,包括爱情,过去和现在,战争是根源,广岛的爱情和纳维尔的爱情都成为不可能。"她"在日本男人的怀抱里,立即回想起"她"与德国士兵的初恋……她就这样在现实与回忆的冲突中挣扎。

"她"既想遗忘,又怕遗忘,既想回到广岛的现实,又怕广岛残酷的现实。于是"她"矛盾着:"纳维尔,我早已把你遗忘,我今晚真想再见你。"其实她一刻也没有遗忘。怎么能如此容易忘却呢?——那份不可解释的不分民族亦不分敌我的爱情,那种超越一切世俗而发自内心的感情。当广岛也已成为过去之后,对广岛的忘却实际上也已经开始。像"他"说的那样,"再过几年,等我忘记了你,等习惯的力量使我又有了其他的相同经历,我会想起你,就像想起遗忘的爱情一样",因为"广岛的悲剧还会重演",过去的不幸,经过岁月留下的残迹与忘却的激烈的搏斗,永远会潜伏在人的心底,一到某个时候就会旧事重现。(陈学富、子夜霜)

原子弹炸毁广岛

"二战"期间,德国为了获得最终的胜利,加紧研制原子弹。这让美国人惶恐不安。1939 年 8 月,著名科学家爱因斯坦给美国总统罗斯福写了一封信,建议美国要比德国更早造出第一批原子弹。总统接受了爱因斯坦的建议,随后,代号为"曼哈顿工程管理区"的大规模的研制计划开始了。此项计划高度保密,就连当时的副总统杜鲁门也是在 1945 年 4 月接任总统时才知道。

1945 年夏,美国研制出第一批三颗原子弹,分别叫"瘦子""胖子"和"小男孩"。7 月 16 日,第一枚"瘦子"试爆成功。杜鲁门为此大喜过望,他决定对日本投掷"小男孩",促使它早日投降并一报珍珠港之仇。当时,美国没有战略导弹,只能依靠轰炸机来投放原子弹。为了完成这次行动,美国陆军航空部特意秘密地组建了一支轰炸机部队,番号为 509 混合大队,出任大队长的是蒂贝茨上校。

经过精心准备,轰炸大队准备行动。8 月 6 日,天气预报说,当天天气非常适宜起飞。蒂贝茨的 509 大队派出三架 B－29 型飞机,分别前往日本的广岛、小仓和长崎上空,进行最后的气象侦察。混合大队计划:如果广岛上空被云层覆盖,那轰炸机就把原子弹投到另外两个城市中气象条件较好的一个。飞到广岛的那架飞机,发现密集在日本的云海竟有个缺口,缺口下的广岛清楚得连一片片草地都能看见,好像这一切是上天为"小男孩"的到来而安排好的。蒂贝茨接到气象观测机报告,兴奋不已:"真是天助我们!"

7时50分,装有"小男孩"的巨型轰炸机"超级空中堡垒"起飞,很快就要到达广岛。一位飞机驾驶员低头望了望机外,突然指着下面说:"糟糕,快看,日军的高射炮!"

"别紧张,不必担心。我们现在在近三千米的高空,日本人的高射炮还不能达到如此远的射程,所以请大家放心!好了,现在作好准备,进入战斗状态!进入战斗状态!"蒂贝茨对着话筒大声地说,"请大家在投弹计数前把护目镜戴上,一直要到爆炸闪光后才可以摘下来。"

8时15分17秒,到达广岛上空的轰炸机的舱门打开了。投弹时间和操作是仪器控制的,丝毫不差。"小男孩"尾部朝下从轰炸机里滑了出来,在空中翻了几个身,像个跳水的孩子,朝广岛笔直地落下去。由于飞机的重量突然减轻,机身猛地朝上弹了起来。蒂贝茨握住飞机的方向杆,拼命一扳,飞机迅速地朝右拐去,来了个几乎一百八十度的急转弯,然后向下俯冲,以尽可能快地脱离原子弹爆炸中心。

当时的广岛居民多达34万,正处于上班的高峰期。大街上人很多,非常热闹,大家都听到了警报声,很多人还看见了头顶上的飞机,但谁也没有放在心上,更没有人料到一场巨大的灾难即将降临到他们头上。

这颗"小男孩"重4400公斤,在560米的高空自动引爆。爆炸时它产生了一个巨大的火球,吐出一团火焰,从烟雾中生起一根白色烟柱,急速地坠落地面,照亮了整个广岛。广岛顿时一片狼藉,惨不忍睹。原子弹的爆炸立刻掩盖了所有的哭喊声。原子弹发出强大的热量,虽然只有几分之一秒,但它却有30万摄氏度的高温,这种高温可以让一切东西都消失得无影无踪。

就在原子弹爆炸的同时,一直在后面跟随的最后一架飞机也打开了舱门,三只降落伞从里面滑了出来。原来,降落伞那头是美国人准备好的测量仪器,是为了收集原子弹爆炸的各种数据,它能及时将测出的各种数据通过发报机发回大本营。

片刻之后出现的冲击波,像魔鬼一样扑向了城中的各种建筑物,公共场所、私家住宅全被毁坏了。广岛全市76000座建筑物,仅仅剩下了6000多座。广岛上空的大气也被炸了个底朝天。一刻钟之后,开始下起倾盆大雨。雨水冲过的地方,除了血迹,还是血迹。

[中国]佚名/文

品读

保罗·蒂贝茨(1915年2月23日~2007年11月1日)是人类首次核战的直接实施者,以及美国用原子弹轰炸日本全部真相的唯一知情人。有人说蒂贝茨是英雄,但也有人说他是涂炭生灵的刽子手。多年以后,蒂贝茨在接受采访时说:"原子弹爆炸后,成千上万的人将灰飞烟灭。得知这一点后,我不可能没有任何顾虑,但对日作战的残酷性,彻底打消了我的顾虑。"

1945年6月18日,"垮台计划"的作战方案送到了蒂贝茨手中。该计划的作战行动分为两个阶段:第一阶段代号为"奥林匹克行动",拟于1945年11月1日前后实施。如果这一行动不能迫使日本投降,美军将实施代号为"小冠冕"的第二阶段行动,拟于1946年3月1日前后实施。美国高层一直不敢实施"垮台计划",因为光是实施第一阶段军事行动,美军可能付出伤亡30万人的代价;如果战争延至第二阶段,其伤亡将可能达到近百万,而日本民众和军人的伤亡更是无法想象。

鉴于原子弹的威力,参与原子弹研发的70名科学家于1945年7月17日向杜鲁门发出请愿,希望政府除非在日本坚持顽抗的情况下否则不要对日本使用原子弹。1945年7月30日盟军领袖在波茨坦发出公告要求日本无条件投降,但日本不加理睬。美国政府与其盟友达成共识,决定在日本本土投放原子弹。1945年8月6日8点15分17秒,人类历史上第一枚实战原子弹"光临"日本广岛。三天后,"509大队"在长崎投下了第二枚原子弹。人类战争史由此被改写。

投放原子弹,无疑会给敌国以毁灭性的打击,采取这种极端的手段,对于惩罚丧心病狂的敌人有时是必要的,可以迫使其及早投降。但实施这样的打击,无疑会夺去无数无辜者的生命,这是我们所不愿意看到的,也是我们应当尽力避免的。这就是战争的残酷性。

美国用原子弹轰炸日本,无疑是极端的。它迫使了日本提前无条件投降,但也使日本无辜的人民遭受更大的灾难和付出更沉痛的代价。如果没有日本军国主义者悍然发动的侵略战争,如果不是日军负隅顽抗,也就不会有广岛和长崎的悲剧。因此,世界各国人民要团结起来,共同抵制非正义的战争。

人鬼情未了（节选）

◇[美国]布鲁斯·鲁宾

读 点

人物对白、动作、神态符合人物不同的性格、身份和处境。

情节看似平静，却蕴蓄着主人公不平静的情绪，富有戏剧性。

剧情介绍：

纽约，在《爱的旋律》的音乐声中，银行职员萨姆·韦森与身为雕塑家的女友莫莉·詹森正在装修房间。他们发现一枚 1898 年的印着印第安人头像的古币，认为这象征着他们的爱情将美满和幸福。

翌日，在银行里，萨姆的同事加尔因负债想提取客户巨额存款，借故向萨姆要客户储蓄密码，但遭到萨姆的拒绝。当晚，萨姆与莫莉在归途中遭到袭击，萨姆被开枪打死，他的灵魂离开了躯体。莫莉在过路人帮助下将萨姆的尸体送入医院。一位已故老者的亡灵对萨姆的灵魂说："你很幸运，未被恶魔拖入地狱，看来你还要暂留人间一段时间，去了结阳世的情债。"他劝萨姆要学会自由出入门、窗、墙壁的本领。

加尔借清理萨姆遗物之机，暗将储户密码装入一只旧鞋盒准备拿走。萨姆十分着急，但由于阴阳两界相隔而无能为力。所幸的是，莫莉又把鞋盒要了回来。加尔打电话给杀手威里，要他去莫莉处偷密码本。萨姆用各种方法阻拦威里，并让猫抓伤了他，而后紧跟他返回他的住处。萨姆从电话中得知，是加尔为获得密码本而雇佣威里杀害了他。萨姆悲愤至极，但苦于阴阳两界相隔，复仇无望。

为了与莫莉沟通，萨姆请求灵媒——黑人女巫奥达帮助。经一番周折，莫莉相信了萨姆亡灵的存在，并知道凶手是威里。然而，莫莉并不知道威里与加尔的关系，所以把萨姆亡灵所说的真相统统告诉了加尔。加尔十分紧张，极力阻止莫莉去报警，并要威里杀死莫莉灭口。萨姆来到地铁站，向屈死鬼求教报复阳间败类的本领。屈死鬼告诉萨姆，对阳间的一切挥动拳脚毫无用处，只有把心中的"爱"或者"恨"凝集到肚子里，用强大的意念使阳间物体活动，才能达到复仇的目的。萨姆通过苦练,终于学会了这一本领。

　　萨姆从客户打给加尔的电话中得知,加尔必须于明天将一笔400万美元的存款转入一位名叫丽泰美拉的储户名下,他立即去找奥达,让她冒充丽泰美拉提取巨款,并将巨款捐给慈善机关。加尔得知后,恼怒至极,要威里追回巨款并杀死奥达。萨姆的亡灵用意念使屋内物品晃动,威里吓得抱头鼠窜,慌乱中被街上汽车撞死,他的灵魂立即脱离肉体,被一群呼啸而来的恶魔拖入地狱。

　　萨姆的灵魂再次求助奥达转告莫莉,加尔是个监守自盗的坏蛋。但莫莉听信了警察局的话,不相信奥达。萨姆急中生智,让奥达从门缝里塞进那枚1898年的古币,并用意念使之来到莫莉手中。莫莉这才相信萨姆的亡灵确实存在,为奥达开了门。奥达深为这对恋人真挚的爱情所感动,便让萨姆的亡灵利用她的身体同莫莉接触。萨姆的亡灵钻入奥达的躯体,并以自己的本来面目出现。正当他俩拥抱着,随着那首《爱的旋律》缓缓起舞时,加尔闯入,举枪威胁。萨姆的亡灵动用意念移动起房间里的物体,使东躲西闪、惊恐万状的加尔被掉下来的玻璃窗砸死了。加尔的灵魂立即被恶鬼呼啸着拖入地狱。

　　一缕天堂之光从天而降,这是来接萨姆升天的。萨姆情深意长地对莫莉说道:"我爱你。永远爱你。""爱在心中。你的爱永远和我在一起。"他慢慢转过身,一步一回首,向天堂走去。

　　选文节选的是萨姆让奥达冒充丽泰美拉去银行销户提取巨款的情节。

　　萨姆和奥达从电梯里出来。

　　萨姆:"告诉他们,你要见佛兰克斯(注:萨姆的商业伙伴)。"

　　奥达对警卫:"啊,你好,我要见佛兰克斯。"

　　警卫:"你和他预约了吗?"

　　奥达:"没有,我现在来了。"

　　警卫奇怪地上下打量奥达。

　　萨姆:"别这样,告诉他,你是丽泰美拉。"

　　奥达:"哦,我是丽泰美拉。"

　　警卫:"请等一下。"

　　萨姆:"别乱说话。"

　　奥达:"知道了。"

　　警卫回头:"你跟我说话吗?"

　　奥达摇头,摆手示意他赶紧去通报。警卫向里走进。

　　萨姆压低声音:"我跟你说,这个佛兰克斯是个

批:这是萨姆的亡魂说的话,此时萨姆已经获得了女巫奥达的信任,并得到了她的帮助。

批:警卫对奥达的突然来访有些怀疑。

批:亡魂跟奥达说话,警卫是听不到的,奥达下意识的答话,让警卫误认为是跟他说话。

批:健忘非常关键,如果佛兰克斯

健忘的人,我认识他已经五年了,他还记不住我的名字……"

奥达打断他:"你为什么这么小声说话?"

萨姆愣了一下,然后提高了声音:"他是个健忘的人,你就说,你是在去年圣诞节认识他和他夫人的,在圣诞节的宴会上……"

警卫俯身和佛兰克斯说话,佛兰克斯回头向这边看了看,摇摇头。警卫走过来。

警卫:"他说他不认识你。"

奥达:"什么,他忘记我了? 我去年和他一起参加圣诞节晚会的,圣诞树很美,还有很多礼物……"

奥达信口胡说,萨姆着急地捅了一下她的腰。

奥达:"哎哟。"

警卫莫名其妙的样子。

奥达:"哦,胃气而已。"

警卫狐疑地看了看奥达,又进去通报。

奥达:"别再碰我。"

萨姆:"你别乱说话。佛兰克斯当时喝醉了,什么都记不得了,你放心吧。"

佛兰克斯回头,他想不起何时认识奥达的。他站起来挥手示意奥达过去。

奥达走到佛兰克斯的办公桌旁,和他握手。

佛兰克斯:"您好,很久不见。请坐。"

奥达:"是的,很久不见。您的孩子们好吗?"

佛兰克斯:"很好,谢谢您的关心。您……家人都好吗?"

奥达:"都好,托您的福。"

萨姆:"直接问他,在直布罗陀的投资怎么样了。"

奥达:"啊,直布罗陀的投资怎么样了?"

佛兰克斯惊讶地:"直布罗陀? 赚了一点。"

奥达照搬萨姆所说的,和佛兰克斯闲聊了一会

记忆力好的话,那么萨姆让奥达来提取巨款以报复加尔的计划就不可能实现。

批:萨姆毕竟非常熟悉佛兰克斯,向奥达面授机宜,可使计划顺利实施。

批:呼应上文萨姆的交代。

批:言多必失,萨姆怕奥达话说多了会露出破绽,所以"着急地捅了一下"。

批:奥达很机灵,善于应变,借"胃气"掩饰了她在外人看来有些古怪的"哎哟"声。

批:非常必要的提醒,让奥达清楚自己是亡魂,只有她知道,而不能让这里其他人知道。

批:互相寒暄,都是面上的话,没有更深入的话,奥达的话语分寸把握得好。

批:寒暄之后,萨姆抓住机会,让奥达直奔主题,符合人的思维逻辑。

批:闲聊很重要,内容无关紧要,却

儿。佛兰克斯认为奥达一定是他忘记了的熟人。

佛兰克斯："您今天来,有何贵干?"

萨姆:"你说来取消账户。"

奥达:"我来取消户。"

佛兰克斯:"哦,好的。您记得户头号码吗?"

奥达:"是的。"

萨姆:"926 – 31043。"

奥达:"926 – 31043,(对萨姆)我说得对吗?"

萨姆:"没错。"

佛兰克斯不明所以地看着奥达。

佛兰克斯输入户头号码,电脑显示账户存额是400万美元,他掉转头看看奥达。

佛兰克斯:"您今天要把400万美元都提取出来吗?"

奥达惊叫起来:"400万?"

佛兰克斯:"对吗?"

萨姆:(急忙)"说对,说对。"

奥达激动得一时说不出话来,她拼命点头。

奥达:"……哦,对,对的。"

佛兰克斯:"你要什么面额的?"

奥达:"10美元和20美元的。"

佛兰克斯怀疑自己听错了:"什么?"

萨姆:(紧张地)"跟他说要支票。"

奥达:"我要支票。"

佛兰克斯:(释然)"请您出示身份证。这只是银行的手续。"

萨姆松了一口气。

奥达:"我明白。"

奥达在皮包里翻了一阵子,没有找到身份证,她干脆把皮包里的东西全部倒在桌子上,她在一堆乱七八糟的东西里找出身份证。萨姆无可奈何地叹气。

能拉近人与人之间的关系。闲聊的结果,佛兰克斯认为"奥达一定是他忘记了的熟人"。这就为后面他同意"取消账户"作了很好的铺垫,充满戏剧性。

批:差点儿让人生疑,好在佛兰克斯已经觉得奥达是他"忘记了的熟人",所以他"不明所以地看着奥达",但没有怀疑。

批:奥达的惊叫、激动、拼命点头这些反常行为与她并不是丽泰美拉本人,她自身的情况以及当时的境况是密切相关的。

批:美元面额有50美元的也有100美元的,奥达要10美元和20美元的,符合其身份;萨姆提示要支票,与他生前银行职员的身份相符合。

批:佛兰克斯的"释然"和萨姆的"松了一口气",同样都是释然,然而心境却不一样:佛兰克斯是担心奥达要现金,400万美元现金,即使百元美钞也需要4万张啊,何况是"10美元和20美元的"呢;萨姆释然是因为冒领即将告成。

佛兰克斯接过身份证，站起来。

佛兰克斯："请您稍等，我马上回来。"

奥达：（激动地）"哦，400万美元！"

萨姆赶紧示意她噤声。

（吴青青/译）

批：萨姆面对奥达的激动，"赶紧示意她噤声"，是怕节外生枝，引起佛兰克斯不必要的疑虑，从而导致功亏一篑。

四个各具特色的人物

电影剧本中对人物的描写与小说、戏剧中要求一样，要能够塑造人物形象、表现人物性格，这已是老生常谈了。不过，《人鬼情未了》是一部浪漫主义剧作，浪漫主义剧作对人物语言、动作、神态等描写的要求，不仅仅要注意塑造人物形象、表现人物性格，而且特别要注意描写人物要符合生活逻辑，否则就会被观众认为离谱、不真实。

《人鬼情未了》这段选文出现了萨姆、奥达、警卫、佛兰克斯四个人物，剧作家对人物的描写，拿捏得很有分寸，其语言、动作、神态皆符合各自的身份、性格和心理逻辑。

萨姆是被同事也是朋友的加尔雇佣威里杀害的，这里他作为亡魂，具有正常人的常规心理：报仇和保护所爱的人。他也是这里面最为主动的一个人物，他指使奥达取出这400万美元，以惩罚那个杀害他的加尔。在这里，他表现出了谨慎、稳妥和智慧，所以语言、动作、情态都表现出要达到惩罚加尔的目的。

奥达是萨姆请来完成他复仇计划的人，她虽然通灵，能与亡灵沟通，但仍然是一位生活在底层的黑人妇女，贪财、没见过面是她在社会生活方面所表露出来的一些特质。奥达在作者叙事中是负有多重使命的：首先，她要不时地暴露一下萨姆的隐藏身份，作为段落悬念一直提醒着观众。其次，她自己的伪装身份和她自己的真实身份之间的落差也构成观众重要的心理悬念，她对400万美元的惊叫、让给她10美元和20美元面值的现金等方面都体现了她真实身份所应当具有的特质。

萨姆和奥达这两个人物都是剧本的主要人物，警卫、佛兰克斯则是非常次要的两个人物，即使次要人物在这场戏里也刻画得很有意味。

这里剧作者故意设置了一个健忘的银行中高层管理者佛兰克斯，不仅为这个段落戏剧冲突的展开提供了叙事的可能性，也恰当地嘲笑了美国官僚体制里的一些独特的工作作风。比如，奥达说出了账户户头号码，问萨姆她说得对不对，有400万美元的户头号码自己怎么会记不得呢？作为高层管理者怎么连一点疑虑也没有呢？奥达要"10美元和20美元"面额的，就按20美元的，400万美元也需要20万张，她如此富有，怎么不要大额100美元面额的或支票呢？作为高层管理者怎么一点儿都不怀疑奥达的身份呢？

警卫的出现，一是因为他是银行系统不可缺少的职业人员，二是为了让这一切变得顺理成章，丰富这个叙事段落，起到跌宕起伏的效果。这里的警卫曾经"狐疑地看了看奥达"，具有一定的警觉性，与其职业身份是相符合的。至于说，警卫最终未能看出奥达有什么破绽，也符合其身份，毕竟他不是灵媒，看不到萨姆。另外，警卫的警觉与佛兰克斯的麻痹也形成了对照，在一定程度表现了高层管理者的昏庸。

　　因此，剧作者有了这四个人物的定位，并确定了主要人物的心理动作的方向和线索，不仅让这场戏中的台词变得妙趣横生，也使得整场戏扣人心弦，回味无穷。（子夜霜、杨七斤）

人鬼情未了（节选）

一切声音都消逝了，四周一片宁静。

萨姆站立良久，然后回头寻找莫莉。

奥达和莫莉相互拥抱着躲在墙角。

萨姆："你们没事吧？"

奥达抬起头。

莫莉也慢慢地抬起头。

莫莉："是萨姆？"

萨姆（意外地）："莫莉。"

莫莉（惊喜地）："我听到你的声音了。"

光芒耀眼的天堂的灵光从空中倾泻下来，笼罩着萨姆。萨姆的身影在灵光中渐渐显现出来，莫莉和奥达激动地看着奇迹的出现。奥达站起来。莫莉泪光盈盈地看着萨姆，无语凝噎。

莫莉："哦，上帝。"

灵光笼罩中的萨姆慢慢俯下身子，久久地亲吻莫莉。

萨姆和莫莉深情款款地互相凝视着，良久。

奥达提醒道："萨姆，他们在等你。"

萨姆走向奥达。

萨姆："奥达，我会想你的。你的母亲会为你自豪。"

奥达："我也会想你的，萨姆。"

萨姆："再见，奥达。"

奥达:"再见,萨姆。"

萨姆转向莫莉,莫莉站起来。

萨姆:"莫莉,我爱你。永远爱你。"

莫莉眼中泪光闪烁:"我也是。"

萨姆最后一次伸手触摸莫莉的脸,无限深情地泪眼相看,恋恋不舍地向后退着。

萨姆:"莫莉,爱在心中。你的爱永远和我在一起。"

莫莉:"我也是。"

莫莉默默地望着萨姆渐行渐远,一步一步地慢慢走进天堂的灵光中。

[美国]布鲁斯·鲁宾/文,吴青青/译

品 读

选文是《人鬼情未了》剧本的结尾。

布鲁斯·乔尔·鲁宾(Bruce Joel Rubin,1943 年 3 月 10 日~   ),美国剧作家。《人鬼情未了》创作于 1990 年,1991 年获奥斯卡最佳原著剧本奖。

《人鬼情未了》,原英文名是 Ghost,又译《第六感生死恋》《幽灵》,1990 年 7 月 13 日在美国首映。《人鬼情未了》讲述了一段超越生死的恋情,堪称爱情片的经典。《时代周刊》评论说:"《人鬼情未了》中男女主人公的隔世情缘会让每一个人感动,它的出现可以说是好莱坞电影界的一大盛事,因为它使沉迷于血腥暴力和失常性乱之中的美国观众感到耳目一新,或许人们应该重新审视一下自己的身边或自己正在进行着的某种爱情。"第 63 届奥斯卡奖评委会评论它说:"你不能否认乌比·戈登堡(饰奥达)是个伟大的、天才的演员,她身上确实有一种掩盖不住的喜剧表演的禀赋。有了她的表演,这部爱情悲剧似乎就不那么叫人悲伤了。"

泰坦尼克号（节选）

◇ [加拿大] 詹姆斯·卡梅隆

读点

独特的艺术魅力，震撼人心的画面，人世间至善至美的真爱，使这部史诗般的灾难片成为经典，成为永恒。

剧情介绍：

为了寻找 1912 年在大西洋沉没的泰坦尼克号和船上的珍贵财宝——价值连城的"海洋之心"宝石，寻宝探险家布洛克从沉船上打捞起一个锈迹斑斑的保险柜，不料其中只有一幅保存完好的素描——一位佩戴着钻石项链的年轻女子。

这则电视新闻引起了一位百岁老妇人的注意，老人随即乘直升飞机赶到布洛克的打捞船上。原来她名叫露丝，正是画像上的女子。

她讲述了一段动人的爱情故事：露丝因不想嫁给未婚夫卡尔，想跳海自杀，被杰克所救。杰克带她参加下等舱的舞会，给她画像……他们两人很快坠入情网。过了不久，号称当时世界上最豪华、最安全的邮轮泰坦尼克号不幸撞上冰山，沉没发生了。他们刚刚萌生的爱情幼苗也历经了生死的考验。最后，杰克为了救露丝，自己溺毙。露丝得救了，她没能忘记杰克，因为杰克给了她很多快乐，也给了她新的希望和未来……

本文节选《泰坦尼克号》中露丝跳海、杰克劝阻，露丝与杰克谈心，杰克鼓励露丝活下去三个片段。

[露丝哭着跑过甲板。被正躺在长椅上抽烟的杰克看到。露丝爬上船舷，背对着船站着，似乎要跳进大海。

杰克：别这样。

露丝：别过来！别靠近我！

杰克：来，就只把手给我，我拉你回来。

批：露丝对上流社会的虚伪生活感到绝望，企图跳海自尽。

批：天性善良，对此绝不会袖手旁观。

露丝:<u>不,站住别动! 我是说真的! 我要跳了!</u>　　批:性格倔强。

杰克:不,你不会跳的。

露丝:你说我不会跳是什么意思? 别妄想跟我讲该怎么不该怎么的废话。你不了解我。

杰克:你真要跳早就跳了。

露丝:<u>你在分散我的注意力。滚开!</u>　　批:似乎死意已决。

杰克:不,这件事我管定了。如果你跳,我也只好跟着你跳了。

[杰克开始脱鞋子。

露丝:<u>别傻了,你会死的。</u>　　批:不愿连累别人,心地善良。

杰克:我是游泳健将。

露丝:你只要掉下去,摔也摔死了。

杰克:是会受伤的,我没有说不会受伤。<u>不过实话告诉你,我更怕海水太凉。</u>　　批:故意刺激露丝,使她转移注意力。

露丝:有多凉?

杰克:<u>像冰一样凉,顶多几度高。你,呃,去过威斯康辛州吗?</u>　　批:扯远话题以拖延时间,为救露丝作准备,很机智。

露丝:<u>什么州?</u>　　批:有些恐惧。

杰克:那儿的冬天最冷。我在那儿长大,在奇庇瓦瀑布附近。记得小时候,我和我爸爸去维索塔湖上冰钓。冰钓,你知道吗,就是……

露丝:我知道冰钓。

杰克:对不起。我以为你是足不出户的那种女孩子呢。<u>总之,我踩到薄冰掉进水里,知道吗,湖水可真冷,就像下面的水,刺在身上,像千万把刀子直刺你全身。</u>你没法呼吸,没法思维,只觉得浑身刺疼。所以我可不想跟你跳下去哟。不过,我说出来了也就别无选择了。<u>所以我还是希望你能爬回到栏杆这边来,也好让我摆脱危险。</u>　　批:极言水寒冰冷,是让露丝对投海自杀产生畏惧,进而打消自杀念头。

批:用真诚智慧的语言打动露丝,使其放弃轻生的念头。

[他开始脱上衣。

露丝:你疯了。

杰克:人人都这么说。但不管怎样,小姐,我可没有像你一样挂在船舷上。来吧,快把手给我。你不想往下跳的。

[她抓紧他的手,转过身来,他们互相看着,中间隔着船舷。

杰克:我叫杰克·道森。

露丝:我叫露丝·迪维特·布凯特。

杰克:到时我想请你写下来。来吧……

[第二天,杰克和露丝一起在甲板上。

杰克:我从 15 岁起就一个人闯荡了,因为父母都过世了。我没有兄弟姐妹,也没有亲戚,所以我出来以后就再也没有回去。你可以叫我"随风飘动的风滚草"。你看,露丝,我们绕着这甲板走了快一英里地了,天气、我的身世,我们谈得也差不多了。不过,我觉得你来找我不是为了谈这个吧?

露丝:道森先生,我……

杰克:叫我杰克。

露丝:杰克,我想谢你救了我,我不是说你把我拉了回来,而是说谢谢你的明智。

杰克:不用谢。

露丝:听着,我知道你在想什么:这个可怜的富家女,她怎么会知道人间困苦呢?

杰克:不,不。我没这么想。我是在想,到底这姑娘遇到什么事了,使得她觉得自己走投无路。

露丝:是这样,什么都不对头。我的整个世界,我周围所有的人,还有自己那犹如一潭死水的生活,向我迎面扑来,我对它们简直是无能为力。

杰克:(看着船的一侧)天啊!瞧那东西,你如果跳了下去,你早就直接沉到了海底!

露丝:已经发出了五百份请帖了。费城的名流全都会到场。而我总是觉得自己像是站在人头涌动的房间里,撕心裂肺地大声喊叫,可没有一个人在意

批:不想再拖延下去,索性单刀直入。

批:杰克用温暖有力的手将露丝拽离了险境。

批:苦难的经历练就了杰克乐观、豁达、直率、坚毅的性格。

批:真诚而坦率。

批:自尊心很强,怕杰克瞧不起她。

批:对生活绝望又无能为力。

批:孤独无助,内心痛苦。

我。

　　杰克:<u>你爱他吗?</u>

　　露丝:你说什么?

　　杰克:你爱他吗?

　　露丝:<u>你真无礼。你怎么能问我这个问题呢!</u>

　　杰克:哦,这只是个简单的问题。<u>你爱不爱那个家伙?</u>

　　露丝:<u>这个话题不大合适吧?</u>

　　杰克:你为什么就不能直接回答问题呢?

　　露丝:<u>这太荒唐了! 你不了解我,我也不了解你,我们根本就不应该进行这次谈话! 你真是既无礼,又没教养,又放肆。我要走了。</u>杰克·道森先生。我三生有幸,我来找你谢谢你,现在我已谢过你了。

　　杰克:而且还侮辱了我。

　　露丝:那个嘛,那是你自找的。

　　杰克:没错。

　　露丝:没错。

　　[杰克和露丝仍在甲板上。

　　杰克:我以为你早走了呢。

　　露丝:<u>我就走。你真讨厌。</u>

　　杰克:哦,哦。

　　露丝:<u>等等,我干吗走。这儿是属于我的,该你走。</u>

　　杰克:噢……噢……你说,谁无礼?

　　[露丝从杰克那里抢过手中的画册。

　　露丝:<u>这是什么? 什么蠢东西你四处带着? 你是干什么的? 画家,还是什么?</u>

　　[露丝打开画册翻看杰克的画。

　　露丝:<u>哦,画得不错。这些画确实不错。杰克,这笔法可真细腻呀。</u>

　　杰克:啊,在巴黎,人们可没有把它们当一回事。

批:直率的一句,道破了最关键的问题。

批:触到痛处,想回避。

批:执意要问,想帮助她。

批:不知该如何回答。

批:显出不安与烦躁,在船上刚认识不久,谈爱的问题,女性难免矜持。

批:虽然彼此斗嘴,但仍依依不舍,只因彼此已产生了好感。

批:有点儿尴尬。

批:故意不讲理,是因为并不想离开,显得任性娇气,却不乏可爱之处。

批:终于捕到了不想离开的契机。

批:很惊讶,情不自禁地赞叹。

露丝:巴黎?去那儿游玩,对一个穷……呃,一个收入有限的人来说……

杰克:说吧,一个穷光蛋,你可以说。

露丝:哦,呃,这些都是写生?

杰克:对,那是巴黎的一大好处:很多姑娘愿意脱衣服让你画。

[她认真看着素描。

露丝:你喜欢这个女人吧,你画了她好几次。

杰克:哦,你看,她的手很美。

露丝:我想你一定和她有过一段恋情。

杰克:没有,没有,只不过和她的手。她只有一条腿,是个妓女。你看到这张了吗?

露丝:啊!

杰克:呃,她很幽默。哦,这位女士,她那时每晚都坐在这个酒吧里,戴着她所有的珠宝,等待早已故去的爱人的归来。我们叫她"珠宝女士"。瞧,她的衣服都被虫蛀了。

露丝:(抬起头)你很有天赋,杰克。你确实有天赋。你能看透人。

杰克:我看透了你。

露丝:看透我什么?

杰克:你当时不会跳下去的。

[杰克和露丝漂浮在水面上。杰克双手支在露丝躺着的木板上。

露丝:安静下来了。

杰克:还有几分钟,他们就能把救生艇连在一起了……我对你不了解,但我想给白星航运公司写封措辞激烈的信投诉这件事。

露丝:我爱你,杰克。

杰克:别,别那样。不要说再见,还不是时候。你明白吗?

批:说"穷光蛋"怕伤害杰克,所以赶忙改口说"收入有限的人",显示出女性特有的细心和敏感。

批:猜想乎?试探乎?试探也。

批:非凡的洞察力。

批:赞扬杰克并表现出对他的崇敬。

批:一语道破露丝复杂的心境。

批:此时泰坦尼克号已出事故。

批:在寒冷刺骨的海水中和露丝开玩笑,用乐观的态度感染露丝,使她不要绝望。

露丝:我觉得很冷。

杰克:听我说,露丝。你一定要离开这里。你要活下去,要生很多很多孩子,要看着他们长大。你要安享高年。安息时躺的是温暖的床,而不是在这里,不是在今天晚上,不是这样地死去。你懂吗?

批:以美好的生的祝愿表达对露丝纯真的爱,更是为了激励露丝活下去。

露丝:我全身没知觉了……

杰克:赢得那张船票,露丝,是我一生中最幸运的事。它让我认识了你。感谢上苍,露丝。我是多么感激它呀!你一定,一定要帮我个忙。答应我,你活下去……你永不放弃——不管发生什么,不管多么绝望。答应我,露丝,就现在。不要食言。

批:在生命的最后一刻,流露的不是对死亡的恐惧和悲哀,而是对爱情的赞美,目的是鼓励露丝树立活下去的信心和勇气。

露丝:我答应。

杰克:不要食言。

露丝:我不食言,杰克。我不食言。

批:以爱情誓言激起露丝生之渴望。

[她握住他的手,脸贴着脸。除了海浪轻拍的声音,四周一片静谧。

批:环境描写渲染灾难气氛,使人感受到主人公的处境和命运。

(李明、卢红梅/译)

勇敢、善良、乐观的杰克

詹姆斯·弗朗西斯·卡梅隆(James Francis Cameron,1954 年 8 月 16 日~　　),加拿大电影导演、剧作家。他擅长拍摄动作片以及科幻电影。他导演的电影经常超出预定计划以及预算,不过都很卖座。目前电影票房史上最卖座的两部电影——《泰坦尼克号》(1997)和《阿凡达》(2009)都是他创作并执导的作品。电影《泰坦尼克号》于1997年12月19日正式在全球各地上映,在商业上取得了巨大的成功,并获得第70届奥斯卡金像奖最佳影片、最佳导演奖等11项大奖。

露丝厌倦了那些无休止的宴会、恶心的面孔和无聊的谈话,而早已安排好的婚姻生活也让她深感无奈和绝望。她觉得没人会真正关心她、在乎她。悲痛万分的露丝哭着跑过甲板,企图跳海自尽,正巧被躺在椅子上抽烟的杰克看到。聪明的杰克通过讲故事的方式分散了露丝的注意力,以自己的真诚、独到的幽默、出色的智慧说服了露丝,拯救了露丝。

露丝、杰克两人从此相识并开始了解对方,在杰克的耐心开导和陪伴下,露丝找回了失去已久的快乐。露丝与杰克,一个是深居简出的大家闺秀,即将嫁入豪门,对未来充满绝望;一个是四处游历的年轻画家,虽然贫穷,但却自由快乐。在这个世俗冷漠的世界里,对真情的共同渴望让他们走到了一起,美丽活泼的露丝与英俊开朗的杰克相爱了。

正当露丝和杰克感受着爱情的甜蜜、生活的美好的时候,海难发生了。在生命的最后关头,杰克泡在刺骨的海水里,明知自己不会坚持很久了,还和露丝开玩笑,"我想给白星航运公司写封措辞激烈的信投诉这件事",以乐观的态度感染她,并阻止露丝说告别的话,他以自己仅剩的一点活气断断续续说话,鼓励露丝坚持下去,并要她发誓永不放弃。面对死亡,杰克毫无惧色,却尽力要别人活下去;面对死亡,他平静、坦然,而把生的希望留给别人。他对露丝说:"赢得那张船票,露丝,是我一生中最幸运的事。它让我认识了你。感谢上苍,露丝。我是多么感激它呀!"正因为他有充实无憾的人生,因为他执着地爱着露丝,所以他才有平静坦然地面对死亡的心态。他对死的态度,对露丝的遗言,都让我们感受到他的勇敢、开朗、乐观,给我们留下难忘的印象。

寒冷刺骨的黑夜,浩瀚无边的大海,吞噬的不仅仅是人的生命和"永不沉没"的泰坦尼克号,还有人类的信心。在强大的自然面前,人类是如此渺小,任何的自信和所谓的伟大都不过是昙花一现式的自负和狂妄,唯有杰克和露丝感天动地的爱情让我们看到了人类幸存的希望,感到了人类战胜困难的力量和努力活下去的意义。(子夜霜、蔡静、陈锦才)

冰山,就在眼前

现在的地球表面大约有10%被冰川覆盖。在大约1万年前的最后一次冰川时代,大约有30%的陆地被数千英尺厚的冰层覆盖。

陆地上有这么多冰,不难想象北海海面上会有多少巨大的冰山。考虑到整个地球当时就像一个大冰箱,那么,想象海里的冰山有多么巨大,数量有多么多,都不会令人意外。最异乎寻常的是它们的持久性使人难以置信。现在有确凿的科学证据证明巨大的冰山竟漂到南部,远到墨西哥城。

由于地球目前正经历变暖的趋势,因此,冰山更多地局限在寒冷地区。北极和格陵兰仍然被厚厚的冰川所覆盖。当这些冰川往海里移动时,非常巨大的冰块就会破碎,跟主体分离漂向远洋,于是冰山就诞生了。

由于这些冰块都含有大量冰水,它比海水轻,因此,冰山都浮在水面上。但是冰块只是1/7露出水面,其余部分在水下。冰山的外表很有欺骗性,表面看上去只有中等大小的冰山,实际上水下部分可能很深,向周围延伸的范围可能很大。

由于现在有精密仪器的观测,加上海岸警卫队连续不断地巡逻,因此,冰山在海上的危险少多了。不幸的是这种预测手段在过去是没有的,所以,与冰山相撞造成的最严重的海难事件经常在北半球高纬度地区发生。谁会忘记那"永不沉没"的泰坦尼克号巨轮葬身北海的惨剧!

泰坦尼克豪华邮轮满载各界名流,在乐队演奏的乐曲声中从英国的南安普敦出发,作驶向纽约的处女航。很显然,船长想使这次航行用创纪录的时间完成。巨轮的推进器驱动巨轮以每小时23海里的速度全速前进。

1912年4月14日上午9时,船长收到另一艘船发来的无线电报,警告他们前方有冰山。电报收入档案。到下午1点42分他收到另一份报警电报。船长低估了两次来电的价值及冰山的危险性,坚持有关命令不变。到晚上11点已经看到周围有不少冰山,可是泰坦尼克号仍像刀锋一样全速划过黑乎乎的海面。

11点40分,在高高的瞭望塔上的瞭望哨发现了前方有巨大的冰块,他马上拉响警报,抓起电话大喊:"冰山就在前面!"大副毫不犹豫地下令:"右满舵! 全速后退!"舰桥上所有的人都被这突如其来的险情吓得屏住呼吸,惊呆了。接着听到轻微的嘎吱嘎吱的声音,这时几乎没有人表现出惊慌失措。人们还以为危险已过去了呢。但是,半小时后,破坏严重了,泰坦尼克邮轮受了致命伤。

当时巨轮有16个双底全封闭的不透水密封舱,即使有4个坏了进水,也不会给船造成什么威胁,因此,人们认为船是不会沉没的。但是这个冰山却像个巨大的开罐器,插入巨轮的右舷,撞裂了5个密封舱,巨轮开始下沉。

无线电发出求救信号,求救火箭也腾空而起。人们作出许多英雄壮举,把绝大部分妇女和儿童送上了救生艇,也有几个胆小怕死的男人跳上正在往下放的救生艇。救生艇只能容纳船上全部2200人中的1200人。在慌乱中,不少救生艇放下后只坐了一半人,不满员。因此,有不少人跳入冰水中,希望能被救生艇搭救上来。这是徒劳的举动,因为救生艇立即摇离轮船,免得被下沉巨轮吸进去。那些在冰水中挣扎的人基本上没有人理睬,很快在冰水中冻死了。

到4月15日凌晨2时20分,巨轮的尾部离开海面高高翘起,3个巨大的推进器搅动着海水像瀑布似的翻滚。巨轮在这个姿势上待了只一会儿,然后就扎入水中,带着船上1501名乘客和船员一齐葬身海底。到3点30分,卡拜塞亚号轮船开来,救起了救生艇上的大约700人,并打捞上来许多尸体。

在出事海域的一艘德国轮船上的船员看到一座冰山,发现其基部有一条红漆撞痕,就把它拍了下来。这张照片被保存下来了,这座冰山很有可能是这次大海难的杀手。

[美国]菲利普·赛福、南希·赛福/文,顾应俊/译

品 读

　　本文选自菲利普·赛福与他妻子南希·赛福合著的《地球素描》。这是一部有较强故事性的科普书。我们人类生活在地球上，但大多数人对地球的了解仍处于蒙昧状态。美国的著名地质学家菲利普·赛福，多年来发现有些学生迟迟不愿从事实验科学工作，这使他感到迷惑不解。于是，他就一直在苦苦思索如何把自然科学知识提供给不学自然科学的大学生，使他们感到有趣、具有娱乐性同时又具有知识性和现实性，而不是大学课程中令人望而生畏的桎梏。这就是菲利普·赛福和他妻子写作此书的目的。

苦涩滋味

人证 (节选)

◇[日本]松山善三

读点

锥心沥血的悔恨自白,展示了母亲人性的复苏。
大幅度的时空跳跃包含了极丰富的容量。

剧情介绍:

美国黑人青年焦尼在日本东京被人杀害。他的尸体旁有一顶草帽和一本诗集。根据焦尼的遗物,东京警察厅推断,焦尼可能是到东京找他父亲的朋友,于是派出刑警展开调查

就在焦尼被杀害的当天,八杉恭子的儿子恭平因驾车撞死人而逃逸。

当调查刚刚有一定进展时,知情人证阿仲老太太又被人杀害,显然杀害焦尼是为了灭口。刑警栋居追随线索到美国纽约调查。

栋居通过多方努力终于在黑人区里找到焦尼的父亲黑人维利·海瓦德。他已经病危卧床不起,他承认焦尼是他二战后驻日本时与一日本女子所生的孩子,因晚年穷困潦倒,他便故意制造车祸骗得赔偿金,以做焦尼去日本寻找亲生母亲的路费。

当年的日本女子,焦尼的亲生母亲,今天已成为日本著名的服装设计大师,改名为八杉恭子,与一参议员结婚并生有一子,叫恭平。她为了名声、地位,隐瞒了她与美国大兵老焦尼生有一子的历史。当焦尼从美国远涉重洋来日本认母时,她竟然用刀刺进了亲生儿子焦尼的胸膛。

真相已经大白。正是八杉恭子,为保住现在的家庭和声誉,在逼迫焦尼返美无效的情况下,对亲生儿子下了毒手。为了阻止警方调查,她又害死了阿仲老太太。警方决定将其逮捕。

在八杉恭子赢得日本服装设计大奖的颁奖晚会上,逮捕她的日本警察正在侧台等待着她。当她被告知她的另一个儿子恭平因拒捕被美国警察击毙时,八杉恭子崩溃了。在领奖台致答谢词时,她语无伦次地说自己有两顶草帽,她已经失去了一顶。现在,她又失去了一顶……全场哗然。说罢八杉恭子驾车逃至山崖,她用尽力气将草帽掷向山谷,自己也跳崖自尽。

中景　主席台上，评选委员长发奖给恭子，他说："……请您谈谈感想吧？" 　批：恭子获得大奖，让她谈感想，自然引出她的犯罪自白。

近景　只见恭子失神地走近麦克风。 　批：恭子已得知恭平被击毙。

近景　栋居、横渡望着恭子。 　批：警察是来逮捕恭子的。

远景　整个会场肃静地听着。主席台上，恭子痛苦地讲道："我的儿子，（哭音）死啦！" 　批：儿子死了，撕心裂肺的痛！

近景　恭子："我的心肝！"

近景　栋居、横渡听着。画外音，恭子："我就是为他而活着……" 　批：为孩子而活着的确是一种伟大！

远景（推）全景（推）近景　恭子慢慢地讲着："只有他一个啦，为了爱护这个孩子，我什么都干啦。因为我爱他，我以前给他读过一首诗！" 　批：为孩子而"什么都干"，无私的母爱往往也包含着罪恶。

近景　栋居与横渡听着。

近景（摇）全景（全场）（摇）近景　母亲念诗："妈妈，妈妈就是在那个夏天……我那个草帽……掉进了深渊，还记得吗？妈妈！我现在已经失去了一个草帽！" 　批：意思是已经死去了一个儿子，这个儿子就是被母亲恭子杀死的焦尼。

中景（插镜头）　只见焦尼胸前插着一把小刀，摇摇欲倒。

近景　母亲自语："我现在只剩下另一个草帽，不想再把它丢失了。" 　批：这唯一的儿子无疑是她生命的全部。

全景（插镜头）　话声中，恭平（在纽约）中枪坠落。 　批：恭平拒捕，被美国警察击毙。

近景　母亲念诗："妈妈，我是多么爱那草帽，但是一阵风，刮走了我的草帽，我是多么懊悔啊！" 　批：孩子所爱也是母亲所爱。

中景　只见焦尼返回扑来，亲切地叫着："妈妈！"

近景　母亲与他拥抱。画外母声："我在找他。" 　批：母子情深！

半身　母亲："但是已经被风刮走啦，把我的孩子带走啦！"

特写（拉出）中景　旅馆中，一双手从母亲手中接过钞票（拉出）。焦尼喊道："这是干什么呀？我 　批：恭子不希望焦尼在日本，给他钱是要他返回美国。恭子不允有的是钱!(他把钱扔得满地都是)妈妈,我是你的孩子啊!"

近景　母亲满面泪痕:"……你必须离开这儿!"

近景　焦尼:"我不走!"

近景　母亲:"焦尼,你不能不走!"

中景　焦尼拿起旧草帽:"记得这顶草帽吗,妈妈!"他继续说着话,但配的声音却是母亲的画外音(念着诗):"一个不知名的老人,一个神圣的人,从对面走来,想保护这顶帽子,但是一阵风把帽子刮走啦!"(化出)

半身(会场)(化入)　母亲:"一阵风把帽子刮走啦……不能再回来啦!"(低头哭泣)

中景(旅馆)　焦尼:"这到底是为什么呀?(他猛地脱去上衣,露出裸身)……妈妈,我是你的孩子,我不能离开你!说呀,你爱不爱我?"

近景　妈妈在儿子的攻势面前瘫软了。

远景(会场)(推)全景　母亲念诗:"……那个时候,路旁的百合花都枯干死了。在那草帽下面,每天晚上都有蟋蟀在哭泣。"

中景(清水谷公园)　焦尼背影迎上前:"妈妈!"

半身至近景　母子拥抱。

半身(侧拍)　焦尼张开了手,僵立在那里。

特写(摇)近景　刀子插在胸口(摇上)。焦尼惊诧的脸。

特写　母亲也怔住了。

特写　儿子的脸上流着汗:"妈妈,我是那样的讨厌吗?"

近景　母亲退后半步,嘴唇在哆嗦。

近景——特写　儿子难看的面孔(摇下)。他的双手握紧刀柄"扑哧"一声往里刺去。

近景　母亲捂住脸"啊"的一声惨叫。

批:许黑人儿子的出现破坏她现在的家庭和社会地位,所以,必须要焦尼走。

批:西条八十的《草帽歌》是维系恭子和两个儿子亲情的纽带,她只能默默地去念这些诗句。

批:死去的儿子如同这刮走的帽子一样,再也回不来了。

批:焦尼是父亲以故意被车撞的代价所获得的赔偿金才来到日本投靠母亲的,怎会愿意走呢?

批:毕竟是自己的亲生儿子,怎么会不爱呢?

批:儿子是借诗句来呼唤母爱。

批:恭子借拥抱用刀刺杀儿子,焦尼怎么也想不到母亲竟会刺杀自己。

批:儿子怎么也不敢相信母亲竟这么讨厌自己。

批:既然母亲这么讨厌自己,儿子也就索性不想活了,所以自己狠刺自己。

中景　儿子握刀望着母亲，母亲反身跑去。

近景　儿子抬头望去。

远景　皇家饭店四十二层顶上亮着草帽形的光环。

近景　焦尼叫着："斯托哈（注：草帽之意），妈妈！"

批：焦尼至死也不愿意放下母爱。

远景（推）全景（会场）　主席台上母亲："这就是我的故事。"

半身　母亲："我的孩子死了……给我的奖已经没有意义啦……但愿我的孩子能回来。"（她哭着把奖品还给了委员长，奔出会场……）

批：回忆中儿子的呼唤唤醒了母爱，但一切都太迟了。失去了的草帽，是不会再回来了。所有一切对母亲来说都没有了意义。"但愿我的孩子能回来"，这是母亲临死前的心声。

没有彻底泯灭的人性

松山善三（1925 年 4 月 3 日～　），日本电影剧作家、导演。主要的电影剧本有《荒城之月》（1954）、《美好的岁月》（1955）、《泉水》（1956）、《黑河》（1957）、《做人的条件》（1959）等。

《人证》是一部出色的社会推理影片。八杉恭子本来是个和美军黑人士兵同居的普通妇女，黑人士兵撤退回国了，她和痞子郡阳平搭上了伙。郡阳平做黑市生意发了财，竞选国会议员成功，居然成了政坛人物，八杉恭子也一跃而成为贵人，又是服装设计大师。黑人儿子前来找她，如果她认下这个儿子，她会名声扫地。八杉恭子在社会地位与儿子之间，选择了社会地位。如果八杉恭子依然一贫如洗，焦尼自然不会被杀；她也不会把阿仲婆置于死地，恭平也不会被她娇宠到走上招来杀身之祸的绝路。

八杉恭子和她丈夫郡阳平，无论政治上还是经济上都是暴发户，作者让这一家登台表演是含有深意的。暴发户的特点是只认得金、权二字。恭平骂他父亲是大盗是流氓，说他妈也是不干不净的。恭子快要得服装竞赛大奖，郡阳平居然说："你那个大奖啊，我一个电话就能取消它！"像这样只知金钱和权势的一家，随时都在损人利己，也必然一步步地走向崩溃。影片很好地描写了这个崩溃之家。

这部影片片名译为"人证"，这是不妥当的。影片的意思是"人的证明"，原作的意思是八杉恭子最后以她的行动证明她是人，证明了她还有颗人心。

"发奖大会"是全剧的高潮，也是全剧重点的重点。这一场的结构，既是声、画结合的蒙太奇形式，又掺杂了意识流手法。

导演让母亲由头至尾地念一首《草帽歌》，将诗的形象与画面的形象自然地结合起来了，形成一种巧妙的声与画的结合。这里有现场镜头，又有联想、回忆的镜头，也有导演的插述。比如，现场镜头，母亲自语："我现在只剩下另一个草帽，不想再把它丢失了。"接着插入一个恭平在纽约中枪坠落的镜头。母亲不想失去另一个儿子，却又失去了。这是声与画对立的手法。

镜头许多是与诗相吻合的画面。如，焦尼拿起旧草帽讲述时，没有他的声音，响起的却是母亲的读诗声音："一个不知名的老人，一个神圣的人，从对面走来，想保护这顶帽子，但是一阵风把帽子刮走啦！"这个"不知名的老人"象征着焦尼的黑人爸爸，他为了能使孩子回到日本寻找母亲而作了自我牺牲。但是一阵风却仍然把草帽刮走了——现实社会不允许将母爱给予黑人孩子。

影片《人证》是根据日本著名作家森村诚一的小说《人性的证明》改编的。母亲恭子由头至尾地念一首《草帽歌》，实际也是她心灵的自白，可以说是悔恨交加，这说明她人性尚未彻底泯灭，影片的结尾，她以跳崖自杀的方式完成了自己人性的复苏。（子夜霜）

名誉

由于人性奇特的弱点，我们经常过分重视他人对自己的看法，其实，只要稍加反省就可知道别人的看法并不能影响我们可以获得的幸福。所以我很难了解为什么人人都对别人的赞美夸奖感到十分快乐。如果你打一只猫，它会竖毛发；要是你赞美一个人，他的脸上便浮起一线愉快甜蜜的表情，而且只要你所赞美的正是他引以自傲的，即使这种赞美是明显的谎言，他仍会欢迎之至。

只要有别人赞赏他，即使厄运当头，幸福的希望渺茫，他仍可以安之若素；反过来，当一个人的感情和自尊心受到自然、地位或是环境的伤害，当他被冷淡、轻视和忽略时，每个人都难免要感觉苦恼甚至极为痛苦。

假使荣誉感便是基于此种"喜褒恶贬"的本性而产生的话，那么荣誉感就可以取代道德律，而有益于大众福利了；可惜荣誉感在心灵安宁和独立等幸福要素上所生的影响非但没有益处反而有害。所以就幸福的观点着眼，我们应该制止这种弱点的蔓延，自己恰当而正确地考虑及衡量某些利益的相对价值，从而减轻对他人意见的高度感受性；不管这种意见是谄媚与否，还是会导致痛苦，因它们都是诉诸情绪的。如果不照以上的做法，人便会成为别人高兴怎么想就怎么想的奴才——对一个贪于赞美的人来说，伤害他和安抚他都是很容易的。

因此将人在自己心目中的价值和在他人的眼里的价值加以适当的比较,是有助于我们的幸福的。人在自己心目中的价值是集合了造成我们存在和存在领域内一切事物而形成的。简言之,就是集合了性格、财产中的各种优点在自我意识中形成的概念。另一方面,造成他人眼中的价值的是他人意识,是我们在他人眼中的形象和连带对此形象的看法。这种价值对我们存在的本身没有直接的影响,可是由于他人对我们的行为是依赖这种价值的,所以它对我们的存在会有间接而和缓的影响,然而当这种他人眼中的价值促使我们起而修改"自己心目中的自我"时,它的影响便直接化了。除此而外,他人的意识是与我们漠不相关的;尤其当我们认清了大众的思想是何等无知浅薄,他们的观念是多么狭隘,情操是如何低贱,意见是怎样偏颇,错误是何其多时,别人对我们的看法就更不相干了。当我们由经验中知道人在背后是如何地诋毁他的同伴,只要他无须怕对方也相信对方不会听到诋毁的话,他就会尽量诋毁。这样我们便会真正不在乎他人的意见了。只要我们有机会认清古来多少的伟人曾受过蠢虫的蔑视,也就晓得在乎别人怎么说便是太尊敬别人了。

如果人不能在性格与财产中找到幸福的源头,而需要在第三种,也就是名誉里寻找安慰,换句话说,他不能在他自身所具备的事物里发现快乐的源泉,却寄望他人的赞美,这便陷于危险之境了。因为究实说来我们的幸福应该建筑在全体的本质上,所以身体的健康是幸福的要素,其次重要的是一种独立生活和免于忧虑的能力。这两种幸福因素的重要,不是任何荣誉、奢华、地位和名声所能匹敌和取代的,如果必要我们是会牺牲了后者来成就前者的。要知道任何人的首要存在和真实存在的条件都是藏在他自身的发肤中,不是在别人对他的看法里,而且个人生活的现实情况,例如健康状态、气质、能力、收入、妻子、儿女、朋友、家庭等,对幸福的影响将大于别人高兴怎么对我们的看法千百倍;如果不能及早认清这一点,我们的生活就晦暗了。假使人们还要坚持荣誉重于生命,他真正的意思该是坚持生存和圆满都比不上别人的意见来得重要。当然这种说法可都只是强调如果要在社会上飞黄腾达,他人对自己的看法,即名誉的好坏是非常重要的,关于此点,容后详谈。

只是当我们见到几乎每一件人们冒险犯难,刻苦努力,奉献生命而获得的成就,其最终的目的不外乎抬高他人对自己的评价,当我们见到不仅职务、官衔、修饰,就连知识、艺术及一切努力都是为了求取同僚更大的尊敬而发时,我们能不为人类愚昧的极度扩张而悲哀吗?过分重视他人的意见是人人都会犯的错误,这个错误根源于人性深处,也是文明于社会环境的结果,但是不管它的来源到底是什么,这种错误在我们所有行径上所产生的巨大影响以及它有害于真正幸福的事实则是不容否认的。

这种错误小则使人们胆怯和卑屈在他人的言语之前,大则可以造成像维吉士将匕首插入女儿胸膛的悲剧,也可以使许多人为了争取身后的荣耀而牺牲了宁静与平和、财富、健康,甚至于生命。由于荣誉感(使一个人容易接受他人的控制)可以成为控制同伴的工具,所以在训练人格的正当过程中,荣誉感的培养占了一席要地。人们非常计较别人的想法而不太注意自己的感觉,虽然后者较前者更为直接。他们颠倒了自然的次序,把别人的意见当作真实的存在,而把自己的感觉弄得含混不明。他们把二等的出品当作首要的主体,以为它们呈现在他人前的影响比自身的实体更为重要。

他们希望自间接的存在里得到真实而直接的结果,把自己陷进愚昧的"虚荣"中,而虚荣原指没有坚实的内在价值的东西。这种虚荣心重的人就像吝啬鬼,热切追求手段而忘了原来的目的。

事实上,我们置于他人意见上的价值以及我们经常为博取他人欢心而作的努力与我们可以合理地希望获得的成果是不能平衡的,也就是说前者是我们能力以外的东西,然而人又不能抑制这种虚荣心,这可以说是人与生俱来的一种疯癫症。我们每做一件事,首先便会想到:"别人该会怎么讲?"人生中几乎有一半的麻烦与困扰就是来自我们对此项结果的焦虑上;这种焦虑存在于自尊心中,人们对它也因日久麻痹而没有感觉了。我们的虚荣弄假以及装模作样都是源于担心别人会怎么说的焦虑上。如果没有了这种焦虑,也就不会有这么多的奢求了。各种形式的骄傲,不论表面上多么不同,骨子里都有这种担心别人会怎么说的焦虑,然而这种忧虑所费的代价又是多么大啊!人在生命的每个阶段里都有这种焦虑,我们在小孩身上已可见到,而它在老年人身上所产生的作用就更强烈,因为当年华老去没有能力来享受各种感官之乐时,除了贪婪剩下的就只有虚荣和骄傲了。法国人可能是这种感觉的最好例证,自古至今,这种虚荣心像一个定期的流行病时常在法国历史上出现,它或者表现在法国人疯狂的野心上,或者在他们可笑的民族自负上,或者在他们不知羞耻的吹牛上。可是他们不但未达目的,其他的民族不但不赞美却反而讥笑他们,称呼他们说:法国是最会"盖"的民族。

在 1846 年 3 月 31 日的《时代》杂志有一段记载,足以说明这种极端顽固的重视别人的意见的情形。有一个名叫汤默士·魏克士的学徒,基于报复的心理谋杀了他的师傅。虽然这个例子的情况和人物都比较特殊一点,可是却恰好说明了根植在人性深处的这种愚昧是多么根深蒂固,即使在特异的环境中依旧存在。《时代》杂志报道说在行刑的那天清晨,牧师像往常一样很早就来为他祝福,魏克士沉默着表示他对牧师的布道并不感兴趣,他似乎急于在前来观望他不光荣之死的众人面前使自己摆出一副"勇敢"的样子……在队伍开始走时,他高兴地走入他的位置,当他进入刑场时他以足够让身边人听到的声音说道:"现在,就如杜德博士所说,我即将明白那伟大的秘密了。"

接近绞刑台时,这个可怜人没有任何协助,独自走上了台子,走到中央时他转身向观众连连鞠躬,这种举动引起台下看热闹的观众们一阵热烈的欢呼声。

这是一个很好的例子,说明一个人当死的阴影就在眼前时,还在担心他留给一群旁观者的印象,以及他们会怎么想。另外在雷孔特身上也发生了相似的事情,时间也是公元 1846 年,雷孔特因为企图谋刺国王而被判死刑,在法兰克福被处决。审判的过程中,雷孔特一直为他不能在上院穿着整齐而烦恼。他被处决的那天,更因为不许他修面而伤心。其实这类事情也不是近代才有的。马提奥·阿尔曼在他著名的传奇小说 *Guzmrn be Alfarache* 的序文中告诉我们,许多中了邪的罪犯,在他们死前的数小时中,忽略了为他们的灵魂祝福和做最后忏悔,却忙着准备和背诵他们预备在死刑台上做的演讲词。

我拿这些极端的例子来说明我的意思,因为从这两个例子中我们可以看到他自己本身放大后的样子。我们所有的焦虑、困扰、苦恼、麻烦、奋发努力几乎大部分都起因于担心别人会怎么说:在这方面我们的愚蠢与那些可怜的犯人并没有两样。羡慕和仇恨经常也源于相似的原因。

　　要知道幸福是存在于心灵的平和及满足中的。所以要得到幸福就必须合理地限制这种担心别人会怎么说的本能冲动，我们要切除现有分量的五分之四，这样我们才能拔去身体上一根常令我们痛苦的刺。当然要做到这一点是很困难的，因为此类冲动原是人性内自然的执拗。泰西特斯说："一个聪明人最难摆脱的便是名利欲。"制止这种普遍愚昧的唯一方法就是认清这是一种愚昧，一个人如果完全知道了人家在背后怎么说他，他会烦死的。最后，我们也清楚地晓得，与其他许多事情比较，荣誉并没有直接的价值，它只有间接价值。如果人们果能从这个愚昧的想法中挣脱出来，他就可以获得现在所不能想象的平和与快乐：他可以更坚定和自信地面对着世界，不必再拘谨不安了。退休的生活有助于心灵的平和，就是由于我们离开了长久受人注视下的生活，不需再时时刻刻顾忌到他们的评语：换句话说，我们能够"归返到本性"上生活了。同时我们也可以避免许多厄运，这些厄运是由于我们现在只追寻别人的意见而造成的，由于我们的愚昧造成的厄运只有当我们不再在意这些不可捉摸的阴影，并注意坚实的真实时才能避免，这样我们方能没有阻碍地享受美好的真实。但是，别忘了：值得做的事都是难做的事。

[德国] 叔本华/文，张尚德/译

品 读

　　亚瑟·叔本华（Arthur Schopenhauer，1788 年 2 月 22 日~1860 年 9 月 21日），德国哲学家，被称为"悲观主义哲学家"。他是黑格尔绝对唯心主义的反对者、新的"生命"哲学的先驱者。

　　《名誉》阐述了作者独特的思考与感受，全文可划分为三大部分，共谈了三方面的问题：一是摆现象，二是论危害、究根源，三是提出解决办法。

　　《名誉》这篇文章阐述深刻，见解独特，这与叔本华本身的思想理论的深度是分不开的。研究过印度哲学的叔本华，充分汲取了佛学思想，认为科学和哲学在意志领域已达到了极限，只有依靠神秘的洞察，才能领悟意志的本性；只有以禁欲为起点，而后忘我，最后忘掉一切，进入空幻境界，才能超脱生存意志及其一切烦恼。而"荣誉"就是在欲望和功利心的基础上产生的。所以，叔本华认为"荣誉感在心灵安宁和独立等幸福要素上所生的影响非但没有益处反而有害"，而且随着年龄的增长，注重荣誉的人们"除了贪婪剩下的就只有虚荣和骄傲了"。

　　在伦理道德方面，叔本华认为人的欲海难填，欲望不能满足，就会产生痛苦，所以欲望愈大痛苦愈烈；所以与欲望有着直接联系的"荣誉"感并不能给人们带来持久的幸福感。而相反，人们的痛苦很多时候来自对"名誉"的注重。因此，叔本华认为"幸福是存在于心灵的平和及满足中的"，所以要得到幸福就"必须合理地限制这种担心别人会怎么说的本能冲动"。也就是说不要太盲目追求所谓的"名誉",而要时时警惕"虚荣心"的滋生。

由此看来,叔本华的哲学思想不论多么深奥,最终的落脚点仍是人类的最普遍的情感和生活,反映的仍是对于人类生存状态的终极关怀。所以,今天我们读来仍然备受启发,可谓受益匪浅。

警察与小偷（节选）

◇[意大利]布朗卡蒂　法布里奇　等

读点

悲剧以喜剧的面目呈现出来，更增加其悲剧色彩。

幽默的语言后面掩藏着主人公难以言说的苦衷。

剧情介绍：

被迫从事偷窃的埃斯波吉托，用假造的罗马古钱骗取了一个美国人的10元美金。当美国人发现受骗时，他已逃走了。后来这个美国人在戏院里发放救济包裹，发现埃斯波吉托又来领取包裹。他马上逃跑，美国人和警察波多尼紧紧追赶，最后埃斯波吉托被捕。当他们来到一家咖啡馆休息时，埃斯波吉托又乘机逃跑了。

小偷从警察波多尼手里逃走，美国人把他告到警察局。警务委员对波多尼说：如果让一个被捕的犯人逃掉，最低的惩罚是开除，但如果在三个月内缉拿逃犯归案，处分可以撤销。

波多尼是个有30年工龄的老警察，为了一家人的生活，他必须在限期内抓回逃犯。波多尼在一个档案橱里找到了小偷的地址，便开始侦查小偷的行踪。还让自己的儿子与小偷的儿子交朋友，试图从中探听他父亲的行动。

一天，埃斯波吉托回家，妻子托娜塔告诉他说最近结识了一家好人，为了礼尚往来，叫丈夫送一束鲜花给这家的太太卓瓦娜。第二天，埃斯波吉托到理发店理发，恰与波多尼相遇，埃斯波吉托飞快逃跑。从理发店出来后，埃斯波吉托偷了一束鲜花，来到波多尼家，并打了一个电话到家里。恰好警察在他家里接了这个电话，恨不得马上把他抓住。埃斯波吉托做贼心虚，不敢在波多尼家中多留片刻就溜走了。

转眼间到了三个月限期最后的一天。这是一个星期日的晚上，波多尼正焦急万分，恰好埃斯波吉托的太太来请波多尼一家人去吃晚饭。埃斯波吉托发现前来的客人竟是要捉自己的警察，但已来不及逃跑了，只好在自己家里"欢迎"追捕自己的客人。

波多尼与埃斯波吉托相见之后，互诉苦衷，彼此产生了同情，一个是被生活逼得去做小偷，一个是因为受到失业的威胁而捉人。于是,双方达成了默契:埃斯波吉托去蹲监狱,波多尼为了维护埃斯波吉托在家人面前的尊严,不公开逮捕他,只说是送他到车站去,并答应以后照顾他的家庭。

本文节选的是埃斯波吉托在离家去蹲监狱前,同妻子托娜塔、波多尼和波多尼的妻子卓瓦娜的对话。

他(注:他,即小偷埃斯波吉托)把表放回口袋里,跟着又接连掏出另外两只表。托娜塔(注:托娜塔,即埃斯波吉托的妻子)站起来,向厨房走去。

批:赃物可真不少。

卓瓦娜(注:卓瓦娜,即警察波多尼的妻子):(笑)"你的表真多呀!"

批:卓瓦娜并不知情,但这样说,很有幽默感。

埃斯波吉托:"我专门搜集表。"

批:明明是偷的,但要说是搜集的。

波多尼瞪了他一眼,没有说话。

批:波多尼不便揭露他。

卓瓦娜:"还早得很……"

波多尼:"是吗……到十二点钟还早呢……十二点以前……还有很多班次……"

批:抓捕埃斯波吉托的委婉说法。

埃斯波吉托:"我知道……可是……罗连佐先生……我看还是现在去火车站的好……我想现在就去……因为晚间那里……使我难过……"

批:有苦难言。

波多尼:"是啊……晚间……喂,你这是对谁说呀?"

埃斯波吉托:"要是现在去……大白天……顶着太阳,亮亮堂堂的……那么,等到晚间……当天黑下来的时候……再看,那时人也就习惯了……对不对?"

批:自己被抓,不愿意让人知道。

卓瓦娜:"大概经常出门是件腻人的事。不过,埃斯波吉托先生……如今我的丈夫会给你找一个固定的、可靠的位置,您就再也不用东跑西……"(笑)

批:卓瓦娜蒙在鼓里,不明原委才这样说。

托娜塔捧出一盘水果放到桌上。

埃斯波吉托:"他已给我找到地方了!"

批:这"地方"实际是监狱。

托娜塔:"多么好啊!……您简直是个圣人!……既然这样,你何必还要出门呢?"

批:自己的丈夫将要被抓走了,却还感谢对方,因为她蒙在鼓里。

埃斯波吉托:"有几件事情,我还得去结束一下

批:要去坐牢,为了尊严,只好假托

……到那不勒斯、别涅温托、福德莎、卡捷尔都……对了,这次出门要比哪次的时间都长。"　　要去许多地方办事,需要很长时间。

托娜塔:"你要去多久?"

埃斯波吉托:(问波多尼)"我要去多久?"　　批:埃斯波吉托不清楚自己将被判多久。

波多尼:"这个……我想……得三四个月吧……"

埃斯波吉托:"只这么多?"

波多尼:"对啦。因为,大概可以假释出来……"　　批:一不小心说漏嘴了。

卓瓦娜:(画外)"什么?"　　批:警察之妻明白"假释"的意思。

波多尼:"这个……假使都很顺利……"　　批:巧妙地利用谐音掩饰过去了。

卓瓦娜:"你怎么都知道?"

埃斯波吉托:"怎么能不知道? ……这是我们共同的事么!"　　批:共同的秘密,为波多尼打掩护。

波多尼:"正是这样!"

托娜塔:"我多么高兴啊!"　　批:以为他们合伙做事情呢!

埃斯波吉托:"你以为我不高兴吗?"　　批:表面说高兴,其实内心痛苦。

托娜塔走开了。

波多尼:"我可并不太高兴……你是不是以为我乐意这样干? ……"　　批:出于职责,不得不逮捕埃斯波吉托,而同时还得照顾他家。

卓瓦娜:(画外)"你们这是怎么的? ……合伙还吵架?"　　批:妻子对他们"合伙"有些怀疑。

波多尼:"你们女人不懂……有一些事,这个……这个……"　　批:波多尼一时不知怎么才能搪塞过去。

埃斯波吉托:"……只跟男人有关!"　　批:埃斯波吉托赶忙替波多尼打掩护,机敏应变过去。

波多尼:"正是这样!"

埃斯波吉托站起来。

埃斯波吉托:"走吧……"　　批:埃斯波吉托急于走,是怕露出马脚。

托娜塔:(画外)"等一等! (回到餐桌这边来)在你出门以前,你在孩子们的成绩单上签个字……孩子们,快把你们的成绩单拿来。"

碧雀跑去拿成绩单。

埃斯波吉托:"啊,对……叫他们拿来吧!"　　批:毕竟自己要坐牢很长时间。

又坐下。从口袋里掏出几只表,都放在桌上。

埃斯波吉托:(对妻子)"收起来吧!"

托娜塔:"怎么啦?你把表都放在家里?"

批:言外之意,你出门不用表吗?

埃斯波吉托:"唉,我的亲爱的!⋯⋯天晓得路上会出什么事⋯⋯如今小偷多极了!⋯⋯"

批:坐牢带表在身上毫无用处,只好借口小偷多,把表放家里。

埃斯波吉托和波多尼意味深长地交换了一下眼光。

批:彼此心照不宣。

为了小偷的尊严

剧本采用喜剧的形式,反映第二次世界大战后意大利的社会悲剧。警察波多尼紧追小偷埃斯波吉托,而埃斯波吉托千方百计摆脱警察波多尼。波多尼的上司限定他在短期内将埃斯波吉托捉拿归案,否则革职。为了保住饭碗,波多尼只得又去追捕埃斯波吉托,后来终于在埃斯波吉托的家里遇上了他。波多尼对埃斯波吉托为了一家老小的生计被迫做小偷表示同情,而埃斯波吉托对波多尼不得不逮捕他的处境表示理解。于是,双方达成了默契:埃斯波吉托去蹲监狱,波多尼不公开逮捕他。

本文节选的是埃斯波吉托在离家去蹲监狱前与波多尼等人的一段对话。波多尼没有将要逮捕埃斯波吉托的事告诉托娜塔和卓瓦娜,埃斯波吉托谎称要外出办事,波多尼说要送他上车站,她们也只当埃斯波吉托要外出办事。

这段对话具有悲喜剧交融的特色:首先,埃斯波吉托为了养家被迫做了小偷,现在要被抓去蹲监狱,这是一个悲剧,但在这里,是用喜剧的方法表现悲剧的。其次,波多尼和埃斯波吉托是痛苦的,而他们的妻子都以为波多尼替埃斯波吉托找到了工作,而埃斯波吉托现在是外出办事,她们是高兴的,这里也具有喜剧色彩,反衬了埃斯波吉托的悲剧。再次,波多尼和埃斯波吉托内心是悲痛的,但在各自的不知情的妻子面前,却不得不掩饰自己的痛苦心情,故意装作高兴的样子,说话轻松幽默,但是他们——特别是埃斯波吉托是含着泪水说这些话的。另外,人物有意无意说出语意双关的话,也颇具喜剧色彩。(子夜霜、李荣军)

警察和赞美诗

苏比躺在麦迪生广场他那条长凳上,辗转反侧。每当雁群在夜空引吭高鸣,每当没有海貂皮大衣的女人跟丈夫亲热起来,每当苏比躺在街心公园长凳上辗转反侧,这时候,你就知道冬天迫在眉睫了。

一张枯叶飘落在苏比的膝头。这是杰克·弗洛斯特的名片。杰克对麦迪生广场的老住户很客气,每年光临之前,总要先打个招呼。他在十字街头把名片递给"露天公寓"的门公佬"北风",好让房客们有所准备。

苏比明白,为了抵御寒冬,由他亲自出马组织一个单人财务委员会的时候到了。为此,他在长凳上辗转反侧,不能入寐。

苏比的冬居计划并不过奢。他没打算去地中海游弋,也不想去晒南方令人昏昏欲睡的太阳,更没考虑到维苏威湾去漂流。他衷心企求的仅仅是去岛上度过三个月。整整三个月不愁食宿,伙伴们的意气相投,再没有"北风"老儿和警察老爷来纠缠不清,在苏比看来,人生的乐趣也莫过于此了。

多年来,好客的布莱克威尔岛监狱一直是他的冬季寓所。正如福气比他好的纽约人每年冬天要买票去棕榈滩和里维埃拉一样,苏比也不免要为一年一度的"冬狩"作些最必要的安排。现在,时候到了。昨天晚上,他躺在古老的广场喷泉附近的长凳上,把三份星期天的厚报纸塞在上衣里,盖在脚踝和膝头上,都没有能挡住寒气。这就使苏比的脑海里迅速而鲜明地浮现出岛子的影子。他瞧不起慈善事业名下对地方上穷人所作的布施,在苏比眼里,法律比救济仁慈得多。他可去的地方多的是,有市政府办的,有救济机关办的,在那些地方他都能混吃混住。当然,生活不能算是奢侈。可是对苏比这样一个灵魂高傲的人来说,施舍的办法是行不通的。从慈善机构手里每得到一点点好处,钱固然不必花,却得付出精神上的屈辱来回报,真是凡事有利必有弊,要睡慈善单位的床铺,先得让人押去洗一个澡;要吃他一块面包,还得先一五一十交代清个人的历史。因此,还是当法律的客人来得强。法律虽然铁面无私,照章办事,至少没那么不知趣,会去干涉一位大爷的私事。

既经打定主意去岛上,苏比立刻准备实现自己的计划。省事的办法倒也不少。最舒服的莫过于在哪家豪华的餐厅里美美地吃上一顿,然后声明自己不名一钱,这就可以悄悄地、安安静静地交到警察手里。其余的事,自有一位识相的推事来料理。

苏比离开长凳,踱出广场,穿过百老汇路和五马路汇合处那片平坦的柏油路面。他拐到百老汇路,在一家灯火辉煌的餐厅门前停了下来,每天晚上,这里汇集着葡萄、蚕丝与原生质的最佳制品。

苏比对自己西服背心最低一颗纽扣以上的部分很有信心。他刮过脸,他的上装还算过得去,他那条干干净净的活结领带是感恩节那天一位教会里的女士送给他的。只要他能走到餐桌边不引人生疑,那就胜券在握了。他露出桌面的上半身还不至于让侍者起怀疑。一只烤野鸭,苏比寻思,那就差不离——再来一瓶夏白立酒,然后是一份戛曼包干酪,一小杯浓咖啡,再来一支雪茄烟——一块钱一支的那种也就凑合了。总数既不会大得让饭店柜上发狠报仇,这顿牙祭又能让他去冬宫的旅途上无牵无挂,心满意足。

可是苏比刚迈进饭店的门,侍者领班的眼光就落到他的旧裤子和破皮鞋上。粗壮利落的手把他推了个转身,悄悄而迅速地把他打发到人行道上,那只险遭暗算的野鸭子的不体面命运也从而得以扭转。

苏比离开了百老汇路。看来靠打牙祭去那个日思夜想的岛是不成的了。要进监狱，还得想想别的办法。

在六马路拐角上有一家铺子，灯火通明，陈设别致，大玻璃橱窗很惹眼。苏比捡起块鹅卵石往大玻璃上砸去。人们从拐角上跑来，领头的是个巡警。苏比站定了不动，两手插在口袋里，对着铜纽扣直笑。

"肇事的家伙在哪儿?"警察气急败坏地问。

"你难道看不出我也许跟这事有点牵连吗?"苏比说，口气虽然带点嘲讽，却很友善，仿佛好运在等着他。

在警察的脑子里苏比连个旁证都算不上。砸橱窗的没有谁会留下来和法律的差役打交道。他们总是一溜烟似的跑。警察看见半条街外有个人跑着去赶搭车子。他抽出警棍，追了上去。苏比心里窝火极了，他拖着步子走了开去。两次了，都砸了锅。

街对面有家不怎么起眼的饭馆。它投合胃口大钱包小的吃客。它那儿的盘盏和气氛都粗里粗气，它那儿的菜汤和餐巾都稀得透光。苏比挪动他那双暴露身份的皮鞋和泄露真相的裤子跨进饭馆时倒没遭到白眼。他在桌子旁坐下来，消受了一块牛排、一份煎饼、一份油炸糖圈，以及一份馅饼。吃完后他向侍者坦白：他无缘结识钱大爷，钱大爷也与他素昧平生。

"手脚麻利些，去请个警察来，"苏比说，"别让大爷久等。"

"用不着惊动警察老爷，"侍者说，嗓音油腻得像奶油蛋糕，眼睛红得像鸡尾酒里浸泡的樱桃，"喂，阿康！"

两个侍者干净利落地把苏比往外一叉，正好让他左耳贴地摔在铁硬的人行道上。他一节一节地撑起来，像木匠在打开一把折尺，然后又掸去衣服上的尘土。被捕仿佛只是一个绯色的梦。那个岛远在天边。两个门面之外一家药铺前就站着个警察，他光是笑了笑，顺着街走开了。苏比一直过了五个街口，才再次鼓起勇气去追求被捕。这一回机会好极了，他还满以为十拿九稳，万无一失呢。一个衣着简朴颇为讨人喜欢的年轻女子站在橱窗前，兴味十足地盯着陈列的剃须缸与墨水台。而离店两码远，就有一位彪形大汉——警察，表情严峻地靠在救火龙头上。

苏比的计划是扮演一个下流、讨厌的小流氓。他的对象文雅娴静，又有一位忠于职守的巡警近在咫尺，使他很有理由相信，警察那双可爱的手很快就会落到他身上，使他在岛上冬蛰的小安乐窝里吃喝不愁。

苏比把教会女士送的活结领带拉拉挺，把缩进袖口的衬衫袖子拉出来，把帽子往后一推，歪得马上要掉下来，向那女子挨将过去。他厚着面皮把小流氓该干的那一套恶心勾当一段段表演下去。苏比把眼光斜扫过去，只见那警察在盯住他。年轻女人挪动了几步，又专心致志地看起剃须缸来。苏比跟了过去，大胆地挨在她的身边，把帽子举了一举，说："啊哈，我说，贝蒂丽亚！你不是说要到我院子里去玩儿吗?"

警察还在盯着，那受人轻薄的女子只消将手指一招，苏比就等于进安乐岛了。他想象中已经感到了巡捕房的舒适和温暖。年轻的女士转过脸来，伸出一只手，抓住苏比的袖子。

"可不是吗，迈克。"她兴致勃勃地说，"不过你先得破费给我买杯猫尿。要不是那巡警老盯着，我早就跟你搭腔了。"

那娘们像常春藤一样紧紧攀住苏比这棵橡树，苏比好不懊丧地在警察身边走了过去。看来他的自由是命中注定的了。

一拐弯，他甩掉女伴撒腿就走。他一口气来到一个地方，一到晚上，最轻佻的灯光，最轻松的心灵，最轻率的盟誓，最轻快的歌剧，都在这里荟萃，身穿轻裘大氅的淑女绅士在寒冷的空气里兴高采烈地走动。苏比突然感到一阵恐惧，会不会有什么可怕的魔法镇住了他，使他永远也不会被捕呢？这个念头使他有点发慌，但是当他遇见一个警察大模大样在灯火通明的剧院门前巡逻时，他马上就捞起"扰乱治安"这根稻草来。

苏比在人行道上扯直他那破锣似的嗓子，像醉鬼那样乱嚷嚷。他又是跳，又是吼，又是骂，用尽了办法大吵大闹。

警察让警棍打着旋，身子转过去背对苏比，向一个市民解释道：

"这里耶鲁的小伙子在庆祝胜利，他们跟哈得福学院赛球，请人家吃了鸭蛋。够吵的，可是不碍事。我们有指示，让他们只管闹去。"

苏比快快地停止了白费气力的吵闹。难道就没有一个警察来抓他了吗？在他的幻想中，那岛子已成为可望而不可即的仙岛。他扣好单薄的上衣以抵挡刺骨的寒风。

他看见雪茄烟店里一个衣冠楚楚的人对着摇曳的火头在点烟。那人进店时，将一把绸伞靠在门边。苏比跨进店门，拿起绸伞，慢吞吞地退了出去。对火的人赶紧追出来。

"我的伞。"他厉声说道。

"噢，是吗？"苏比冷笑道；在小偷小摸的罪名上又加上侮辱这一条。"好，那你干吗不叫警察？不错，是我拿的。你的伞！你怎么不叫巡警？那边拐角上就有一个。"

伞主人放慢了脚步，苏比也放慢脚步。他有一种预感：他又一次背运了。那警察好奇地瞅着这两个人。

"当然，"伞主人说，"嗯……是啊，你知道有时候会发生误会……我……要是这伞是你的，我希望你别见怪……我是今天早上在一家饭店里捡的……要是你认出来这是你的，那么……我希望你别……"

"当然是我的。"苏比恶狠狠地说。

伞的前任主人退了下去。那警察急匆匆地跑去搀一位穿晚礼服的金发高个儿女士过马路，免得她被在两条街以外往这边驶来的电车撞着。

苏比往东走，穿过一条因为翻修而高低不平的马路。他愤愤地把伞扔进一个坑里。他嘟嘟哝哝咒骂起那些头戴铜盔、手拿警棍的家伙来。因为他想落入法网，而他们偏偏认为他是个永远不会犯错误的国王。

最后，苏比来到通往东区的一条马路上，这儿灯光暗了下来，嘈杂声传来也是隐隐约约的。他顺着街往麦迪生广场走去，因为即使他的家仅仅是公园里的一条长凳，他仍然有夜深知归的本能。

可是，在一个异常幽静的地段，苏比停住了脚步。这里有一座古老的教堂，建筑古雅，不很规整，是有山墙的那种房子。柔和的灯光透过淡紫色的玻璃窗子映射出来，风琴师为了练熟星期天的赞美诗，在键盘上按过来按过去。动人的音乐飘进苏比的耳朵，吸引了他，把他胶着在螺旋形的铁栏杆上。

明月悬在中天，光辉、静穆；车辆与行人都很稀少；檐下的冻雀睡梦中啁啾了几声——这境界一时之间使人想起乡村教堂边上的墓地。风琴师奏出的赞美诗使铁栏杆前的苏比入定了，因为当他在生活中有母爱、玫瑰、雄心、朋友以及洁白无瑕的思想与衣领时，赞美诗对他来说是很熟悉的。

苏比这时敏感的心情和老教堂的潜移默化会合在一起，使他灵魂里突然起了奇妙的变化。他猛然对他所落入的泥坑感到憎厌。那堕落的时光，低俗的欲望，心灰意懒，才能衰退，动机不良——这一切现在都构成了他的生活内容。

一刹那间，新的意境醍醐灌顶似的激荡着他。一股强烈的迅速的冲动激励着他去向坎坷的命运奋斗。他要把自己拉出泥坑，他要重新做一个好样儿的人。他要征服那已经控制了他的罪恶。时间还不晚，他还算年轻，他要重新振作当年的雄心壮志，坚定不移地把它实现。管风琴庄严而甜美的音调使他内心起了一场革命。明天他要到熙熙攘攘的商业区去找事做。有个皮货进口商曾经让他去赶车。他明天就去找那商人，把这差事接下来。他要做个煊赫一时的人。他要——

苏比觉得有一只手按在他胳膊上。他霍地扭过头，只见是警察的一张胖脸。

"你在这儿干什么？"那警察问。

"没干什么。"苏比回答。

"那你跟我来。"警察说。

第二天早上，警察局法庭上的推事宣判道："布莱克威尔岛，三个月。"

[美国]欧·亨利/文，李文俊/译

品 读

欧·亨利（O. Henry，1862 年 9 月 11 日～1910 年 6 月 5 日），原名威廉·西德尼·波特（William Sydney Porter），欧·亨利是其笔名。世界三大短篇小说家（即法国的莫泊桑、俄国的契诃夫、美国的欧·亨利）之一。美国著名批判现实主义作家，曾被评论界誉为曼哈顿桂冠散文作家和美国现代短篇小说之父。

《警察和赞美诗》是欧·亨利的代表作品之一。欧·亨利的作品曾被誉为"美国生活的幽默的百科全书"。幽默风趣、辛辣讽刺、构思奇特、情节曲折多变,是这篇小说的艺术特色。小说描写一个穷困失业、无家可归的流浪汉,为进监狱得以安身而故意犯罪,几次惹是生非都没有达到目的,后来想改邪归正,警察却逮捕了他。这种反常心理和违背常理的结局是怎样形成的,反映了美国社会怎样的现状,值得读者认真思索。

小说描写苏比六次惹是生非,每次事件都各有特色,毫不重复。作者成功地使用了幽默、讽刺的手法。有些是描写苏比的处境和心境的,看似轻快,实则沉重;有些是描写周围环境和人物的,貌似风趣,实则辛辣。在最后一部分,作者却改用严肃的抒情笔调,描写教堂的环境和赞美诗的音乐,与前面同警察打交道的气氛形成鲜明的对照。作者极力渲染宗教的感化作用自有其社会背景,但这种艺术表现手法确乎不同寻常。结尾出人意料,却又在情理之中,意味深长地突出了苏比的愿望与现实的矛盾。这些方面,阅读时都应好好品味。

血钻（节选）

◇［美国］爱德华·茨威克

读点

围绕钻石争夺，展现出了人性丑恶和凶残的一面，揭示出特殊环境下对人性的呼唤。

剧情介绍：

1999 年，被内战炮火围困的塞拉利昂也是钻石非法开采和交易的重要集散地。当地渔民所罗门被叛军捉去做淘钻工，他的妻子和孩子流落为难民。

在矿井下，所罗门发现了一颗被称作血钻的稀有粉红巨型钻石，为了帮一家人逃出难民营过上安稳的生活，他冒着生命危险把这颗钻石藏了起来。事情很快败露，叛军要挟他交出钻石，否则让他当了娃娃兵的小儿子迪亚去送死。

就在所罗门无奈回宝石藏匿地点的时候却又被政府军当作叛军投进大牢，在牢里他遇到了钻石贩子丹尼。丹尼和科兹耶上校是好朋友并为其提供血钻。因为走私败露被逮捕的丹尼早已打听到所罗门和粉红钻石的事，他需要这颗钻石帮他离开塞拉利昂这个让他厌倦的炼狱。

后来，所罗门被释放，在一次叛乱中，丹尼救了所罗门，以一家人团圆和利益对半分为条件，所罗门答应和他一起找出钻石。

丹尼联系上了来塞拉利昂调查钻石非法开采业内幕的美国女记者曼迪，他用自己掌握的行业秘密引诱曼迪找出所罗门离散的妻子和孩子。在几内亚，所罗门与妻女重逢，但儿子被叛军带走。

这时的迪亚和其他儿童战士已经被训练成冷漠的杀手。丹尼和所罗门伪装成新闻工作人员，踏上重获钻石的路。途中遭遇叛军，丹尼驾车逃脱。在森林里，他们遇到了游击队的领袖本杰明，他帮助很多孩子改邪归正，但在送丹尼去上校军营路上，却被儿童战士射伤。

告别了曼迪，丹尼和所罗门踏上了生死未卜的征途。

所罗门冒险去寻找儿子，由于科兹耶上校的空袭，丹尼和所罗门父子终于虎口脱险。在上校的"陪同"下，他们一起找到了钻石，丹尼借机杀死了想从中敲诈的上校，但丹尼也因中弹而死在归途中。

在曼迪的帮助下，所罗门一家团聚，并用手上的钻石揭露了血钻的黑幕，引起了国际的关注。

开场白:在非洲的历史上,但凡有价值的东西出现,许多原住民就会饱受痛苦,失去生命。象牙、橡胶、黄金、石油都是如此。现在钻石的情况也概莫能外。

(1)开普敦,南非

上校:你好,丹尼。

丹尼:上校。

上校:你看上去不错。

丹尼:可能是因为生活有规律吧。

上校:跟我一块走走。看起来那些叛军似乎夺回了钻石开采场,丹尼。塞拉利昂政府和我们签了合同,让我们去镇压叛军。

丹尼:也就是说,一方面你卖军火给叛军,另一方面政府军又雇你去镇压叛军。不错嘛,先生。那么你的条件肯定是开采权吧?

上校:我们拯救了政府,他们得表示感谢。

丹尼:然后你就发财,对吧?

上校:我认识你多久了,丹尼?

丹尼:从我19岁起,先生。

上校:你挺过来了,有很多弟兄却没有,知道为什么?

丹尼:我想我只不过是比较走运。

上校:不,因为你是个好军人,但我让你更强了,不是吗?

丹尼:是的,先生。没错。

上校:这么多年来,我是不是一直在保护你?是不是在教你有关钻石的事?带着你做生意,有好处都算你一份?

丹尼:大家都这么说。

上校:但你不会。因为你现在想摆脱我了,想自己做大事了!我会让你混不下去的。我需要一个懂

批:介绍故事发生的社会背景:非洲的历史是一部掠夺财富的血泪史,血钻的故事就是在这样的背景下发生的。

批:内战为的是财富,受苦受难的则是老百姓。

批:一针见血地揭露罪恶交易的内幕。

批:二人对话昭示上校的险恶用心,揭示了塞拉利昂内战的根源。

批:丹尼是钻石贩子,他为上校提供血钻。

批:以过去的交往拉拢丹尼。

批:赤裸裸的威胁恐吓。没有永远的朋友,只有永远的利益。"是

行的人,当然,除非你愿意算上我一份了。是颗粉钻吧?

丹尼:先生……

上校:我们的交易毁了,而你欠了我的钱,我就当那个粉红钻石是你还债。

丹尼:哦,可能吗? 我要是找到了那样的钻石,你认为我还会留在这块大陆上吗? 别开玩笑了。

上校:丹尼,把你的手给我。这些红土,是我们的一部分。传说是被争夺土地的人的鲜血染成的。这就是你的家,你永远不会离开非洲。

丹尼:如果你非要这样说的话,先生。

(2)塞拉利昂 两种世界观的冲突

丹尼:干吗不去你的地方,看看有什么喝的?

曼迪:我是记者,那里没有酒。你怎么可能不在乎你的买卖,造成很多人丧命?

丹尼:人们总是自相残杀,亘古如此。

曼迪:那么你就冷眼旁观?

丹尼:也行,我们该写下来。

(3)塞拉利昂 两种世界观的冲突

丹尼:你带来了你的手提电脑,你的药,你的那些高科技的东西,你以为你就能改变非洲吗? 我来告诉你,你也在卖血汗钻石。

曼迪:真的吗?

丹尼:真的。

曼迪:告诉我,怎么卖的?

丹尼:你以为钻石是拿来干什么的? 那些充满梦想的美国女孩子,都希望自己有个浪漫的婚礼和一个闪闪发光的钻石,就像你在杂志里看到的一样。所以,拜托你不要来对我说三道四,好吗? 我提供这种服务,世界也需要这种服务,而且还想要价格低

颗粉钻吧?"点出问题的核心。

批:贪婪的用心、阴险的目的——独吞粉钻,其丑恶的嘴脸毕现。

批:罪恶的土地,血泪的土地。

批:其实,丹尼就是想借粉钻而离开非洲,而上校却想独吞粉钻,二人的矛盾不可调和。

批:钻石交易推动军火交易,军火交易又造成内战。

批:堂而皇之的理由。

批:丹尼毕竟还有一点儿良心。

批:高科技改变不了非洲,因为非洲人以卖钻石为生,高科技刺激了钻石市场,使人们更加疯狂。

批:丹尼的话是狡辩,但从某种程度上讲,也是有一定道理的,钻石消费的确推动了罪恶交易。

廉。我们只是在一起做生意，你自己想开点吧。

曼迪：我只是想申明一点，并不是每一个美国女孩都期望那样的婚礼，就像并不是每个非洲人都残杀同胞。这个世界是很糟糕，但是每天都有人做好事，但显然，不是你。

批：曼迪反驳一针见血，指出丹尼诡辩的荒谬。

批：明确指出丹尼的自私自利。

（4）塞拉利昂　两种世界观的冲突

曼迪：你觉得我是在揭他的伤疤？你说得对。这糟透了，就像那些公益广告：一个黑人小孩，肚子水肿，眼睛上还沾着苍蝇。旁边是他死去的母亲，我得到的就是这些生命垂危的孩子们，没有什么新东西。也许这些东西能让别人流泪，能让别人捐款，但是不能让这一切结束。我厌倦了老是写这些可怜的人，但是我他妈的能做的也只有这些。因为我需要证据，我需要名字，我需要日期，我需要图片，我需要银行账号。

批：曼迪的目的就是要揭露造成像公益广告所展示的那样惨状的根源，而不是描述惨状，描述惨状并不能阻止类似悲剧的再度发生。

批：怒骂，是因为自己无法理解真相和证据，显示了曼迪作为新闻工作者的职责和良知。以"我需要"的排比，写出曼迪真正需要的是什么。

（5）丹尼说出了国际走私塞拉利昂钻石的背后黑幕

丹尼：我把钻石走私出境后，当地的买家把它们卖给在蒙罗维亚（利比里亚首都）的中间商。他买通海关，把钻石弄到利比里亚，弄到许可证，然后钻石就能在那里合法出口了。现在，钻石一旦到了安特卫普的买家那里，就会拿上桌面，没人多问什么。等运到了印度，这些黑市来的钻石和来路干净的混到一起，就和别的钻石没有区别了……

批：丹尼作为钻石贩子，非常清楚走私的钻石通过怎样的途径最后与"来路干净的"钻石混在了一起，也变成了"来路干净的"钻石。不同钻石来路的中间商实际也是血腥灾难的间接制造者！

丹尼：有个地下金库，他们把收购来的钻石都囤积起来，这样能保持钻石的价格居高不下。如果叛军想和 Van De Kaap 这样的大公司做上百万的交易，这样的事情肯定不允许，因为会造成巨大的损失。他们想让那些工薪阶层花去三个月的薪水才能买上一颗结婚钻戒。确切地说，他们不是在支持战

批：囤积钻石是为了"保持钻石的价格居高不下"，牟取暴利。这些暴利又被用于战争。因此，花费巨资消费钻石，在某种程度上来说，也是在间接支持掠夺和战争。

争,但是他们把买钻石的钱全用在战争上了,你懂吗?

曼迪:懂,但是证据呢?

丹尼:名字、日期、账号……如果在我弄到钻石之前你就公开,我就死定了。等我弄到了钻石,我就永远离开这片大陆。

曼迪:如果你不能把钻石带回来呢?

丹尼:那随你怎么办,反正我那时候已经死了。

(6)战争的残酷

丹尼:最近这个地区有多少次袭击?

本杰明:大多数叛军小时候我就认识了,本地的指挥官还害怕我挥着尺子追他呢。

丹尼:你觉得你本意善良就会得到好报?

本杰明:我的内心告诉我人性本善,但我的经历却告诉我情况恰恰相反。那你觉得呢,阿彻先生?在你多年的记者生涯里,你觉得大多数人是好人吗?

丹尼:不,我觉得就是人而已。

本杰明:没错,是他们的所作所为决定了他们的善恶。在爱的瞬间,即使是坏人也会让生活有意义。没有人真正知道通向天堂的道路。

(7)在曼迪不得不离开塞拉利昂,丹尼也要进入丛林之际,两人的对话

丹尼:你应该去找个好男人,曼迪。

曼迪:你知道,我有三个姐妹都嫁了好男人。我更喜欢我的生活,这是我的办公室电话、家里的电话、手机,我从来不给别人。不过,管他呢。

丹尼:你最好上飞机,你该上飞机了。

曼迪:你也是。

批:丹尼弄钻石是为了离开非洲,他掌握钻石交易内幕,如果证据提前公布,他就有生命危险。

批:钻石交易伴随生命的危险,然而,仍然令许多人趋之若鹜,只因暴利也!

批:叛军也曾是正常的人!是什么改变了他们的本性?利益也!

批:人本来是善的,但残酷的现实往往会改变人善的本性。能否守着善,与个人关系密切。不然,同一环境生存的人们,怎么会有的依然善而有的变恶了呢?

批:揭示善恶根源。本杰明帮助许多误入歧途的孩子改邪归正的原因也就在这里。

批:曼迪已信任丹尼了,她需要丹尼为她提供钻石交易的证据。

批:虽然各自目的不同,但合作使他们自然而然地发自内心地关心对方。

(8)残酷的战争中,所罗门还惦记着那个关于伊甸园的梦想

所罗门:我祖父给我讲了很多关于战争的故事:两个部落怎样为抢夺一个女人而打仗。我知道白人想要我们的钻石,但是不明白我们的同胞怎么也自相残杀。我认识一个好人,说我们的黑皮肤有问题,只有当白人统治我们时,才会好转。但是我儿子是个好孩子,我还记得他说,随着他长大、和平到来时,这个地方会变成天堂。

丹尼:我们会把你儿子弄回来的。

批:同胞自相残杀,是为争夺利益;白人统治黑人,是为掠夺资源……所以都是为了利益。

批:居民的希望就是这么简单与纯洁,可为什么却难以实现呢?

(9)丹尼杀死了上校,带着所罗门逃出了险境。临死之际,他拨通了曼迪的电话

曼迪:你好,曼迪·鲍文。

丹尼:是的。是不是认为我永远都不会打电话给你呢?

批:丹尼虽然是钻石贩子,毕竟有良知。

曼迪:我很高兴你打过来了。抱歉,失陪一下。什么时候能见到你?

丹尼:曼迪,我想请你再帮一个忙。我想你去科纳克里见所罗门。

批:丹尼受重伤,但没有忘记对所罗门的承诺。

曼迪:几内亚?你干吗想我去几内亚?

丹尼:我们找到他儿子了,但是他需要帮助,懂吗,曼迪?

批:是为了帮助所罗门找到他的儿子。

曼迪:你受伤了。你受伤了是不是?

丹尼:是的,这里出了点小问题。

曼迪:好吧,你告诉我你现在在哪儿……阿彻?

丹尼:现在我面前的景色美极了。我希望你也在这儿,曼迪。

批:美的景色源于心情的释然。

曼迪:好,我去陪你,你只要告诉我你在哪儿。

丹尼:我想不行。

曼迪:你还在科诺吗?因为我能找个人到那儿帮你。

丹尼：<u>曼迪，你给那个男孩找个安全的地方，好吗？让他离开那个地方，把所罗门带到伦敦，他随身带着一件东西，但他需要你的帮助。</u>

曼迪：你干吗不自己带过来？

丹尼：<u>现在你的故事都成真的了，你可以放心写了。</u>我真的很高兴能认识你。你知道吗？

曼迪：是的，我……我也很高兴能遇到你。我希望我能在那儿陪你。

丹尼：<u>没关系，这个地方正是我应该待的地方。</u>

（佚名／译）

批：丹尼的所作所为，完成了从一个罪恶的钻石走私商到和平使者的转变。

批：照应"那随你怎么办，反正我那时候已经死了"，说明丹尼的伤势极其严重。

批：委婉道出自己将死在这个地方。

战乱中真挚的爱

　　这部电影的主题是战争与和平。影片《血钻》描述了一种充满恐惧与无助的生活，人们随时都会丢失性命，随时都有可能遭枪杀或者被砍手。资源丰富对于一个国家来说，本来应该是幸事，如象牙、石油、黄金、钻石等，可以让整个国家的人过上富足的生活。可是非洲的一些国家却恰恰相反。非洲的人们希望和平！他们奢望的也就是本来应属于他们自己的生命。虽然，很多人为钻石而死，但是没有一个人拥有过钻石。塞拉利昂的人们是无辜的，可是他们为什么要承受这些痛苦？就是因为钻石。原本纯真的孩子，拿起枪杆用鲜血结束童年，眼睛里更多的是迷茫和恐惧，不知道未来在哪里。游击队的人说，他们是童子军，不过就是孩子，然而，他们却在孩子的枪下流血。政府说他们爱好和平，也需要和平，可是他们大量购入武器；叛军也从事军火交易，反抗政府，争夺资源。购买军火的钱从哪里来？从钻石的走私牟取的暴利中来。

　　影片《血钻》的故事是围绕所罗门所发现的一颗价值连城的粉红钻石展开的。就是这颗粉红钻石，所罗门要借助它找到妻子儿女，全家团圆；走私者丹尼要凭了它做成最后一桩买卖，摆脱早已厌倦的走私生涯远离非洲；女记者曼迪要追踪它的去向，揭露宝石的黑暗交易……一颗钻石就这样把这三个来自不同文化背景的人聚在一起，他们怀着各自的目的，承受着致命的枪火和来其他匪徒的压力。

　　塞拉利昂发生内战，人们向往和平，就在这残酷的战争中，展示了人类可贵的爱。爱是一种神奇的力量，可以创造奇迹。

　　丹尼需要爱，他的父母在他很小的时候就在耻辱中死去。他变成一个钻石贩子是有原因的。在他的成长道路中不仅没有感受到一点爱，而且充满了危险，他做错一点事情就可能会丢掉性命。他想逃离这个地方，所以当他知道所罗门藏匿了一颗很大的粉钻时,他知道他的机会到了。他和所罗门一起找钻石时,被所罗门感化了。因为所罗门无论多么危险,一直都没有放弃寻找他的儿子,这就是父爱。当所罗门看到他的儿子时,迪亚已六亲不认了,但所罗门依然没有放弃,这就是父爱。最后,是这爱唤醒了丹尼的人性,他把钻石还给了所罗门,帮助他安全离开,还拨通了曼迪的电话,让她帮助所罗门一家。

曼迪是一个勇敢且充满正义感的记者,她来到非洲,并不是为了自己,而是要揭开宝石交易的黑幕,以从战争根源上拯救人们。这是一种大爱。她需要丹尼提供的证据。但是不选择时机地公布证据,就可能使丹尼遭遇危险,甚至丢掉性命,曼迪为了正义而战,但绝不愿意拿丹尼的性命做赌注。这也是一种爱。

有爱,战乱中的人们才有温暖,才有希望,才能战胜邪恶,才能最终迎来和平的曙光。(子夜霜、苏先禄、屈平)

曙光(节选)

[冯大坚和贺龙说着走回来。

冯大坚:老总……泄密情况很严重,我们动一动,敌人就知道……

贺龙:说明我们内部有他们的人! 你到敌人那里跑一趟吧! 把他们的情况来源搞清楚。

冯大坚:我去做准备……

岳菱姑:大坚哥,你把斗笠带上。(把斗笠交给大坚)

贺龙:等等! (亲切地抱住大坚的肩膀,朝岳菱姑那里摆摆头小声地)怎么样? 你们的事快成了吧?

冯大坚:不知道。

贺龙:不知道? 真没用。这么久都不敢发起冲锋,情况不明?

冯大坚:呃……

贺龙:我来帮你侦察侦察?

冯大坚:(紧张地)不要! 不要……

岳菱姑:(不明真相地)老总! 你也要去侦察敌情?

贺龙:是呀! 我可是个好侦察员呀!

岳菱姑:我不相信,不管你走到哪里,人家都能把你识破。

贺龙:那可难说,你就识不破,不信试试看!

冯大坚:(紧张地)老总,我走了!(冯大坚匆匆逃走)

贺龙:(哈哈大笑)哈哈哈……

岳菱姑:(诧异地)怎么了? 老总!

贺龙:没什么,我是笑冯大坚胆儿太小。

岳菱姑:他? 胆小? 哈哈……冯大坚是我们洪湖第一胆大的人,没有他不敢去的地方,也没有他不敢较量的人。

贺龙:(叹息地)唉! 可他就怕一个人呀!

岳菱姑:谁? 你说说是谁?

贺龙:岳菱姑!

岳菱姑:(大惊)我?

贺龙:对了! 冯大坚这个胆小鬼有一句话放在心里,年把子都没有敢对你说。

岳菱姑:啊! 老总!(少顷捂住自己的脸,慌乱地)……我……我一点儿都不知道……

贺龙:现在不是知道了吗!(岳菱姑点点头)你这一点头,你心里的话我就知道了!

岳菱姑:老总! 您真是……

贺龙:真是个好侦察员。(笑了)哈哈……我不但是个侦察员,还是个好通讯员哩!

[岳菱姑飞快地跑下。

[中国]白桦/文

品 读

选文节选自电影剧本《曙光》。剧本写的是老一辈革命家贺龙在洪湖地区领导军队、群众和"左"倾机会主义斗争的故事。它生动地刻画了老一辈革命家贺龙这一人物形象。在剧中,贺龙既是一个高瞻远瞩、勇于斗争、敢作敢为的老一辈革命家,又是一个关心部属、亲切风趣的长者。

红军保卫局局长冯大坚热恋着赤卫队长岳菱姑,但又不敢向岳菱姑表白。作为领导人的贺龙当时正面临着抵抗外敌和清除内奸的复杂而艰巨的斗争。然而,他却不忘关心部属的个人生活,亲切而又风趣地点出了两个人心中的秘密,而且又巧妙地让双方彼此心领神会,正如他自己所说的,"我不但是个侦察员,还是个好通讯员哩"。

人间纯情

罗马假日（节选）

◇[美国]戴尔顿·特隆波

读点

字里行间充满了对快乐和自由生活的无限渴望。

主人公纯真烂漫的性格给人印象深刻。

剧情介绍：

西欧某国的安妮公主作为王位继承人将出访欧洲的各大城市，最后一站是罗马。安妮很想尽情地饱览当地风光，可侍从拒绝了，并给她注射了镇静剂。安妮假装睡着，待侍从出去后，她越窗溜了出来。

没逛多久，镇静剂发生效力，安妮在一条长椅上睡着了。美国穷记者乔·布莱德利经过这里，安妮睡得特别沉，乔只好把她带回了自己的住所。

第二天，报纸上的特别公告使乔意识到他带回的少女就是安妮公主，于是打算写一篇关于公主的独家报道。安妮告别了乔，又到罗马大街上闲逛。乔在西班牙广场上佯装和安妮偶遇，并自告奋勇地要为她做导游，同时，乔的朋友欧文驾车跟在他们后面，拍下了许多珍贵的镜头。

国王派出许多便衣四处寻找安妮公主的下落。乔带领安妮来到水上舞厅参加舞会时被便衣警察发现了，他们请安妮跟他们回去，而安妮坚决不肯。警察们要强行带走她，乔和欧文同他们厮打起来，而安妮也大打出手。趁着混乱，乔带着安妮逃之夭夭。

安妮公主终于要回宫了，可此时她和乔发现他们已坠入了情网。怎奈公主毕竟是公主，平民终究是平民，两人只能依依惜别。乔抛弃功成名就的良机，将照片送给公主做留念，在深情的四目对望中，安妮公主对乔说了声再见……

马里奥·蒂拉尼：你的头发真漂亮！

安妮：只是修剪一下。谢谢。

马里奥·蒂拉尼：只是修剪？那么剪到这？

安妮：<u>再短一点。</u>

批：有礼貌，表现出公主良好的修养。

批：三次反复强调"短"，说明其追

马里奥·蒂拉尼:还短？这儿？

安妮:<u>再短些。</u>

马里奥·蒂拉尼:这儿？

安妮:<u>再稍微短点。</u>

马里奥·蒂拉尼:剪到哪儿？

安妮:这儿。

马里奥·蒂拉尼:<u>这儿？你确定了,小姐?</u>　　　批:惊讶,有点难以置信。

安妮:我确定了,谢谢。

马里奥·蒂拉尼:全部剪掉？

安妮:全部剪掉。

马里奥·蒂拉尼:<u>也许你是音乐家,艺术家？画</u>　　批:体现出公主追求自由的个性,
<u>家?我知道了,你是模特儿。模特儿。</u>　　　　表明其具有艺术家般的高贵气
　　　　　　　　　　　　　　　　　　　　　　　　质。
安妮:谢谢你。

马里奥·蒂拉尼:太漂亮了！你留短头发很好
看。这样子就清爽了。

安妮:<u>是啊,是啊,这正是我想要的发型。</u>　　批:表明渴望清纯、单纯的生活。

马里奥·蒂拉尼:谢谢。今晚何不跟我一起去
跳舞？你瞧,多漂亮啊。舞会是在船上,游艇上。就
在圣安哥罗附近的河上。轻音乐,浪漫的气氛,非
常,非常,非常……你能不能过来？

安妮:<u>我但愿能去。</u>　　　　　　　　　　　　批:"但愿"说明她无法决定自己的
　　　　　　　　　　　　　　　　　　　　　　　生活。
马里奥·蒂拉尼:可是,你的朋友,我想他们会
认不出你了。

安妮:不,我想他们会认出我的。

马里奥·蒂拉尼:哦,非常感谢你。

安妮:谢谢。

马里奥·蒂拉尼:<u>哦,小姐,9点钟后我会在那</u>　批:从侧面赞美公主的美丽。
<u>儿。在河上跳舞。记住是圣安哥罗。那儿全是我的</u>
<u>朋友,如果你来了,一定会是全场最漂亮的女孩。</u>

安妮:谢谢你,再见。

马里奥·蒂拉尼:再见。

求个性与自由。

[安妮剪了短发,坐在广场上,吃着果冻。乔一直尾随其后,此时又上前装作不期而遇。

乔:噢,原来是你。

安妮:是的,布莱德利先生。

乔:你这是?

安妮:你喜欢吗?

乔:很喜欢。这就是你神秘的约会?

安妮:布莱德利先生,我得坦白一件事情。

乔:坦白?

安妮:是的,我昨晚从学校溜出来的。

乔:哦,发生了什么事吗? 与老师有矛盾了?

安妮:不,根本不是这样的事。

乔:可你总不会无缘无故地从学校溜出来吧?

安妮:本来我只想出来一两个小时。可他们给我吃了什么东西,让我睡着了。

乔:我明白了。

安妮:我想现在我最好找一辆出租车回去。

乔:瞧,在你回去前,为什么不多给自己一点时间玩玩呢?

安妮:也许可以再玩一小时。

乔:活得刺激点,玩它一整天。

安妮:我就可以做一些我一直都想做的事了。

乔:比如说?

安妮:你想象不出我多想一整天做我自己喜欢做的事情。

乔:你是指剪头发、吃果冻这样的事?

安妮:是的,我还想去喝露天咖啡,逛逛商店,在雨中行走,享受欢乐,找点刺激,这些对你来说算不了什么吧?

乔:太棒了! 跟你说,我们为什么不来做这些事呢? 一起来做。

安妮:可是难道你不要工作吗?

批:乔一直在跟着安妮,却装作不期而遇,这是免得安妮产生戒心而使自己准备写关于她的独家报道的计划落空。

批:渴望自由生活,不得已而"溜",不过并非是从学校。

批:交代事情的缘由。

批:是为了有更多的时间观察安妮,以完成自己的报道计划。

批:热情地鼓励,符合人物的性格特点。

批:突出对自由生活的向往。

批:向往无拘无束的自由生活,然而这平常人的生活对公主来说却是一种奢望。

乔:工作? 不,今天放假。

安妮:但是你也许并不想做这么多愚蠢的事。

乔:我不想? 第一个愿望:马上去露天咖啡座。 批:热情而善良。
我知道一个好地方:罗柯丝咖啡馆。你们学校的人
看了你的新发型会怎样说?

安妮:他们会很不高兴。如果他们知道我在你
的房里过夜又会怎么说?

乔:这个嘛,我跟你说,你不告诉人家,我也不告 批:浪漫而诙谐。
诉人家。

安妮:一言为定。

[在咖啡馆。

乔:你想喝什么?

安妮:请来杯香槟。

[在乔的陪伴下,安妮在罗马度过了美好的一 批:乔和安妮随着交往的深入而产
天。那天晚上,他们参加了船上的舞会。并与几个 生了微妙的感情。
前来寻找安妮的秘密情报人员打了起来。回到乔的
住处后,他们的关系变得有点微妙了。

乔:衣服全都完了?

安妮:没有,很快就会干的。 批:心情愉快,变得乐观起来。

乔:你应该总是穿我的衣服,多合适啊。

安妮:似乎是这样。

乔:我想喝点酒会好一些。

安妮:要不要我来煮点什么?

乔:没有厨房,也没有东西可煮。我总是在外面
吃的。

安妮:你喜欢这样吗?

乔:生活不总是随心所欲的,不是吗? 批:乔的生活既充满自由,又不乏
理性。

安妮:对,是的。

乔:你累了吧?

安妮:有点儿。

乔:你可过了非常的一天。

安妮:美好的一天。

(佚名/译)

批:突出中心,生活因为自由自在而美好。

自由的魅力

安妮公主平时养尊处优,生活中的大小事情都有人专门安排,很少有自由空间,更别说单独出行了。少女被禁锢的身心终于得到了自由,她逃了出来,却在街边一条长椅上睡着了,幸运的是遇到美国穷记者乔·布莱德利。节选片段叙述安妮在罗马城里一天的生活:剪发、"偶遇"乔、船上舞会、回到乔的住处。

剪发:漫无目的,闲逛中好奇,在理发店把头发剪到很短,热情的理发师夸赞安妮漂亮,清爽,一定是个模特儿。"这正是我想要的发型"简短的一句话表达了安妮的果决和有主见。剪发后安妮一身轻松,并接受了理发师的邀请。

偶遇乔:乔一直尾随其后,广场伴装偶遇。乔已知道安妮的身份,安妮谎称自己是从学校溜出来的,玩一两个小时要回去的,体现了少女的警觉与机智。乔没有揭穿,乔有自己的私心。安妮希望乔保守秘密,乔答应不会告诉别人。乔希望安妮玩一整天,这正合她的心意。体现了青春少女矜持和对自由自在生活的热爱。

船上舞会:这里只作交代,一笔带过。说明他们一整天玩得很开心。

回到乔的住处:美好的一天很快就过去了,他们学会了互相关心,他们发现彼此爱上了对方。

安妮公主在这种难得的机会里找到了少女该有的快乐,抛却尊卑的观念,展示活力和纯真,同时也向我们展示了她聪明、果决、机警的天分。(屈平、聂琪、刘宇)

芳草地

期 待

一只折断了桅杆的小船
被人忘记了,整天地睡觉;
周围是汪洋的沉默的海水,
在单调的微波上,它期待着。

它多么渴望风轻轻吹过,
因为它的心感到了悲伤;

寂寞地望着自己的影子，
永远停留在这个地方。

它停在水天交接的远处，
只能隐约地望见海岸；
柔和的天色和深深的海水，
在它的身边不停地抖颤。

"我的命运中的自由的风啊，
吹吧，把我往海岸那儿吹，
或者让我靠近明亮的海岸，
或者让我在岩石上撞碎！"

[罗马尼亚]托马/文,孙玮/译

品 读

　　阿列克山德里·托马(Alecsandri Troma,1875～1954)，罗马尼亚著名诗人。罗马尼亚革命胜利后,托马受到罗马尼亚政府高度评价,被授予一等共和国金星章和诗歌一级国家奖金。主要诗集有《正义在前进》《生命之歌》《在新时代光芒下》《山头的火焰》等。

　　罗马尼亚的祖先为达契亚人,106年达契亚国被罗马帝国征服后,达契亚人与罗马人共居融合,形成罗马尼亚民族,并先后组成瓦拉几亚、摩尔多瓦、特兰西瓦尼亚三个政治结构。1859年摩尔多瓦和瓦拉几亚两公国合并为一个国家,称罗马尼亚,附属于奥斯曼土耳其帝国。1877年5月9日,罗马尼亚宣布独立。1878年南比萨拉比亚地区隶属俄罗斯。1881年,罗马尼亚改称罗马尼亚王国。1918年1月摩尔多瓦(比萨拉比亚)宣布独立,同年3月与罗马尼亚合并。第一次世界大战结束后,1918年11月28日布科维纳、12月1日特兰西瓦尼亚分别宣布与罗马尼亚合并,至此,罗马尼亚成为统一的民族国家。

　　《期待》是一曲小巧别致的象征派诗歌。全诗以描写小船始,至抒写小船终。读者可以将它看作是托马以此象征正遭受外族统治者蹂躏的罗马尼亚,表达悲壮不屈的爱国热情;可以将它看作是感情受挫时孤苦无依的心,或者可以将它理解为在生活、事业上遭受厄运,处于险境的人不甘沉沦的呼声。

　　《期待》作于1897年。当时的罗马尼亚正经受着外族统治者的蹂躏,受到控制的罗马尼亚时势正值紧张期,诗人急切地渴盼着独立。联系诗歌的创作背景,诗人很可能是用"小船"这一形象来抒发对民族独立解放的期待。当时的罗马尼亚正如"一只折断了桅杆的小船","整天地睡觉"。但是,罗马尼亚人民是热爱自由、追求光明的民族,它们并不甘愿受敌人的践踏,正如小船渴望自由的风轻轻吹过,不愿永远停留在原地方,希望前进,"靠近明亮的海岸",即使行进中被岩石撞碎也心甘情愿。诗的前三节对小船进行铺写,细腻清晰地传达了小船的悲惨处境与看似无可奈何的忧戚。第四节情绪猛地一转,道出了小船内心犹然不泯的斗志,两相映照,造成读者感觉上的鲜明对比,催人奋进。显然,《期待》一诗是罗马尼亚人民的民族精神的艺术写照,小船的形象寓意是很深的。

莫斯科不相信眼泪（节选）

◇［苏联］瓦连金·切尔内赫

男主人公语言幽默风趣、乐观热情、诚实厚道。
男女主人公的邂逅揭开美丽爱情的序幕。

剧情介绍：

　　1958年的莫斯科，17岁的农村姑娘卡捷琳娜高考因差两分而落榜。集体宿舍的同伴们都安慰她，鼓励她明年再考，她便暂时到工厂当了模压工。

　　同屋的两个姑娘，一个叫托尼娅，生活态度严肃，她正在和同厂工人柯利亚谈恋爱；另一个叫柳德米拉，虚荣心很强，但还有一定的正义感，对朋友还是诚挚热情的。

　　卡捷琳娜的亲戚齐洪米罗夫教授夫妇要去度假，他们请卡捷琳娜去看家。柳德米拉坚决要求与之同往。柳德米拉怂恿卡捷琳娜和她一块在晚会上冒充是教授的女儿，卡捷琳娜默许了。

　　在举办晚会的那天晚上，电视台摄像师拉奇科夫吸引了卡捷琳娜的注意，他对卡捷琳娜大献殷勤，她也迷上了风度翩翩的拉奇科夫。假冒的身份使她深感不安，她想实情相告，但被柳德米拉劝阻。

　　托尼娅和柯利亚举行了婚礼。在欢庆的喜宴上，柳德米拉和托尼娅发现了卡捷琳娜怀孕三个月的事。后来，拉奇科夫发现卡捷琳娜的真实身份，他愤愤指责卡捷琳娜对他的欺骗，并坚决表示从此与她一刀两断，并一再要求卡捷琳娜去打胎，说罢就扬长而去。

　　卡捷琳娜在女友的关怀与帮助下，生下了女儿，叫亚历山德拉。她决心一面抚养女儿，一面发奋苦读。卡捷琳娜经过刻苦奋斗，终于拿到化工学院的文凭，成为一名专家，被任命为一家联合化工企业的厂长。

　　一天，卡捷琳娜独自坐在晚归的电车上。有着敏锐的目光、翩翩的风度、风趣的谈吐的果沙在卡捷琳娜的对面坐下，他立即引起了她的兴趣。他对卡捷琳娜也一见钟情。他猜测她是女工，最多是工长，或工会干部。后来果沙到她家里拜访，也获得山历山德拉的好感。一个星期天的清晨，果沙邀请卡捷琳娜母女俩参加和五个朋友的野餐。这五个人都是博士、副博士，他们大讲果沙的优点。

　　20年前抛弃卡捷琳娜的摄像师拉奇科夫，接受到一个到卡捷琳娜领导的工厂进行电视采访转播的任务。他发现厂长竟是卡捷琳娜，不禁目瞪口呆。他为自己过去的所作所为而忏悔，希望得到卡捷琳娜的原谅,他要求见女儿,但遭到卡捷琳娜的断然拒绝。

亚历山德拉因和同学尼基塔要好而遇到麻烦。果沙出面帮他们打败了对手,卡捷琳娜对他们以武力解决问题的方式很不以为然。三人就餐的时候,拉奇科夫贸然来访。拉奇科夫大谈对卡捷琳娜电视采访的转播,果沙悻悻而去。

托尼娅夫妇和柳德米拉都赶来安慰卡捷琳娜。卡捷琳娜痛哭不止,她对女友说:"果沙已经8天没有露面,再也找不到像他那样好的人了。"柳德米拉劝慰她说:"别哭了,莫斯科不相信眼泪,要采取行动。"

柯利亚去寻找果沙,找到果沙后,与他进行了推心置腹的谈话,终于说服了他,并把他带回卡捷琳娜家。卡捷琳娜向果沙倾诉衷肠,他们开始了新的幸福生活。

本文节选的是男女主人公果沙和卡捷琳娜在地铁车厢内邂逅和地铁出口处送别的两段对话。

地铁。电气列车。

画外音:电气列车运行的响声有节奏地传来。

夜。车厢里空荡荡的。一个四十岁上下年纪的男人(注:男主人公果沙)两只手抱着水火壶走在前面,身后跟随着一名五十多岁的老太婆。当男人发现身边的空座位时,他停住了脚步。放下水火壶,对老太婆说着。

男人:"不往前走啦,就在这儿吧!"

老太婆:(嘶哑地)"谢谢您!"

男人找了个空座位坐下来,卡捷琳娜正巧坐在这男人的斜对面。

她放下手里拿着的笔记本,仔细地打量着对面的男人。她低头,一眼看见男人跷着二郎腿,脚上穿着一双没有擦过的沾满泥浆的大皮靴。

男人:(自言自语地)"我自己也受不了这么脏的靴子。"

卡捷琳娜:(抬眼看了看)"你的靴子关我什么事?"

男人:"不过这使你看着不舒服,从你面部的表情就可以看得出来。"

卡捷琳娜:(似笑非笑地)"你会看相吗?"

批:点出影片男女主人公邂逅的地点。

批:果沙,一个乐于助人的人。

批:富有爱心!

批:男女主人公车厢邂逅,两人的美丽故事由此拉开了序幕。

批:举止的确不雅,正因如此,才引起女主人公的注意。

批:意识到自己的不当,善解人意,很细心。

批:对陌生男人的本能拒绝。

批:果沙很细心,看出卡捷琳娜表情不自然,才没话找话说。

批:觉得有意思,搭话自然。

男人:"当然,看样子你很不满意。我甚至能看出你还没有结过婚。"

卡捷琳娜:"……我也没跟你谈这个呀!"

男人:"不管怎样说,一眼就能看出你是没有结过婚的人。"

卡捷琳娜:"难道没结过婚的女人有什么特征吗?"

男人:"当然啦,她们是用评价的眼光看人的。只有民警、领导干部和未婚的妇女才这样看人。"

卡捷琳娜:(半微笑地)"我是民警?"

男人:"不是。"

男人:(摇头)"不是,不是。你是在工厂里工作。是个技工。但也不排除是工厂里脱产的工会干部。"

卡捷琳娜:(点头示意)"是的,差不多。"

男人:"我自己是个电焊工,不过是一级工。至于你没有结婚,我认为也没有什么可指责的。说起来,我自己就没有结婚。"

卡捷琳娜:"那么,你一定有什么缺点。"

男人:"这说明不了什么。我只不过是不走运罢了。"

卡捷琳娜:"那她肯定是个坏女人。"

男人:"不,她是个很好的女人。她已经结婚了,很幸福。"

卡捷琳娜:"这么说,是你不好?"

男人:"我?说实在的,我几乎没有缺点。"

卡捷琳娜微笑地往衣领上做个用手指弹了弹的姿势。(表示喝酒)

卡捷琳娜:"那么你喜欢这个吧?"

男人:(笑了笑)"噢,这个嘛,我倒是喜欢。不过是在业余时间里,还得有好的酒菜。我住在维尔纳兹基街附近。那里离沃罗佐夫池塘不远。我最喜

批:果沙对卡捷琳娜产生了兴趣。

批:卡捷琳娜一直回避这个会触及心灵伤疤的问题。省略号很妙,写出了卡捷琳娜的惊疑。

批:好奇心让卡捷琳娜对眼前的这个男人不由得产生了兴趣。

批:观察仔细,能够看出这些,说明他是一个非常精明的人。

批:微笑中显示出兴趣与善意。

批:身份判断表现了果沙机敏睿智、幽默诙谐,也侧面写出了卡捷琳娜的稳重和不张扬。

批:果沙的话,"不过是一级工",真诚坦白;"没有什么可指责的",善解人意;"我自己就没有结婚",坦言自己婚姻状况。卡捷琳娜的话,则显示其直言不讳、性格耿直。

批:女人抛弃自己,自己还称赞她,很善良、厚道。这也正是他赢得卡捷琳娜芳心的重要原因。

批:自信而不骄横,谦虚而不自卑。

批:话题更深一层,卡捷琳娜对这个其貌不扬的果沙有了好感。

批:对果沙生活习惯的推测。

批:不避讳,很坦诚,但并不酗酒。

批:开朗中透露出果沙对生活的无

欢吃小青鱼,往白桦树荫下一坐,棒极了。"

卡捷琳娜:"周围有孩子们在玩吧?"

男人:"什么孩子? 不,什么孩子都没有。倒是经常有些朋友来我这里同我聊天,看看我做的电工活儿。我最喜欢吃鲥鱼鱼子酱,抹在黑面包上,吃起来可有味道呢!"

卡捷琳娜:"瞧,你说得我都馋了。有机会我也可以尝尝?"

男人:"那我们说定了,等下一次我请你来。"

卡捷琳娜:"多谢! 如果我真的来了,你不会拒绝吧?"

男人:"那我等你。"

卡捷琳娜:"好吧!"

列车即将到站,速度开始慢下来。男人站起来,老太婆也跟着站起来,抚摸着座位上的水火壶。

老太婆:(对男人)"请你帮忙给拿下车去。"

男人边说:"可要快一点走!"边抱起水火壶转身就走。老太婆尾随在后,往车门口走去。

地铁出口处。

夜。卡捷琳娜站在地铁的出口处,准备找一辆出租汽车。

一辆"华沙"牌小轿车从远处驶来,突然一阵急刹车,停在卡捷琳娜的身边。男人从车里下来。

男人:"你听我说,我想来想去,决定用车子送你一下。"

卡捷琳娜:(惊异地)"凭什么呢?"

男人:"我身上有五个卢布。可以用出租汽车把你送到家。"

卡捷琳娜:"那只能送我到家,可你回去钱就不够了。"

男人:"我可以走回去,遛一遛嘛。"

限热爱。

批:不露声色地自然而然地试探。

批:再次显现对生活的热爱。

批:对果沙明显有了好感,主动提出约会;紧接果沙的话来说,不显得特别的主动。

批:爱慕中进一步试探果沙的真诚。

批:两人达成"盟约",这两人的爱情故事由此展开。

批:照应前文。

批:在卡捷琳娜需要帮助的时候,果沙出现了,真是一个善于体贴的男人;同时,也说明果沙对卡捷琳娜一见钟情。

批:担心对方觉得自己举动唐突,但夜晚还是担心其安全。

批:这是本能的防范,毕竟只是一面之缘。

批:婉拒中显示的是关爱。

批:理由不仅不勉强,而且显示其

说着，拉开车门，请卡捷琳娜坐进车里。

卡捷琳娜顺便问了一句。

卡捷琳娜："你还没有告诉我，你叫什么名字？"

男人："果加。"

卡捷琳娜："叫什么？"

男人："也可以叫我果沙。"

卡捷琳娜："你是说，叫果加，（叹气）我还就差认识你了。"

（王琢/译）

批："顺便"显得问得自然，同时也自然交代这男人的姓名。

批：卡捷琳娜已经被果沙的真诚打动，"就差认识你了"一语双关，表面是说这才认识，深层是说自己认识恨晚。

热爱生活。

爱情在邂逅时开始萌生

瓦连金·切尔内赫(1935年3月12日~2012年8月6日)，俄罗斯剧作家、电影剧作家。青年时期当过造船厂电焊工、飞机制造厂修理工，还当过报社记者。代表作为剧本《莫斯科不相信眼泪》(1977年发表)、《面包的味道》(1979年合著)。

《莫斯科不相信眼泪》1979年拍摄成影片，影片获1980年苏联最佳影片奖和1981年美国电影艺术科学学院奥斯卡最佳外语片奖。

剧本成功地塑造了三个不同性格的女性，描写她们不同的遭遇和生活道路，其中着重塑造了女主人公卡捷琳娜的形象。卡捷琳娜原是一名朴实的青年女工，因一时冲动冒充是教授的女儿，被摄像师拉奇科夫缠住而怀孕了，后来拉奇科夫知道她不是教授的女儿，就把她抛弃了。卡捷琳娜含辛茹苦地带大了女儿，终于在20年后成了一家联合工厂的厂长。这时，她和一名普通的电焊工果沙相爱，但她没有告诉果沙她的厂长身份。而果沙不愿意与地位高于他的女人结婚，后来他知道卡捷琳娜是厂长时，就离开了她。经过卡捷琳娜的朋友向果沙解释后，果沙又回到卡捷琳娜身边，他们开始了幸福的生活。剧本成功地表现了当代苏联人的社会生活和精神生活，得到电影评论界和广大观众的一致肯定。

本文节选的是剧中果沙和卡捷琳娜在地铁车厢内邂逅和之后的两个片段。两人的邂逅可以说是他们爱情开始萌生之时，在剧本中具有人物爱情、命运的枢纽的作用，很值得玩味。首先，时间是夜晚，这是果沙和卡捷琳娜乘坐地铁回家的时间，如果不是夜晚，他们二人邂逅的机会就很少，而且晚上乘地铁的人少，也为二人交谈提供了便利。同时，夜色朦胧，也为二人朦胧情感的萌生创造了氛围。地点是地铁车厢内、地铁出口。地铁车厢内，二人交谈并彼此获得好感；地铁出口，果沙夜晚送卡捷琳娜回家则是感情的进一步发展。这两个片段,剧本没有通过尖锐剧烈的矛盾冲突,也鲜有通过人物富有特征性的外部动作和典型事件来刻画人物性格,而主要是通过人物的语言来成功地展露了果沙的美好心灵,浮雕似的刻画了他的性格特征。果沙的语言幽默风趣,充满着爱、热情和乐观的情调,显露了他的聪明睿智,表现了他热爱生活,善于观察人、理解人、关心人,热情待人、严于律己的朴实、厚道和乐观的个性。果沙的话富有幽默感、亲切感,具有哲理性。正是初次相识,果沙给卡捷琳娜留下了美好印象,拨动了对爱情几乎是抱着戒备心理的卡捷琳娜深埋心底的爱情琴弦。(子夜霜、贾少敏)

爱是一棵月亮树

自从看到你,亲爱的,我就深深地爱上你,说不出为什么,有一种声音,它好似从很高的地方滑落。我仰头,月亮出奇的白,一棵树在悄悄地刻画阴影。

我的心灵,已经被那么多绿色的叶子塞满,看到你,我想把它们编成美丽的叶环。如果有一天,你走出月亮树,这叶环会围绕你,我红红的唇是绿叶中羞涩开放的红梅花。

你的目光总那么冷峻,我不敢再看月亮,月亮树是魔鬼,你轻轻一跃,像只骄傲的雄鸟,而我的双目只闪动着悲哀,泪水像月光。你可以伸展你的肢体,撕碎月的完整。我这颗年轻的心失去了平衡,站在月亮树下,想着爱的落寞,早升的黄昏星消失了,天上的霞霭在乱飞,我的心却没有归宿。

亲爱的,月亮树结果子吗? 在欧罗巴,据说月光下的果子是酸涩的。梦中的月亮树永远结不出果子。七叶树上荡秋千有多么美妙啊,整个夏天的傍晚都像波浪在摇晃。

我柔嫩的小手向你张开,如莲花蓓蕾刚刚绽放。在走到你身旁之前,我是一株无忧树。可现在月亮树在我心中建起一座官邸,为了你,我把一些对我无用的东西都变成月亮树的模样,我的世界里没有你,却到处是你。

你又说,爱是一棵月亮树,这一次我哭了。

黑夜,蟋蟀在树林里鸣叫,那曾经灿烂过的微笑,那曾经闪烁过的泪珠,那曾经绚丽过的紫丁香,在你和月亮树面前,都变成一片白色的死亡。

那么,亲爱的,就让我去死吧! 这个世界有太多的匆匆过客,他们都能任意漫游,他们的脚上散发着草香,他们的脸庞,闪烁着喜悦的光。他们从哪里来,又要到哪里去,这些对我都微不足道了。月亮树没有坍塌,我只有无边的悲哀。

约翰在菩提树下弹那把六弦琴,多少个夕阳黄昏,多少个旭日早晨,他弹着同一支曲子,我曾喜欢听见它,但我不能走近约翰,因为,我早已把自己交给了你。

你能使人世间一切妩媚动人的姑娘,摒弃虚假的骄傲,拜倒在你的脚下。

爱,是一棵月亮树,一棵月亮树,亲爱的。

虽然它不结果子,抑或结出的果子也是苦涩的,但我愿意,亲爱的,我愿意是遮住月亮树的一朵悲伤的云。

[美国]玛丽·格丽娜/文,周庆荣/译

品 读

　　玛丽·格丽娜(1951～),美国女诗人。以散文诗见长,主要作品有诗集《爱是一棵月亮树》《第二种感情》等。作者在谈自己的创作时说:"散文诗在正常人看来,应是散文中的诗。而我觉得,它跟散文截然不同。将无数个梦呓断句用自然舒展的红线串联起来,然后再扯断,这太含糊,但我喜欢这样。"她的诗感情饱满真挚,文笔极婉转细腻,以自己独特的诗歌风格和艺术技巧崛起于诗坛。

　　爱,就是这样:当我们远远观赏的时候,她那么迷人,你会发誓以自己拥有的一切去换取她的一颦一笑;而当你靠近她,试图从她的身上汲取前行的力量时,你会发觉自己终于学会了真正的哭泣,学会了构建内心世界最美丽的官邸,让心的每一个角落都洒满月的清辉。

　　无论是灿烂的微笑,闪烁的泪珠,还是绚丽的紫丁香。喜也好,忧也罢,有爱的世界,周边的一切都会变得无关紧要——在真爱的面前,谁都愿意匍匐在忠诚的脚下沉沉睡去,直至天荒地老……

两个人的车站（节选）

◇[苏联]埃利达尔·梁赞诺夫

埃米尔·布拉金斯基

读点

含蓄的语言，微妙的心理，对话中藏深意。
陡增的悬念，唯美的画面，妙招处成经典。

剧情介绍：

在一个严冬风雪之夜，劳改营长官让犯人普拉东去十里外的村子，与从七千里之外来看他的妻子见面，顺便把监狱送去修理的手风琴取回，并命令他于次日早上8点前必须赶回，否则以逃跑论处，加重刑罚。

普拉东原来是个钢琴师，妻子漂亮时髦，但自私任性。一次，夫妻俩驾车外出，妻子执意要自己开车，不慎撞死一个行人。事后，她又哭又闹，怕受到法律惩处后再也不能担任电视播音员的工作了。于是，普拉东揽下罪责，代妻服刑，对此妻子却十分坦然。因此，普拉东对妻子的到来并不高兴。

普拉东上路后在雪地里跋涉，脑海里浮现服刑前在一个小站时的情景：普拉东乘火车去与父亲作服刑前的告别，途经一个小站扎斯图平斯克，在车站餐厅用餐，餐厅提供的食物令普拉东作呕，便没有吃。餐厅服务员薇拉让他付钱，他坚持自己没有吃而不付钱。双方争执中，火车开走了。普拉东滞留车站中，与薇拉有较多接触，彼此间由陌生、漠视、误会而相知、相爱。原来薇拉的丈夫因外遇离她而去，儿子留在她身边。

普拉东来到了劳改营长官指定的地点，出现在他面前的不是妻子，而是微笑的薇拉——在难得的家属探视日，是薇拉千里迢迢来看普拉东的。两人在监狱外的木屋内度过了难忘的一晚。

次日清晨，普拉东和薇拉起晚了，两人拼命向劳改营奔跑，在离劳改营一百多米时，时间临近8点。薇拉让普拉东拉响了手风琴，在最后一刻，以琴声按时报到。

选文节选了普拉东和薇拉在车站相遇与普拉东和薇拉赶回劳改营两个片段。

　　说话间,普拉东蓦然停住小车,使薇拉几乎从车子上摔下来。

　　"你干吗突然刹住车子? 你这车上还有乘客呢!"薇拉愠怒地说。

　　"你没看到,现在是红灯呀!"普拉东忙指给薇拉看路口的指挥信号灯,"我是遵守交通规则呀!"

　　薇拉仰起头看着红色的指挥灯哼了一声:"啊!……"

　　"你有孩子吗?"薇拉盯着普拉东好奇地问道。

　　"有个女儿,已经是大学生了,"普拉东停顿片刻,又忧郁地,"她穿条牛仔裤,到处闲逛。"

　　薇拉转入正式话题:"你的妻子漂亮吗?"

　　普拉东对这种探问并不感兴趣,只是随口应了一声:"漂亮!"

　　"她身材怎么样?"

　　"会让你感到吃惊!"

　　指挥灯已经变成绿色。普拉东未觉察地停在马路上等待着。

　　"灯已经变好久了,没有任何干扰了!"薇拉不满意地对普拉东说,"快,加速!"

　　普拉东默默地推着小车向前走起来。他猛然意识到方才可能冲撞了薇拉,伤了她的自尊心,于是对她说:"但是你那微笑很美! 我这是真心话!"

　　薇拉听了他这番表示,很不以为然地说:"把车停下来,我下去!"

　　"不行! 你没见前面的牌子上写着'禁止停车'吗?"

　　"那我在行车时跳下来!"薇拉赌气地说。

　　"请原谅我大脑迟钝,不了解女人的心理。不管怎么说,微笑比身段更重要。微笑是心灵的写照! 只有像我这样的蠢人,才会当着女人的面去夸另一

批:停车使得二人的传情对话得以展开。

批:普拉东的妻子因开车出事故,他将要代妻服刑,因而他对交通信号灯十分敏感。

批:薇拉对普拉东有了好感,从孩子入手了解他的家庭情况。

批:由"孩子"转到了"妻子",薇拉对普拉东家庭的探问,说明她心中已萌生了爱恋。而普拉东随口而答则说明他们的婚姻并不幸福。

批:双关,普拉东的未觉察不仅是指挥灯,还有薇拉萌动的爱。

批:薇拉不满意普拉东夸奖他的妻子,表明她已悄悄爱上了他。

批:"猛然意识"的还有他与薇拉之间那微妙的爱。安慰的话体现了普拉东的善良和真诚。

批:薇拉对普拉东这热力不够的话有些不满。

批:普拉东用自责和对薇拉微笑的赞美,含蓄幽默地回应了薇拉的爱意。

个女人。"普拉东解释着。

薇拉怕引起误解,匆忙地表白说:"其实我与你的妻子没有任何关联!"

批:极力遮掩,欲盖弥彰。

"可我与你……"普拉东故意停了一下,注意地看了薇拉一眼,"我与你倒是有关联!"

批:细节描写,表现普拉东幽默与风趣。

"往前走吧!"薇拉好像怕听到什么似的,急忙岔开话题吩咐道。

批:"怕听到"的,也是渴望听到的,展示了人物内心的矛盾。

普拉东用力推着小车向前大步流星地走着,并自言自语地说道:"从来没料到,我能有这么大的劲儿!"

批:通过动作和语言描写,充分展示了普拉东内心的欢乐,爱情给了他前进的动力。

二

普拉东在薇拉的陪同下,在茫茫雪原上奔跑,他必须在八点钟以前赶上劳改营的早上点名,否则……

批:强调了时间的紧迫,省略号设下悬念。

他们在雪地上奔跑着,跌倒了又爬起来,当他们看到劳改营的围墙时,已经筋疲力尽,实在走不动了。但这时,劳改营早点名已经开始了……

批:怎么办?他们面临的不仅是体力的考验,还有智慧的考验。

劳改营。

一排一排的劳改犯站在广场上:口令,训话和点名的声音交织在一起。

批:雪地、劳改营、劳改营广场,镜头的切换,营造了一种紧张的气氛,悬念陡增。

画外音:劳改营里传出点名的声音:"里亚比宁!里亚比宁!"

特写:薇拉和普拉东仍在雪地上移动着。

批:由"奔跑"到"移动",他们的体力耗费已达到了极限。

薇拉听到点名的声音,眼望着远处的围墙,挥着手,用尽全力喊叫起来:"喂,你们听着,他在这里!"

劳改营广场。

看守长——中尉站在高高的讲台上,听着各队队长的汇报。

一名军官面对中尉敬礼说:"中尉同志,第四大队检查完毕,一名缺席。"

批:如果普拉东不能按时到达,将按逃跑论处,加重刑罚。

"谁?"中尉问道。

"里亚比宁。"

特写:普拉东抱着手风琴和薇拉坐在雪地上喘个不停。

"拉琴!"薇拉急中生智地吩咐普拉东说。

劳改营。

镜头闪回:"里亚比宁!"中尉自语地说。"看来,他。没有回来!"

"对,完全正确。肯定是逃了!"大队长果断地说。

镜头闪出另一画面:普拉东和薇拉坐在雪地上。

"把琴拉起来!"薇拉急促地说。

"我懂了!"普拉东应声回答。

普拉东喘不过气地打开琴盒,急忙取出手风琴,准备拉起来。但身体软得坐不住,几乎要倒下来。

"当心,别倒下来!"薇拉靠着他的脊背坐着说。

普拉东紧靠着薇拉的脊背,终于将手风琴拉起来。

"声音大些! 大些,再大些!"薇拉连续在喊着。

劳改营广场。

琴声响彻了空旷的雪原,传遍了劳改营广场。看守长——中尉严肃地站在讲台上,忽然听到传来的琴声,脸上逐渐浮现出笑容,喃喃地说:"不,他在这里。他回来了!"

特写:薇拉和普拉东背靠背地坐在雪地上,普拉东起劲地拉着手风琴,声音越来越响。

"声音再大些!"琴声继续在皑皑白雪的荒原上回响着,划破了周围的静寂。

特写:普拉东和薇拉背靠背地坐在雪地上,沐浴在寒冷的朝阳里。普拉东继续拉着琴,声音由大渐小。普拉东和薇拉逐渐消失在远方。

渐隐。

(佚名/译)

批:特写说明他们无法按时赶回,也预示手风琴将派上用场。

批:薇拉的聪明机智为问题的解决带来了转机。

批:一旦被判定逃跑,普拉东将面临重罚。

批:心有灵犀。

批:峰回路转。紧靠的不仅是脊背,还有两个人同呼吸、共命运的心灵。

批:中尉的笑容是对普拉东诚实、格守诺言的最好的奖赏、最大的赞誉。

批:朝阳、雪地、琴声,背靠背地坐着的一对爱人,组成了一幅唯美的经典画面,传递出两人对未来充满了希望的心声。

以真诚面对人生

每个人都有追求幸福的权利。但想得到真正的幸福，必须以真诚对待人生。

面对着极端自私，甚至不愿承担罪责而只好自己代她服刑的妻子，普拉东是不幸福的；面对着因丈夫不忠离她而去，她要独自带着孩子，还要侍奉婆婆的家庭，薇拉是不幸福的。当两个不幸福的人相遇后，彼此真诚的态度，改变了他们的人生。

第一个片段是普拉东服刑前为了与父亲作别而在车站与薇拉相识的情景。

产生爱恋的两个人通过对话，巧妙地展示了他们真诚的内心世界。坐在小铁车上的薇拉探问式的问话里，有着对普拉东家庭的关注，更有着对普拉东内在人格的探寻。"微笑比身段更重要。"微笑是属于善良的薇拉的，身段是属于那个自私的妻子的。领悟到薇拉内心思绪的普拉东含蓄幽默甚至带有自我解嘲意味的话语，不仅展示了他内在的修养，更是以真诚回报了薇拉的真诚。

普拉东服刑后奉监狱长官之命与妻子会面，而意外见到的是薇拉，第二个片段便是写普拉东与薇拉一起回劳改营的情景。这里，两个人更是把真诚演绎得淋漓尽致。在家属探视日，千里迢迢来看普拉东的是薇拉；听到点名的声音，挥着手、用尽全力喊叫的是薇拉；让陷入绝境甚至丧失信心的普拉东重新看到希望而用拉琴来报到的是薇拉；精疲力竭的普拉东拉起手风琴时用脊背支撑他，不让他倒下去的还是薇拉。如果说薇拉的真诚体现为一种献身精神的话，那么，普拉东的真诚则体现为一种做人的诚实和对诺言的恪守。他不是一个逃兵，他已尽其所能。

朝阳下，雪地上，那伴随着悠扬琴声背靠背的两个人是幸福的。这幸福不仅来自未来的希望，更来自他们内心对人生的真诚。（曲明城、子夜霜）

你曾经是我的舞伴

你曾经是我的舞伴
我们踏着水一般清澈的华尔兹舞曲
在冰一般平滑的地板上旋转
那时，我像女孩子一样羞怯
你，又比男孩子还要大胆
你曾经是我的舞伴

纷扬的彩色纸条飘下来
缠住了我们的双肩
我想把它拨开
你说:缠着吧
直到永远,永远

啊,我真悔恨
悔恨我竟把舞步踏乱
那一声声温暖的节奏
敲碎了我心上平静的水面
我多么希望那乐曲再重复演奏一次
那乐曲里有一个音符
曾把我们的心弦拨颤

而最后
那缠绕着我们的绚丽纸条终于裂断
当旋律随夜风徐徐飘散
我悔恨又为什么分别得这样仓促
竟没有来得及说一声再见
只把那一个音符
留你心中一半
留我心中一半

[中国]林希/文

品 读

　　林希(1935～　　),原名侯红鹅,中国当代作家。主要作品有诗集《海的诱惑》《无名河》《高高的白杨树》等。

　　这是一首青春明快而又略带忧伤的诗,精彩地诠释了一对有情人邂逅相逢却又失之交臂的怅惘心曲。

　　诗的前两节,描写主人公回忆舞池起舞的情景。

　　第一节诗,生动地塑造了两个性格迥异的舞伴,也写出了青春活泼可爱的一面:男,具有女孩子的羞涩;女,具有男孩子的大胆。

　　第二节诗,形象地揭示了两个舞伴的心态。这里描述了一种朦胧的情感,诗人没有直接说明,而是巧妙地用动作和暗示的语言来表现。彩色纸条成人之美,"她"想和"我"永远缠着。

遗憾的是,这种纯真而甜蜜的情感没有一直延续下去。接下来两节诗写悔恨、怅惘的心情。

第三节诗,前四行诗非常传神地写出了年轻人在情感面前的内心反应,使那种幸福而紧张的感觉一下子就表现出来了。因为紧张,"我""竟把舞步踏乱",从而导致终生悔恨愧疚。后三行诗所写的惆怅是我们大部分人都有过的一种感觉,生活中的错失往往都是在偶然的犹豫或者不经意中,但是生活的逻辑就是不能回到过去,重新再来。

第四节诗,写分离。"她","竟没有来得及说一声再见","只把那一个音符……留我心中一半",便无限哀婉地走了。"此情可待成追忆,只是当时已惘然。"结尾含蓄,余味无穷。这种悔恨是淡淡的、朦胧的,包含着对生活的多重的丰富体验。

战争和平

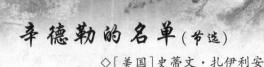

辛德勒的名单(节选)

◇[美国]史蒂文·扎伊利安

读点

波澜起伏的情节、伏笔照应的运用不断激起读者的兴趣。

自我批判的精神、歉疚自责的心灵深深震撼观众的灵魂。

剧情介绍:

影片真实地再现了德国商人奥斯卡·辛德勒在第二次世界大战期间保护1200名犹太人免遭法西斯杀害的历史事件。

1939年9月,德军攻占波兰,所有犹太人被强行赶往克拉科夫。他们的衣服上都钉着一个耻辱的六角星。德国人辛德勒来到克拉科夫,以商人与纳粹党员的特殊身份,与当地纳粹头目拉上关系,做起了黑市交易。随后在犹太人伊萨克·斯特恩的帮助下建立搪瓷厂,专门给前线部队供应餐具和子弹,大批雇佣犹太人,使他们获得了工作,得到了暂时的安全。辛德勒的工厂成了犹太人的避难所。辛德勒通过行贿,产品成批运出工厂,利润滚滚而来。

1942年冬,党卫军司令官亚蒙·格特到克拉科夫任职。1943年3月13日,党卫军开始了惨绝人寰的大屠杀,犹太区一片枪声。目睹大屠杀的惨剧,辛德勒对纳粹的最后一点儿幻想破灭了。

为了保护犹太人,辛德勒决心承担起保护工厂1200名犹太雇工生命的重任,他将这些犹太工人的姓名打印在一份名单上,声称他们是工厂正常运转所"必需"的工人,而后贿赂亚蒙·格特,声称将他的工厂定为一个附属劳役营,重新恢复生产。辛德勒越来越被怀疑违反了种族法,但他在机智地躲过纳粹迫害之后,仍一如既往地不惜冒着生命危险营救犹太人。

1944年4月,杀人如麻的格特奉命把剩余的犹太人送往奥斯威辛集中营灭绝。辛德勒以重金贿赂了守卫,用火车将1200名犹太人送往自己的家乡。当载着犹太妇女的火车错开到奥斯威辛——比尔肯利时,他破费一大笔财产把这些女工又追回了他的工厂。

德国无条件投降的前一夜,辛德勒宣布他工厂里所有的犹太人自由了。辛德勒将要离开克拉科夫,犹太人互相拔下嘴里的金牙铸成一枚金戒指,上面刻着希伯来文的经文:"救人一命,就是拯救全世界。"犹太长老代表全厂工人写了封信交给辛德勒,万一他被捕,上面有所有工人的证词,以证明他并非战犯。辛德勒激动得热泪盈眶。辛德勒走了,人们久久地目送他离去。

后来,亚蒙·格特被捕,当时他作为病人住在巴特托尔兹一家疗养院。他因犯了反人类罪而被绞死在克拉科夫。

战后,辛德勒在瑞士的一个小镇隐居下来,身无分文,靠他曾经救助过的犹太人的救济生活。1974年10月9日,辛德勒逝世。按照犹太人的传统,辛德勒被作为"36名正义者"之一安葬在耶路撒冷。

在辛德勒墓地,每年都有那些当年的幸存者们带着他们的子孙,以他们独特的方式来深情悼念辛德勒。

本文节选了《辛德勒的名单》中辛德勒宣布德国投降消息的片段。

253·内景布吕恩利特兹工厂 – 晚上

所有1200名工人和所有卫兵第一次在工厂的空场上集合。紧张和疑问包围着他们。一种不祥的安静。接着——

辛德勒:德国无条件投降的事刚刚已经宣布了。在今夜,这场战争就要结束了。

他并没有举行庆祝活动的意思。实际上,他的话在厂房里的回声正逐渐消失,反映了他们共同感到的一些怀疑。

辛德勒:明天,你们就可以开始寻找你们家庭的幸存者。在许多情况下,你们将不会找到他们。在长达6年之久的屠杀之后,全世界都在哀悼受害者。

冲锋队指挥官利波尔德同他的部下站在一起,他很想,但已不可能举起他的步枪向人射击了。

辛德勒:我们活下来了。你们中有些人曾找到我,感谢我。感谢你们自己吧。感谢你们无畏的斯特恩和你们当中的其他人。他们为你们操心,曾经每时每刻都面对死亡。(日光移开)谢谢你们。

他朝卫兵们看去,他在感谢他们。这把工人们完全弄糊涂了。正当他们认为自己已了解他的思想感情的时候,他却感谢起卫兵来了。

批:环境描写,营造一种紧张、不祥的氛围,与下文的情节形成反衬。

批:这真是天大的喜讯。

批:借有形写无形,突出工人们疑惑的心理。人们长期饱受苦难,突然解脱了,反而不相信。这是一种反常的正常心理,正如唐诗"近乡情更怯,不敢问来人",就是这样的心理。

批:照应了工人们的疑惑。

批:运用重复的修辞手法,突出辛德勒的真情实意。

批:设置悬念,激发读者阅读兴趣,同时推动了情节的发展。一个"却"字突出了工人的疑惑。

辛德勒(对卫兵,继续):你们显示了非凡的纪律。你们在这里的表现是人道的。你们应当感到骄傲。

批:赞美纳粹卫兵,令人疑惑!

或许,他是想调整一下现实,使得党卫军丧失战斗的精神,改变卫兵和囚犯们的自我感觉?他的目光扫过那些党卫军士兵的面孔,这目光仍然令人猜不透。辛德勒把他的注意力又转回到工人们这边。

批:借辛德勒的目光来实现电影镜头的转换,自然流畅,从而写出了不同的人们的不同反应。

辛德勒(继续):我是纳粹党的一名党员。我是一个军火制造商。我是个利用奴隶劳动牟取暴利的人,我是一名罪犯。今夜,你们将获得自由,而我将被拘捕。(稍顿)在零点过五分钟之前,我仍会同你们待在一起。在那时以后,希望你们能原谅我,我不得不逃亡了。

批:运用排比的修辞手法,从多方面写辛德勒对自己的定位,暗示了他忏悔而悲哀的内心。其实,辛德勒是借此来保护犹太人。

这番话使工人们感到担忧。每当他离开的时候,一些令人可怕的事往往会发生。

批:虚笔一带,暗含了许多曾发生的可怕的事。

辛德勒:为了纪念你们中的无数牺牲者,我想让我们举行三分钟默哀。

批:写辛德勒号召幸存者为无数牺牲者而默哀,再写幸存者的默哀,两相对照,给人的心灵以强烈的震撼力。

在这沉静的气氛中,镜头缓慢地扫过工人们的脸——老人、残疾人、青少年、丈夫身边的妻子、父母身边的孩子,整个家庭——这就很清楚,如果它过去不是一个监狱又是一个制造企业的话,布吕恩利兹集中营已经是一个长时间维持的骗局。

辛德勒在他一生中还从来没有安静地站立得这么久过。他现在这么做了,在战争结束的时候,默哀,耷拉着脑袋,悼念众多死者。

批:真诚的忏悔,沉重的悲哀,一个有良知的德国纳粹党员的形象呼之欲出。

当他最后抬起头时,他看到他是最后一个抬起头的人。人们的脸,很少是他认识的,都在看着他。他转过身再一次向沿墙站着的卫兵们讲话——

批:照应前面的叙述。

辛德勒:我知道你们从我们的司令那儿得到命令——这是他从他的上级那儿得到的——干掉这座集中营里所有的人。

批:与前文对卫兵的赞美似乎相矛盾,但人们幸存下来,因为他们并没有执行上级的命令。

恐惧像波浪般在工厂里蔓延开来。法弗伯格紧

批:一场混战似乎一触即发。

握上衣下面的手枪。他的衣衫褴褛的非正规部队也都照他这么做，其余的武器则藏在一台机器后面。

辛德勒(对卫兵们)：现在是做这件事情的时候了。他们全都在这里。这是你们的机会……

卫兵们拿着他们的武器立正站着，好像他们今晚一到达这里，就等待着从他们的指挥官利波尔德那儿得到正式的命令。利波尔德似乎也准备下达这样的命令。

辛德勒：或者……(他耸耸肩膀)……你们能够离开这儿。像普通人而不是以杀人犯的身份回到你们的家里。

长时间的沉默。最后，一名卫兵缓慢地放下他的步枪，离开了队伍行列，走开了。接着，另一个人。又一个，又一个，又一个。

当最后一名卫兵走掉时，工人们端详着利波尔德，他显得更像一个人，不能构成威胁的人。而且，他也知道这一点。他转身离开了。

254·外景布吕恩利特兹集中营-晚上
一座岗楼。已被废弃了。周围的电网没有哨兵。卫兵军营已无人居住。党卫军早已走了。

255·外景庭院-布吕恩利特兹集中营-夜
辛德勒和埃米莉(注：辛德勒的夫人)从他的住处出现，每人提了一个小箱子。在黑暗中，离辛德勒奔驰车不太远的地方，站着全厂1200名工人。当辛德勒和他的妻子穿过庭院来到车前时，斯特恩(注：犹太人，辛德勒经营工厂的主要助手)和利瓦托夫(注：犹太长老)走了过来。那犹太长老递给他几张纸。

利瓦托夫：我们写了一封信，试图说明一些事情。如果你被逮捕的话。每一个工人都在这上面签了名。

批：并非希望屠杀，而是以生命来拷问这些卫兵！

批：卫兵等待命令，利波尔德准备下达命令，给人以紧张感，令人窒息，而"好像""似乎"的运用又给人们以安慰。

批：与前面对卫兵的赞美以及卫兵的任务、机会紧密相连，实际是辛德勒期待士兵放下武器。

批："沉默"，军人的天职是服从命令，然而屠杀也并不是他们所愿意去做的。在辛德勒的号召下，当第一个放下武器，接着就会一个接一个地放下武器。辛德勒再次救了这里的人们。

批：照应了上文辛德勒"逃亡"之语。

批：真情会换回真情，帮助别人就是救赎自己，尤其是在那样的年代！

辛德勒看到一份打字文本,下面附上延续了数页纸的签名名单。他把它装在衣袋里,这是一份新的名单。

辛德勒:谢谢你们。

斯特恩跑上来把一枚戒指放到辛德勒手中。它是一枚金色的指环,像结婚戒指一样。辛德勒注意到里面刻印有文字。

斯特恩:这是希伯来文。它说:"救人一命,就是拯救世界。"

辛德勒把这枚戒指戴在一个手指上,很欣赏地看了它一会儿,点头表示感谢,接着,看上去是要撤离了。

辛德勒(自言自语):我本来能够弄出更多的人……

斯特恩不能肯定他听得是否对。辛德勒的视线离开斯特恩,离开他的妻子、他的车子和工人们——

辛德勒(自言自语):我本来能弄出更多的……如果我,只要……我也许,如果……我只要……我还能弄出更多的。

斯特恩:奥斯卡,有 1200 人由于你而活下来了。看看他们(他不能)。

辛德勒:如果我赚更多的钱,我扔掉了那么多钱,你不会知道。如果我,只要我……

斯特恩:由于你所做的,将会传下几代人。

辛德勒:我做得太不够。

斯特恩:你做了那么多。

辛德勒开始失去控制,泪如泉涌。斯特恩也流泪了。当辛德勒的眼睛扫过工人们的脸时,他脸上完全是一种歉意,求他们为他没有做得更多而原谅他。

辛德勒:这辆车。格特曾想买这辆车。我为什么要留下这辆车呢?十个人,就能在这儿了。我可

批:名单上这些是遭到纳粹迫害而被辛德勒救下的犹太人。

批:也同样是真诚的感谢。

批:点睛之笔,突出表现了辛德勒的伟大功德。

批:由辛德勒对工人、对士兵的讲话,过渡到他自己的自言自语,向人物的内心拓展,再次推动情节的发展。

批:断断续续、不完整的自语表现了辛德勒的内疚、自责。事实上,他已经尽了最大的努力,而他的内疚与自责恰恰表现了他的善良和伟大人格。

批:辛德勒的情感由自语的内敛过渡到流泪、歉意的目光的情感外露,展示了影片的递深。"泪如泉涌",痛苦是发自内心的;"完全是一种歉意",歉意也发自内心的。

以多救出十个人。（看看周围）这个饰针。

他从西服翻领上撕下做得很精致的德国纳粹党
卐字党徽,并悲哀地交给斯特恩。

辛德勒:两个人。这是纯金的。可以多活两个
人。格特为了得到这个,愿意给我两个人,至少一个
人。他会给我一个,多一个,多一个人。一个人,斯
特恩。就为了这个。多一个,我能多救一个人。我
没有。

批:运用了反复的修辞,突出强调了辛德勒对自己能多救而没能多救的深深自责。

他的精神完全垮了,哭得呼天抢地,他多年保持
的情感一泻而出,内疚使他变得憔悴。

辛德勒:他们杀了那么多人……（斯特恩也哭
了,拥抱他)他们杀了那么多人……

批:辛德勒的痛苦自责,也是对纳粹法西斯的野蛮残酷的屠戮行径的强烈控诉!

从上面,从一座岗楼上,人们可以看到下面的斯
特恩在试图安慰辛德勒。终于,他们分开了,而辛德
勒和埃米莉登上了他们的奔驰车。车子缓慢地驶出
集中营的门。车子开走了。

（雪舟/译）

救人一命,就是拯救世界

史蒂文·扎伊利安(Steven Zaillian,1953 年 1 月 30 日~),美国编剧、导演、制片人。代表作《辛德勒的名单》获得 1994 年奥斯卡最佳改编剧本奖。

佛家云:"救人一命,胜造七级浮屠。"它彰显了救人善行的功德无量。希伯来有语:"救人一命,就是拯救世界。"这彰显了救人善行的伟大价值,尤其是在战乱时代,尤其是在敌对的双方之间。这世界不仅是外部世界,更是自己的心灵世界。

奥斯卡·辛德勒,是贯穿全片的灵魂人物。辛德勒本是纳粹党的一名党员,一个军火制造商,一个利用奴隶劳动牟取暴利的人,可以玩转整个纳粹军官的内部高层。前半段的辛德勒是个不折不扣的市侩商人。如果没有战争,他会把赚钱作为自己唯一的使命。但是他目睹大屠杀的惨剧,辛德勒对纳粹的最后一点儿幻想破灭了,于是不惜冒着生命危险营救犹太人。"救助别人,就是救赎自己"。他一次次地把自己身上珍贵的东西献上,只为了再多救一个。在最后的关口,辛德勒劝说士兵,救了全厂的犹太工人,也救了犹太人这个民族,犹太人这个世界!

辛德勒贿赂了德国人，挑选了1200人，把他们送进了被称为"天堂"的工厂，帮助他们躲过了奥斯威辛集中营的魔爪。德国战败，辛德勒沦为犯人，他准备逃亡时，工人们把自己的金牙拔下，为他打制了一枚戒指，为他送行。此时的辛德勒痛苦不已，他在后悔，他认为自己还可以多救几个人的，他因不舍一辆车而失去十条生命，因为不舍一个纯金饰针而至少失去一条生命。随着战争的结束，他陷入到沉重的歉疚、自责中而不能自拔。这是辛德勒内心深切而真实的声音。整个"二战"期间，总共存活下来的犹太人总数不到4000人，而辛德勒却救出了1200人。犹太人对他的感激不言而喻。

战争面前，有的人变得残酷，禽兽不如。有的人躲不过自己善良的内心，就像辛德勒，危难之下，抛开所有的自私自利的商人的本质，看到周围的一切，正视自己的内心。救人一命，能够感动更多的人去救人生命，唤醒那些暴戾、残酷、冷漠之人的良知，更唤醒芸芸众生的良知，从而促进整个世界趋向文明、友爱。影片中，士兵放下武器就是被辛德勒唤回了沉潜内心的良知。（子夜霜、吕李永）

玉观音（节选）

（一）

（场景：轮渡上）

毛杰：怎么，你也在这条船上？

安心：你，知道今天下雨吗？ 你，知道今天下雨吗？

毛杰：今天不下，明天下。

安心：啊……（叹气）

毛杰：你怎么干这个（注：指贩卖毒品）？

安心：下船吧。

毛杰：以后不许你再干这个，这不是女孩子该干的事。我不管你干了多久，这可是最后一次，听见了吗？ 走吧，我明天去找你。明天见了面再说。

（二）

（场景：审讯室）

安心：你说吧，你不是要我来才肯说吗？

毛杰：我现在才明白，你一直在骗我，你从一开始就不是跟我谈恋爱！ 你用你这张脸来诱惑我，来让我中你的圈套。

安心:我是什么并不重要,重要的是你为什么要干这个? 我现在也才明白,原来你的漂亮衣服、你开的汽车、你的钱,都是靠贩毒得来的。

毛杰:他妈的,我他妈的真是蠢。我爱你爱得都快发疯了。我本来想,我想为了你做什么都可以,什么都舍得,都舍得! 可是我没想到,我没想到你其实在搞我! 好了,你完成任务了,你可以枪毙我啊! 有本事你现在就枪毙我! 我告诉你,我死了再跟你算这笔账,我死了也不让你痛快地活着!

(三)

(场景:刑警队办公室)

(通电话)

安心:好,我们同时交换。你定个地方。

毛杰:你这个坏女人,你一直把我当成个傻子,你从认识我的第一天起,就把我当成个傻子,想怎么骗我就怎么骗我。我知道我哥已经死了,我跟你换也是换具尸体,你还想骗我! 就凭你现在还想骗我,我就应该把你的孩子给消灭掉。你以为我会养这小东西一辈子吗?

安心:毛杰,我求你了! 你放了孩子,我求你了! 毛杰,孩子没有任何过错。你有本事就来找我,你别折腾孩子!

毛杰:我没本事,我找不到你,那我只好拿你孩子开刀了,你害怕了是吧? 你也有害怕的这一天! 我知道孩子没有过错,那就让他为你的过错而倒霉吧! 你的过错太大了! 你弄死了我爸爸,弄死了我妈妈,又弄死了我哥哥,还想弄死我! 你知道我这个人是个孝子,我看着亲生爸爸、妈妈死了,我受不了! 我原来还以为你不懂这些,我看你不是不懂,你自己亲生儿子死了,你也受不了! 我就应该让你尝尝这个滋味,让你体验一次,这样咱们才算扯平。唉! 真是可怜这个孩子,谁叫他是你的儿子。

安心:他也是你的儿子啊! 毛杰,那个孩子是你的亲生儿子,呜……毛杰……呜……你要是不信,你就找个医院去做鉴定,亲子鉴定,亲子鉴定医院就能做。呜……你不信,你就去做……

(四)

(场景:树林中)

潘队:安心告诉我,如果你来了,就把这个给你。她说把这个给你,你就知道了。

杨瑞:我以为她没留下什么话,他们都说她没留下什么遗言啊!

潘队:安心走的时候告诉我,她唯一挂念的、唯一觉得对不起的,除了她的父母,就是你。她说她只有拜托这块玉石来保佑你,让你别等她了,她请你一定过得比她幸福。

杨瑞:安心没死,安心还活着,是吗?

潘队:她让我告诉你,过去的安心已经不在了,让你不要再找她了。

杨瑞:你们把她弄哪儿去了,又让她隐姓埋名干什么去了?! 把她还给我,把她还给我,我知道她不愿这样地生活,你们把她还给我!

潘队:我也不愿意她干,这是她自己的意愿,是她的决心。我这一辈子真正敬佩的人不多,她算一个。杨瑞,你敬佩她吗?

杨瑞:潘队长,麻烦您告诉安心,我回北京了,我会一直守住我们的家,一直在我们的家里等着她回来。

潘队:杨瑞,你别再傻等了! 也不要再去找安心的父母,你找不到的。她现在是另外一个人,一个你不认识的人。

杨瑞:我相信,你和你的组织,早晚有一天会让她退役的。只要她不死,早晚有一天会让她享受她应当享受的普通人的生活。所以,我会一直等她。

[中国]海岩/文

品读

《玉观音》是一部表现一位刚走出警校大门、涉世不深的女缉毒警的工作、生活、内心世界与人生经历的电视剧。

电视剧基本剧情是这样的:男青年杨瑞是一个生活懈怠的人,他得到了不少女性的青睐,但他从未认真对待过,就连他就职公司的年轻女老板钟宁对他的追求也不放在心上。他在跆拳道训练班里结识的一位美丽、娴静、气质清纯、神情忧郁的女清洁工安心,却给他留下了深刻的印象。然而,对方神秘、不易接近,在经历了一番周折后,他终于揭开了对方的神秘面纱:安心曾是一名刚从警校毕业的女学员,由于工作需要她只身来到另一城市的缉毒大队实习。

一次,安心吃饭时遭到几个小流氓的骚扰,在一位男青年毛杰的帮助下得以脱身,并被邀去对方家中做客。在寂寞的生活中二人开始交往,对方疯狂地爱上了她,但她由于已有男友张铁军而没有接受对方的求婚。以后,她与男友结婚并生了一个男孩。

一次,在完成诱捕任务时,她与毛杰又见面了。原来,对方正是自己的诱捕对象——一个贩毒者。她尽到一名公安人员的职责,向组织讲出了对方的住址,抓捕了罪犯。在审讯时,她遭到对方的恶毒咒骂。这之后,又查出孩子是毛杰的,丈夫也死于毛杰的报复。

为了保护安心,组织上让她离开公安岗位。于是,安心带着孩子来到北京隐姓埋名开始了自己的生活。杨瑞了解到这一切后,彻底离开了女老板,他要与安心一起共同抚养她的孩子。

他们一起去安心的老家云南开结婚介绍信,在泼水节上与毛杰不期而遇,于是一场追杀开始了:杨瑞被打伤,孩子被抢走,后被毛杰亲手杀死(毛杰并不知道是自己的孩子)。毛杰也在欲报复安心时被缉毒大队潘队长击毙。一连串的不幸使安心痛不欲生,在经过思考与阵痛后,她留下一封信走了,不让杨瑞再找她。

　　在杨瑞追到云南看到安心的墓碑并从潘队长手中接过安心留给他的玉观音时,他忽然意识到:安心并没有死,她返回了缉毒大队正在履行一名公安战士的职责。但是过去的安心已经不在了,她正隐姓埋名战斗在自己的岗位上。于是,在北京的家里,每天夜晚杨瑞都独自与玉观音相伴,他等待着安心的归来,这个女公安战士的经历也使他的精神得到了升华。

卡萨布兰卡（节选）

◇[美国]朱利叶斯·埃普斯坦

读点

运用对话手段推进剧情发展。
采用动作语言和人物动作相结合的方式，塑造
了一个双重身份的人物形象。

剧情介绍：

　　第二次世界大战爆发后，纳粹德国的军队闪电般地横扫整个欧洲大陆。法属摩洛哥已经投降于德军，最大的港口卡萨布兰卡成为欧洲难民逃出纳粹魔爪逃往美国的一个跳板。

　　一架德国飞机载着秘密警察头目司特拉斯少校降落在卡萨布兰卡机场。当地的法国警察局局长雷诺上尉前往迎接。原来，前不久，两个德国信使被杀，他们身上带的两张通行证被人取走。司特拉斯此行的目的是为追查此案，同时还要跟踪一个捷克左翼运动领导人维克多·拉斯罗。

　　在卡萨布兰卡，难民们喜欢去的地方是"里克美国咖啡馆"，咖啡馆老板是里克·勃兰。这个小酒吧是想得到出境通行证的逃亡者汇集的地方。一个偶然的机会，里克得到两张空白通行证。

　　刚从集中营里释放出来的维克多·拉斯罗和妻子依尔莎也来到卡萨布兰卡寻求去美国的签证。在里克的咖啡馆，里克和依尔莎不期而遇。他们以前曾在巴黎坠入过情网，但就在纳粹入侵之前，依尔莎不辞而别。依尔莎得知里克有出境通行证后，便去找他，将当初的情形告诉了里克。原来他们在巴黎相遇时，她已经和拉斯罗结了婚，她以为丈夫已死在了集中营里。就在准备同他离开巴黎时，却突然得知拉斯罗没有死的消息，迫使依尔莎放弃了对里克的爱情。

　　与此同时，拉斯罗在一次秘密集会中被纳粹逮捕了。于是，醒悟过来的里克说服警察局局长雷诺释放拉斯罗，要他在等到拉斯罗谋取通行证时再行逮捕。雷诺被里克说服了，释放了拉斯罗。随后，里克又秘密通知了拉斯罗，要他在飞往里斯本的航班起飞前10分钟带着依尔莎到咖啡馆，用10万法郎换取两张通行证。

　　一切都按照里克的安排进行着。拉斯罗携依尔莎准时来到，取得了飞往里斯本的通行证。这时，雷诺突然出现了，他宣布逮捕拉斯罗。这使拉斯罗和依尔莎陷入疑惑之中。而当得意的雷诺把诡秘骄横的目光射向里克时，他看到的不是里克的笑脸，而是一个黑洞洞的枪口。里克不容雷诺发问,强迫他立即与机场通话,要他们保证拉斯罗和依尔莎的安全。雷诺却将电话打到德国领事馆,尽管不便讲清,司特拉斯却已明白事情不妙。

司特拉斯冲进了饭店。当他知道拉斯罗已上了飞机,便企图打电话阻止飞机起飞。里克用枪顶住他,两人打了起来。里克用枪打死了司特拉斯。两个宪兵听见枪声冲了进来。雷诺因是当事人,无法推脱干系,命令宪兵把往常的嫌疑犯都抓起来。

飞机起飞了,雷诺对里克说:"你不但是一个感情主义者,你也变成一个爱国者了。"雷诺劝里克离开卡萨布兰卡,到别处避风,交通他安排,并表示自己也将一起去。为了人类的和平事业,里克放弃了他和依尔莎之间的神圣爱情,当飞机在里克头顶掠过时,里克强忍着内心的痛苦,目送情人远去。

不久,里克离开了卡萨布兰卡,加入自由法国的军队……

选文是《卡萨布兰卡》的结尾部分,里克凭着机智与勇敢安全地将拉斯罗和依尔莎送走。

山姆在餐厅里弹琴给自己解闷。里克从他的办公室走下楼梯。他看看他的表。　　　　　　　　　　批:在计算安全逃脱的时间。

里克:(指着赌场)山姆,你把钢琴推到里面去好　　批:险情即将出现,但依然镇定。
不好? 有人要来找我。

山姆:好的,老板。

在前门——里克走到门口,开门让雷诺进来。　　批:正面交锋即将开始。

里克:你来迟了。

雷诺:拉斯罗快要离开旅馆的时候,我得到通　　批:雷诺的目的是要逮捕拉斯罗。
知,所以我知道我不会迟到。　　　　　　　　　批:这样则是为了拉斯罗的安全。

里克:我想我要求过你,把你的走狗拴起来。　　批:查看拉斯罗的行踪,暗示里克

雷诺:拉斯罗到这里来,没有人盯梢的。(他四　　　　将离开这里去美国,这是他和
面望望这间空餐厅,叹息)里克,没有了你,这个地方　　　里克事先说好了的。
就会大变样了。　　　　　　　　　　　　　　　批:以金钱贿赂雷诺。

里克:没有关系,路易士。我和弗拉里谈妥了。
在轮盘赌上还是让你赢钱。

雷诺:(他仅以微笑表示会意)一切都准备好了
吗?

里克:(轻拍胸前口袋)通行证就放在这里。　　　批:不明白里克是怎么让警察搜不

雷诺:里克,告诉我——我们搜查这里的时候,　　　到通行证的。

你把通行证放在什么地方?

　　里克:放在山姆的钢琴里。

　　听到汽车驶到的声音。

　　里克:啊,他们来了。你还是到我办公室里去等。

　　雷诺向办公室走去时,镜头切入饭店外部,拉斯罗正在给汽车司机付车钱,里克开门让依尔莎进来。依尔莎扑到他的怀里。接着是依尔莎和里克的近景。她紧张的神情说明她内心的矛盾。

　　依尔莎:维克多以为我跟他一起走。你没有告诉他吗?

　　里克:(看了她一会儿,以平静而肯定的语气回答)没有,还没有。

　　依尔莎:(不安地)没有什么问题,是吗? 你什么都安排好了吧?

　　里克:(平静地)一切都没有问题。

　　依尔莎:哦,里克——

　　里克:我们到了飞机场再告诉他。越少时间想到这件事,对我们大家越好受些。请你相信我。

　　依尔莎:是,我相信你。

　　餐厅全景,拉斯罗走入。

　　拉斯罗:勃兰先生,我不知道怎样感谢你。

　　里克:(打断他的话)哦,别这么说。我们还有许多事情要做。

　　拉斯罗:我把钱带来了,勃兰先生。(他准备把钱给他)

　　里克:(粗声地)留着吧,你在美国会用得着的。

　　拉斯罗:(抗议)这是我们讲好的。

　　里克:啊,别去管它,你在里斯本不会有什么困难,是不是?

批:藏匿可谓巧妙。

批:两人感情深厚,然而依尔莎毕竟是拉斯罗的妻子。

批:妙计的隐蔽性很到位。

批:晚点告诉拉斯罗,免得节外生枝。

批:历经磨难而又处特殊时期,信任最为重要,也最为难得。

批:时间紧迫,现在不是表示感谢的时候,暗示情况十分紧急。

批:无私帮助拉斯罗他们。

拉斯罗:没有困难。一切都安排好了。

里克:好,(拿出通行证)通行证在这里。是空白的,你只要填上名字就行了。

批:原来如此,并不是自己要走,而借自己的名义偷梁换柱安排拉斯罗离开卡萨布兰卡。

里克把通行证递给拉斯罗,他感激地接了过来。

拉斯罗:勃兰先生,我——(忽然听到)

雷诺的声音:维克多·拉斯罗!

听到声音,他们转向办公室的门,接着他们看到雷诺从楼梯上走下来。

雷诺:维克多·拉斯罗,你被捕了!

批:雷诺目的就是逮捕拉斯罗。

依尔莎和拉斯罗的特写镜头,显示他俩完全出乎意料,哑口无言。他们转向里克。依尔莎眼里充满恐怖。

批:事情突然变化,出人意料,依尔莎和拉斯罗觉得里克出卖了他们。

雷诺的声音:……你是谋杀信使、盗窃通行证的从犯。这就是你的罪名。

批:交代罪行和逮捕理由。

雷诺走入镜头,注意到了他们的困惑神情。

雷诺:啊,你们对我的朋友里克的行为觉得奇怪吗?道理很简单,可以说,爱情战胜了道德。

批:"他们"并不清楚谋杀信使、盗窃通行证是怎么回事。

批:这是说里克出卖了拉斯罗。

眼前的情景,显然使雷诺很高兴。他笑着转向里克,但是忽然笑声在他喉咙里消失了,里克手里拿着一支枪,瞄准着雷诺。

批:情节发生戏剧性变化,原来里克瞒过了雷诺,并非帮他抓到拉斯罗。

里克:你还不能逮捕什么人,路易士。还要等一会儿。

雷诺:(张开了嘴,瞪眼看了一会儿)你发疯了吗,里克?

里克:是的。坐到那里去。

在雷诺犹豫不定的时候,镜头切入依尔莎近景,看得出她对里克又恢复了信任。然后包括全体在内的全景,里克和雷诺在镜头中显著的地位。

批:其实是道德战胜了爱情,里克实际是在真心地帮助他们。

雷诺:(向里克走来)把枪放下来。

批:试图说服里克。

里克:(一步也不后退)路易士,我不想对你开枪。但是如果你再走近一步,我就开枪。

批:为了帮拉斯罗摆脱险境,里克毫不让步。

雷诺停下了一会儿,研究了一下里克,然后他耸耸肩膀。

雷诺:在这种情况下,我只得坐下来。

他走到桌子旁边,坐下,伸手去摸口袋。

里克:(严厉地)把手放到桌子上……不许摸你那只放枪的口袋。

雷诺:(拿出一只香烟盒)我想你知道你是在干些什么,可是你也许不明白这样做会引起什么后果?

里克:完全明白。但是我们以后会有许多时间来进行讨论的。

拉斯罗:飞机场不会有麻烦吧?

雷诺:(叹息)大概不会有。(反感地对里克)把你的走狗叫回去,这是你说的!

里克拿起一只有很长电话线的电话机,顺着桌子推到雷诺面前。

里克:怎么都一样,给飞机场打电话,让我听你给他们下命令。记住——我的枪瞄准着你的心呢。里克把电话机推到雷诺面前。

雷诺:(拨号码)这是我最不容易伤害的地方,(对着电话机)喂,飞机场吗?——我是雷诺上尉,我在里克饭店。有两张通行证,搭去里斯本的飞机,不要为难他们。——好的。

我们看见司特拉斯在德国领事馆里接电话。

司特拉斯:(剧烈地摇动电话听筒)喂喂……什么事?(他挂上听筒,去拿帽子,向一个军官呼唤)我的汽车,快!(打电话)我是司特拉斯少校。马上派一队警察到飞机场等我。马上!你听见了没有?

……

里克:(对着雷诺)如果你不反对,请你把他们的名字填上去。这样就正式了。

雷诺:(讽刺地微笑)你把一切都考虑好了,是不是?

批:见机行事,可谓狡猾。

批:里克头脑清晰,明白雷诺的意图。

批:企图劝说里克放下枪。

批:早已想得清楚了。

批:担心还有圈套,谨慎小心。

批:唯有如此,拉斯罗才能安全离开卡萨布兰卡。

批:麻痹里克,实际已有阴谋。

批:既向司特拉斯少校表明自己身份,又说自己所在地方,同时暗示拉斯罗要乘飞机离开。

批:司特拉斯虽然不十分清楚雷诺说的具体事情,但已意识事情的严重性。

批:有警察局长的签字,通行证才能保障他们安全离开。

批:雷诺讽刺里克为了自己离开,最后还是要抛弃拉斯罗。

里克:(板起面孔)名字是维克多·拉斯罗先生和夫人。(这使雷诺惊奇)

批:点明调包计。

依尔莎:(迷惑了,震惊了)我不明白。你怎么办呢?

里克:我留在这里跟雷诺上尉做伴,直到飞机安全起飞。

批:行事镇密,做到万无一失。

依尔莎:(也完全明白了里克的意图)不,里查德,不行。你怎么搞的?昨天夜里我们说好……

里克:你说,要我为我们两个人考虑。对,从那时起,我考虑了许多,最后得到这样一个结论:你应该跟维克多一起上飞机,你应该和他在一起。

批:告诉事情真相,舍己为人。

依尔莎:可是里查德,不,我——我——

批:惊诧,不愿意放弃与里克的感情,更不愿意他身陷险境。

里克:现在你该听我的了。你有没有想过,如果在这里待下去,你的前途会怎么样?绝大可能我们都会被关进集中营去——路易士,对不对?

批:集中营,点明要与纳粹斗争。

雷诺:(一直面带讥讽地注视着他)恐怕司特拉斯少校会这样做的。

依尔莎:(没精打采地)你这样说只是为了让我走。

批:明白了里克的苦心。

里克:我说的是真话。我们两个心里都明白,你是属于维克多的。你是他工作的一部分,是使他不断前进的力量。如果飞机起飞了,而你不跟他在一起,你会后悔的。

批:为了正义事业,将爱情深埋心中。

依尔莎:(痛苦地大声说)不会的。

里克:也许不是今天,也许不是明天,但是不久以后,你会后悔的,你会一辈子后悔的。

依尔莎:我们怎么办呢?

里克:(温柔地)我们将永远记住巴黎。过去我们没有记住。你来卡萨布兰卡以前,我们——我们的甜蜜记忆消失了。(柔和地)昨天夜里我们把它找回来了。

批:只要曾经拥有过,不必奇求永远拥有,但真情永远铭刻心中。

依尔莎:可是我说过,我永远不离开你的!

批:表达对里克的感情。

……

里克:(掩饰着自己的感情)你们快些走吧,不然要脱班了。

批:痛苦的舍弃。

依尔莎和拉斯罗走后,我们看到雷诺和里克的近景。

……

雷诺:你还要把我扣留在这里吗?

里克:是的。这里还有电话。

批:态度坚定,关键时刻的坚持。

雷诺:我想你会知道,这对我们任何一个人都不是一件愉快的事——特别对于你。自然,我是要逮捕你的。

批:要里克再次清楚他这样做的严重后果。

里克:飞机起飞以后,你再逮捕我,路易士。

批:无惧牺牲个人,但一定要达到自己的目的。

雷诺耸耸肩,听他说话。里克神秘地从窗子里向机场望了望,飞机的马达还在发动。忽然,街上传来一阵刺耳的汽车急刹车的声音;然后是汽车门砰然关闭的声音,接着是跑步声。雷诺从他的椅子上欠身欲起。

批:即将起飞,绝不能功亏一篑。

批:这是司特拉斯接到雷诺闪烁其词的电话,赶到里克饭店。

里克:别动,路易士。

批:毫不懈怠。

司特拉斯冲了进来。里克的枪准备好了,但是隐蔽着,不让司特拉斯看见。

批:里克没有立即开枪,是在尽量拖延时间,以便拉斯罗他们安全离开。

司特拉斯:(对雷诺)你那个电话是什么意思?

雷诺:维克多·拉斯罗在去里斯本的飞机上。

批:仍抱一丝逮捕拉斯罗的希望。

司特拉斯:什么?(一时惊呆,然后恢复过来)那么,你为什么坐在这儿?你为什么不阻止他们?

批:司特拉斯此刻还没有发现里克手中有枪。

雷诺:你问里克先生!

批:不直接说明,因为里克有枪。

司特拉斯:(快步走向电话机)我要他们停止起飞。

批:事情紧急,司特拉斯也顾不上问明情况。

里克:(用枪指着司特拉斯)不准走近电话机!

司特拉斯在中途停步,望着里克,看见他很认真。

批:仍未开枪,仍是拖延时间,因为即使打死了司特拉斯,枪响会引来更多的敌人,那样拉斯罗

战争和平   093

司特拉斯:我劝你不要干涉第三帝国的官员。

里克:我是真正中立的。刚才我要开枪打雷诺上尉,现在我要开枪打你。

飞机场的短镜头:飞机滑行到了起飞的跑道上。然后我们又看到里克、司特拉斯和雷诺在里克饭店里。里克的枪还是指着司特拉斯。飞机滑行的声音可以听得到。忽然司特拉斯作困兽之斗,把一盏灯向里克扔过去,接着纵身扑向里克。枪声响了,但并未伤人。两人展开搏斗。我们看见山姆、卡尔、萨夏和阿卜杜尔在赌场内捶击那扇关着的门,想冲进来。他们大声喊叫。

里克和司特拉斯还在搏斗。最后,司特拉斯费了很大的劲把里克摔到屋子那边,然后一个箭步过去,拿起了电话。

司特拉斯:(声嘶力竭地对着话筒)接线员!给我接无线电指挥塔。

他的话讲到这里,一声枪响,司特拉斯慢慢地跌到地上。雷诺惊呆地注视着他。这时赌场的门已被冲开。卡尔、山姆、萨夏和阿卜杜尔冲了进来。

山姆:老板!

但他们都在中途停步,注视着躺在地上的司特拉斯。两个宪兵从前门冲进来。他们看看司特拉斯——又看看雷诺。雷诺望着里克——里克回看了雷诺一眼。餐厅里挤满了那些冲进来的人。

雷诺:(对宪兵)司特拉斯少校被打死了。(停了一下,他看看里克,又看看宪兵)把往常的那些嫌疑犯都抓起来。

忽然,飞机场的探照灯光扫射到屋子里来了,同时听到了飞机升空的轰鸣声。这时,里克慢慢地向大门外的阳台走去。

批:他们仍难以安全离开,所以,不到万不得已,里克是不会开枪的。

批:眼看拉斯罗就要乘机离开,司特拉斯不得不困兽犹斗。

批:抢电话,是为了阻止飞机起飞。

批:情况万分危急。

批:关键的一枪!"慢慢",表明司特拉斯至死也不甘心。

批:宪兵看雷诺是不清楚是怎么回事,雷诺看里克是在思考到底该怎么办,里克看雷诺是表明雷诺想怎么办就怎么办。

批:立场的两面性,有对爱国者的同情,但毕竟自己也是当事人,不愿意把自己扯进去。

批:斗争取得胜利。

里克走到了平台上,抬头往上看:后景中,飞机在灯光照射下升到了天空。里克目不转睛地望着它。雷诺走入镜头,站在里克身旁。忽然,他们都往上望。飞机正从他们的头顶上飞过。雷诺望着里克,里克的脸上流露出同情。

批:暗示雷诺已经站在了里克这一边了。

雷诺:里克,你不但是一个感情主义者,你也变成一个爱国者了。

里克:也许是,这似乎是重新开始的大好时机。

批:事已至此,雷诺的心境和思想也不得不发生变化,自然而然地赞美里克。

雷诺:我想,也许你说得对。你离开卡萨布兰卡避一避风,倒是好主意。布拉柴维尔那边有一个自由法国的兵营。我可以替你安排交通。

批:雷诺思想彻底发生了变化,此刻他是真心要帮助里克。

里克:(他仍然目不转睛地望着即将消失的飞机)这就是你给我的通行证吗?我可以旅行一下,但是我们打的赌可还得算数。你还是欠我一万法郎。

批:有爱恋,有坦然,更有祝愿。

雷诺:(微笑)这一万法郎可就算我们的开支了。

里克:我们的开支?

里克:(用新的眼光看他,高兴地)路易士,我想这是我们美好友谊的开始。

批:"我们",意味深长,表明自己以后也和里克一样,也将是一名反法西斯的战士。

飞机的灯光不见了。渐隐。

批:正义取得胜利。

(陈维姜、刘良模/译)

民族大义与儿女私情的抉择

《卡萨布兰卡》曾获得最佳影片、最佳导演和最佳剧本等三项奥斯卡金像奖。其成功有多种原因。其一,它生而逢时:其拍摄时间是 1942 年,正值第二次世界大战白热化阶段,而影片刻画的正是发生在二战期间的爱情故事,引起了饱受战争折磨蹂躏的世界人民的广泛共鸣。其二,主题宏大:影片演绎的不是单纯的爱情故事,而是把主题升华到爱国主义及世界人民对和平与自由的向往和对法西斯主义的抗争。其三,这部影片中糅合了银幕经典所该拥有的一切元素:混乱且充满危险的背景;外形相衬、演技精湛的男女主演;曲折离奇的情节;出乎意料的结局;黑人歌星杜利·威尔逊深情演唱的主题曲《时光流转》。

《卡萨布兰卡》所呈现的浪漫与危险交织的异国情调、男女主角身逢乱世身不由己的无奈和矛盾依然令人感动和心碎;民族大义与儿女私情间"大我"与"小我"的矛盾冲突,令人感动。

影片虽以战争为背景,可人物主要活动却在一个咖啡馆里。本文节选的是《卡萨布兰卡》的高潮段落,在扣人心弦、危机四伏的段落中,剧作者运用"语言动作",通过对人物内心世界的揭示,成功地刻画了里克这个具有双重身份的人物形象。里克对依尔莎的爱是真诚的,但他清楚拉斯罗和依尔莎去美国,将会对反纳粹运动作出更大的贡献。在大是大非面前,他毅然放弃个人真挚的爱情,舍弃"小我",选择反法西斯的大义。因此,里克将自己对依尔莎的感情深埋在心里,决定蒙骗警察局局长雷诺。他以调包计的方法,演了一场要与依尔莎私奔的假戏,显示出卓越的智慧。在紧要关头,里克勇敢地与纳粹军官司特拉斯搏斗,并果断镇静地击毙了他。目睹这一切的警察局局长雷诺,虽然起初也担心自己受到牵连,但他更为里克无私无畏的精神所感动,也更出于对纳粹的民族仇恨,没有逮捕里克,而且决定加入里克他们反纳粹斗争的阵营之中。影片以里克和雷诺双双目送搭载拉斯罗和依尔莎的客机冲向夜空而告结束。(子夜霜、罗胤、京涛)

两名原子间谍被判死刑

[美联社华盛顿1951年4月5日电] 今天,朱丽叶斯·罗森堡和伊塞尔·罗森堡夫妇以参加了苏联间谍网在第二次世界大战期间盗窃美国原子机密的活动的罪名被判处死刑。

同样参与把军事机密转交给苏联的阴谋活动但情节较轻的蒙顿·索贝尔被判处30年徒刑,这是《反间谍法》规定的最长的徒刑刑期。

罗森堡夫妇在12时8分听到法官阿尔文·考夫曼宣布对他们处以极刑,但无动于衷。他们夫妇俩是美国司法史上首次由于为外国从事间谍活动而被判处死刑的人。

考夫曼法官命令在5月21日开始的那个星期内处死罗森堡夫妇。他同时宣布不准索贝尔申请假释。

对大卫·格林格拉斯——伊塞尔·罗森堡的兄弟——的宣判将推迟到明天宣布。这项决定是应他的辩护律师欧·约翰·罗格的请求作出的。律师争辩说,并没有给他留下足够的时间来准备抗辩。格林格拉斯交代了参加阴谋活动的罪行,并在美国区级法院为时3周的审理中出庭作证,揭发他姐姐和姐夫朱丽叶斯·罗森堡。

上周四,一个由11名男人、1名妇女组成的大陪审团宣布罗森堡夫妇和索贝尔有罪,罪名是阴谋进行间谍活动,并为苏联的利益把国防情报转交给外国特务。

格林格拉斯承认起诉书列举的各项罪行。这项起诉书把苏联驻纽约副领事安纳托里·雅可夫列夫列为第5被告。

据传,雅可夫列夫已返回苏联。

[美国]美联社/文,佚名/译

品 读

罗森堡夫妇是冷战期间美国的进步人士。他们被指控在为苏联进行间谍活动,判决死刑的过程轰动了当时西方各界。冷战期间的美国,因判决从事间谍活动而处以死刑的公民,只有罗森堡夫妇。这件事激起了全世界人民的义愤,在许多国家激起了抗议的浪潮。

罗森堡夫妇直到最后都否认一切指控,坚持自己是清白的。但二人仍被处以极刑,判决依据是1917年的《间谍法》,罪名为"在战争时期从事间谍活动",但所指控的罪行发生时美国和苏联并没有交战。

二人被指控密谋窃取美国核情报泄露给苏联,主要证据只有伊塞尔的弟弟大卫·格林格拉斯的证词而已。2001年年末,他公开承认当时作了伪证,是为了能够保护妻子与孩子,冤枉了自己的姐姐。

阿拉莫斯实验室的一位科学家西奥多·霍尔1950年被联邦调查局审讯后移居英国,他后来在死前公开声明:当时是他将核情报泄露给了苏联,与罗森堡夫妇没有任何关系。

虽然几十年后苏联文件揭示至少朱丽叶斯参与了间谍活动,人们直到今天仍然为罪名是否属实有所争议。很多批评家指出,当时政治气氛很不正常,考夫曼法官对夫妇二人的判决完全是先入为主,没有事实依据,所以公正的陪审团判决根本不可能。

幻灭（节选）

◇[法国]让·雷诺阿　查利·斯派克

读点

亲身经历，具有反战色彩。
刻画不同社会身份人物的性格。
表现虚假的仁慈和残忍残酷以及内心的伤感。

剧情介绍：

　　第一次世界大战中，法国空军上尉波尔狄安和中尉马来沙勒在执行空中侦察任务时不幸被德军击落俘虏。在战俘营，他们结识了一名法国中尉罗森塔尔。他们秘密挖了一条坑道，然而，就在坑道挖成的当晚要越狱的时候，他们突然被转移到另一个战俘营。

　　后来，他们被转移到一座古堡式的战俘营。上尉波尔狄安和中尉马来沙勒与当初将他们的侦察机击落的德国空军上尉冯·劳凡斯坦不期而遇。劳凡斯坦出于对职业军人的同情和尊重，将他们重与罗森塔尔关在同一牢房里，以便他们能分享到一些从罗森塔尔家寄来的食物。

　　波尔狄安、马来沙勒和罗森塔尔一起立即策划越狱。波尔狄安串通了战俘营的全体难友搞了一场喧闹的音乐会。德国人为了恢复秩序，把全体战俘赶到院子里集合点名。在探照灯的光芒照射下，波尔狄安悠然地吹着《小船》的曲调向围墙上走去。

　　劳凡斯坦喊叫着命令波尔狄安回来，否则就要开枪。波尔狄安并没有停下来。枪响了，波尔狄安倒下了。他看了看手表，为马来沙勒和罗森塔尔越狱争取到了十分钟的宝贵时间。这时，马来沙勒和罗森塔尔逃出了战俘营。

　　马来沙勒和罗森塔尔沿着莱茵河昼伏夜行。罗森塔尔不幸摔跤扭伤了脚腕，马来沙勒搀着他找到一家农舍。农舍的主人爱莎是一位年轻妇女，爱莎出于人道主义的同情心保护了他们。

　　在罗森塔尔养伤的过程中，马来沙勒和爱莎产生了爱情。但战争又使他们分别了，两个难友带着女主人给他们准备的干粮重新踏上征途，两天后越过边界，到达了瑞士国境。

　　本文节选自《幻灭》中波尔狄安掩护难友越狱、马来沙勒与爱莎告别、马来沙勒和罗森塔尔越过边界三个片段。

一阵无法形容的喧闹声突然爆发。战俘们顺手抓起各种东西：锅子、铁条、刀叉、空铁罐，人人起劲地敲打出最响的声音，同时大家放开喉咙拼命高唱大致是《小船》的曲调。

……

德国人竭力恢复秩序。他们想把战俘们赶到堡垒的内院去。一个军曹终于压过骚乱的局面，大声猛喝。

军曹：全体集合！

院中。

所有的战俘现在都走到院子里去集合，准备点名。天色已完全黑暗。露天的两盏强光灯照着院子也不很亮，仅在地上投下一道惨淡的光线。

歌声和混乱都已停息。战俘们站好了队，被一些哨兵押守着。但一会儿是发命令，一会儿又收回命令，这说明局面的混乱和营中管理人的手忙脚乱。

劳凡斯坦穿着军人的长大衣走进院子里来。大家立正敬礼。一个军曹开始点名。

这时候忽然在这半明半暗的院子中听到一阵清脆纤细的笛声……

大家都抬起头来。那乐声仿佛是从天而降……

营中的探照灯突然射出强烈的光芒。灯光在黑暗中来回搜索着。所有人的眼睛都焦急地跟着这光线在墙上慢慢地移动，甚至堡中最隐蔽的地方也照亮了。通向围墙顶上的那条巡逻道上有一条阶梯，探照灯逐级地照上去，找寻那个吹笛子的人。

忽然在探照灯的光圈里出现了一个穿法国军服的人：波尔狄安上尉一面悠然地用笛子吹出"有一只小船……"，一面走上通往巡逻道的阶梯。

探照灯跟着他走了几米；院子里响起一个德国军官的声音。

德国军官：（用德语说）只要他越出界限，可以自

批：制造这场杂乱的"音乐会"，是为了让马来沙勒和罗森塔尔能趁着混乱而越狱。

批：德军既怕暴乱，也怕有人趁乱越狱，把战俘们赶到内院以好控制局势。

批：事发突然，不得不采取紧急措施。

批：环境描写，灯虽亮，但照不出院子的光亮，极言阴暗恐怖。

批：面对恐怖，歌声尤为难得。

批：两个"一会儿"，说明敌人内部混乱，这表明此次"音乐会"制造混乱的策应是有效果的。

批："歌声和混乱都已停息"，这笛声就显得尤为明显，显然是有意吸引人们的注意力的。

批：吹笛子的人的目的就是要把所有人的注意力集中到自己身上，以掩护难友逃脱。

批：写出波尔狄安视死如归的冷静，这完全是有意暴露自己。

批：警告波尔狄安不要试图逃跑。

由开枪。

大家听见枪纷纷顶上子弹的声音。波尔狄安停止吹笛子,换一口气。

批:气氛骤然紧张,而波尔狄安却异常镇定。

劳凡斯坦:波尔狄安,听着!……

批:最后的警告。

笛声又重新吹奏起来,波尔狄安继续走上阶梯,探照灯一直跟着。

批:再写笛声,表明心意已决。

劳凡斯坦:……波尔狄安,您头脑发昏了吗?

批:对波尔狄安无视警告感到不可思议。

波尔狄安已经到了很高的地方,他还继续向上走。

波尔狄安:我很清醒。

批:表明行为的目的性。

《小船》的调子又吹奏起来,随着波尔狄安走远,声音渐弱。

批:继续作掩护。

劳凡斯坦:(心烦意乱,声音颤抖)波尔狄安,如果您不马上服从我的命令……

批:劳凡斯坦尊重波尔狄安,但他又必须履行守狱的职责。

激动使他找不到字句,他只好用比法文更熟练一些的英语说。

批:两人都是贵族家庭出身,又是有共同语言的"朋友",劳凡斯坦不希望波尔狄安死在自己的枪口之下,但作为军人,他又不得不作出痛苦的选择。

劳凡斯坦:(用英语)……我就不得不开枪了……虽然这违背我的心意……我请求您!……真诚地请求您……回来吧!

波尔狄安已经快走到围墙上了,他的声音仿佛是从堡垒的顶端降落下来的。

批:波尔狄安毫不动摇,为掩护战友而甘愿牺牲自己。

波尔狄安:(用英语)劳凡斯坦,您并不坏,不过一切已无法挽回了……

批:再次表明视死如归的决心。

《小船》的曲调从遥远的地方传到院子,所有人的眼光都紧跟着探照灯光移动。

劳凡斯坦手枪上了子弹,慢慢抬起手臂:瞄准,开枪……笛声戛然而止……

批:劳凡斯坦开枪了,波尔狄安倒在了劳凡斯坦的枪口下。

波尔狄安倒卧在阶梯上,看了看自己的手表。他的同伴们走后已过了十分钟,这已经够了……

批:为自己完成掩护任务而欣慰。倒下看手表,说明波尔狄安还活着,也表明劳凡斯坦枪下留情。

围墙脚下。堡垒的堑壕。两个战俘用被单编成的绳子垂近地面。

马来沙勒和罗森塔尔悄悄地沿着这条布绳滑下来。他们着地后就消失在黑夜中了。他们终于逃出

批:难友成功越狱,对于波尔狄安

<u>了战俘营。</u>

罗森塔尔:今儿晚上我们就要走了……

爱莎:我知道……

罗森塔尔:<u>马来沙勒很难受,他不敢亲自跟您说</u>……

批:马来沙勒已爱上了爱莎,不忍直接与爱莎道别。

爱莎:<u>那又何必呢? 我早知道迟早他总得走</u>……

批:虽然也爱着马来沙勒,但很理智。

罗森塔尔很高兴事情这样简单就办妥,便喊叫他的朋友出来。

批:并非"事情这样简单就办妥",关键在于爱莎非常通情达理。

罗森塔尔:出来吧! 她很通情理……

对,她很通情理,甚至替这两位快走的朋友准备了干粮。马来沙勒走到室内来,心里难过,几乎是觉得难为情。

批:爱莎通情达理。马来沙勒"难过",因为要分别;"难为情",因为自己还没有爱莎理智。

爱莎:(用德语说)<u>那些小包是带在路上吃的干粮……动身前要吃顿热的……</u>

批:点点滴滴都是爱。

罗森塔尔走了出去,让这两位情人最后谈一次:他们坐在火炉前的长凳上,互相握着手。各人说着自己的语言,彼此都听不懂,不过他们都相信对方说的一定是充满爱情的字句……

批:彼此听不懂对方的话,但心灵是相通的,爱是相通的。

爱莎:(用德语说)<u>长时期来我总是孤独一个人……我已经不再向往什么……你不知道家里有了你那男人的脚步声以后我感到多么幸福……</u>

批:爱莎的丈夫被战争夺取了生命,她从此忍受着孤独;表达了对战争的痛恨和对幸福生活的向往。

马来沙勒:爱莎,战争结束以后,如果我没有死,我会回来。我把洛蒂和你接回法国去……

分手的时刻已到。两位朋友穿上他们的破衣服,罗森塔尔把爱莎准备好的小包搁在口袋里。爱莎坚定地挺起胸膛,没有流泪,洛蒂拉着她的裙角。

批:饱受战争之害的爱莎,再次展示了坚强的一面。

爱莎:(用德语说)快走……越快越好……

批:是祝愿,也表明危险依然存在。

马来沙勒长久地握着她的手,他猜得出她心烦意乱,他很想说点什么来慰解,可是用什么话她才能听懂呢?

来说,就是死,也是值得的。

马来沙勒:(用德语一个字一个字地说,口音非常难听)洛蒂有一双碧蓝的眼睛……

批:方式独特,表达对对方的爱。

他用这种滑稽的道别方式来表达他的全部爱情和感激。他迅速走出客堂,罗森塔尔跟着跑出去。

批:"迅速走出"实际是忍受不了这痛苦的分别。

外面天色已黑。爱莎和洛蒂走到门口,目送着两个朋友逐渐远去。

罗森塔尔:你回头看一看……

马来沙勒:一回头我就再不能离开了……

批:战争使相爱的人不得不忍受这如同生死离别的痛苦。

边境上。

批:交代事件发生地点。

马来沙勒和罗森塔尔步行了两夜,现在已逼近瑞士边境。他们唯一的难题是设法不让德国边防部队发现。

批:逃跑依然危险重重。

在树林的边缘,两个朋友躲藏在小树丛中,察看着铺满白雪的荒凉的大地。

批:烘托生活环境的恶劣。

罗森塔尔:我们不用等到天黑吗?

批:逃离的着急心情。

马来沙勒:那会出事的……你肯定前面就是瑞士吗?

罗森塔尔:(查看地图)绝没问题。

马来沙勒:可是瑞士的雪和德国的雪真是像得厉害!

批:两国的雪虽然一样,但人的境遇不一样,在瑞士你是自由者,在德国你则是战俘。

罗森塔尔:不要担心,边境就在那儿,即使大自然不在乎界线,可人会划分清楚的!

马来沙勒:我也不在乎界线,战争结束后我就回来接爱莎……

批:爱情是超越国界的,即使所爱的人是属于敌对国的,也不能阻隔爱情。

罗森塔尔:你爱上她了吗?

马来沙勒:嗯。

罗森塔尔:那你可要仔细想一想!我们过了边境,你就要回到空军去,我得回炮兵。

马来沙勒:这场他妈的战争,总得把它结束了……

批:诅咒战争,诅咒战争对爱情的阻隔。

罗森塔尔:你老幻想着这是最后的一次了……

喂,要是碰上巡逻兵,该怎么办?

马来沙勒:那你我各朝一方跑,各自去碰运气……

批:这也不失为一种策略。"碰运气"也是一种努力,总比静候厄运降临好。

罗森塔尔:有备无患,那么我们现在就道别吧……

马来沙勒:(友爱地拍一拍他的臂膀)再见吧,犹太鬼!

批:幽默中饱含对对方的关心。

一个德国巡逻兵沿着边界在走……一个德国兵忽然看见山谷里大约离二百米远有两个黑点。他立刻顶上子弹,举起枪来。可是另外一个士兵阻止了他,把枪口朝天托起。

批:即使敌人,也有爱好和平的。

德语会话。

士兵甲:别开枪,他们在瑞士境内!

士兵乙:(把枪收回,重新背在肩上)算他们运气好!

批:瑞士是中立国,德国士兵不能肆意枪击瑞士境内的任何人。

在山谷里,两个人慢慢向前走去,每一步都是雪深没膝。

(林秀清/译)

浓郁反战色彩的经典影片

让·雷诺阿(Jean Renoir,1894 年 9 月 15 日~1979 年 2 月 12 日),法国电影编剧、导演、制片人。法国电影自然主义的代表人物,作品主要有《乡村一日》(1936)、《幻灭》(1937)和《游戏规则》(1939)等,影响深远。

《幻灭》是根据导演让·雷诺阿的亲身经历编写的,影片于 1937 年摄制完成。

影片生动地表现了德国军官对出身贵族的法国军官的真诚,描写了平民出身的法国中尉对德国农妇的好感。影片表达了一种美好的愿望,希望友爱精神得以保存和继续,吁请德国人民起来制止新的侵略战争。尽管这只是一种幻想,但《幻灭》毕竟是一次诚恳的反战呼吁,带有浓厚的反战色彩。对于这部影片的作用,雷诺阿曾这样说过:"《幻灭》尽管很成功,但它还是未能制止第二次世界大战。但是我想,许多'幻灭'、许多报纸上的文章、许多书籍、许多示威游行加在一起,就能产生影响。"当时,这部影片在纳粹德国、意大利都会遭到禁演,而在美国却大受欢迎,这一事实本身就说明了问题。

在影片中,还着重表现了敌我双方人物之间在情感上的沟通与共鸣。劳凡斯坦和波尔狄安,一个是德军监狱长,一个是法国战俘,可是,相同的贵族阶级出身使他们能经常在一起回忆那些令人愉快的往事。劳凡斯坦虽然尽心尽职为国家服务,但却对波尔狄安心怀尊重,即使波尔狄安"逃脱"时,他也是在反复劝说、警告的情况下才开枪的。即使开枪,劳凡斯坦也只是想打波尔狄安的腿,只是没有料到会击中他的腹部。他击中波尔狄安后,他真诚地希望波尔狄安能够原谅他。在波尔狄安死去以后,他也"弯腰轻轻地把他的眼皮合上"。劳凡斯坦一方面恪尽职守,一方面内心又充满了矛盾。虽然他不得不亲手毁灭波尔狄安,但他内心又充满痛苦。

德国农妇爱莎与平民出身的法国军官马来沙勒之间的感情纠葛又从另一个侧面来表现主题。罗森塔尔和马来沙勒刚进入爱莎的家,她就一切都明白了。尽管她的丈夫和兄弟都在战争中牺牲了,但她没有因为马来沙勒和罗森塔尔是敌方军官而对他们怒目相向,反而收留了他们,帮助他们养好了身体。在此过程中,爱莎与马来沙勒之间产生了真挚的感情,他们相爱了。

在这两组人物之间的相互关系中,劳凡斯坦和波尔狄安彼此敬重,但波尔狄安要逃走,劳凡斯坦不得不履行自己的职责,枪击波尔狄安,战争摧残了宝贵的友谊和尊重。爱莎与马来沙勒是相爱的,但马来沙勒身处敌国,不得不与爱莎分别,战争拆散了相爱着的人。

我们不难看出,影片表现了鲜明的反战主题。(子夜霜、罗胤)

苏联应将导弹从古巴撤走

晚安,同胞们:

本届政府像以前保证的那样,对苏联在古巴岛上的军事集结一直保持着最严密的监视。过去的一周里,确凿无疑地证明了这样一个事实,即一系列进攻性的导弹发射场目前正在这个遭受监视的岛上兴建起来。设置这种基地的目的不可能是别的,正是提供对西半球进行核打击的能力。

由于引入这些能够突然进行大规模毁灭的、大型的、远射程的和显然是进攻性的武器,古巴就急剧地变成了一个重要的战略基地,这构成了对整个南北美洲的和平与安全的明显威胁。

多年以来,苏联和美国双方都极其小心地部署战略核武器,从未打乱确保在没有重大挑战下决不使用这些武器的不稳现状。我们自己的战略导弹从未利用秘密和欺骗的手段运往任何其他国家的境内。美国公民已经适应于在苏联境内或潜艇上所设置的苏联导弹瞄准下过日常生活。

但是,共产党人在一个众所周知同美国和本半球国家有特殊历史关系的地区,违反苏联的保证,无视美国和本半球的政策,秘密、迅速和一反常态地设置导弹的这种做法——突然地、秘密地决定,将战略武器第一次设置在苏联领土以外——是对现状作出蓄意挑衅的和毫无理由的改变。如果我们要朋友或敌人继续相信我们的勇气和我们承担的义务,这种改变是美国所不能接受的。

20世纪的30年代使我们吸取了一个明确的教训:如果允许侵略行为不受遏止和不遭反对地继续下去,最终必将导致战争。美国是反对战争的。我们信守我们所讲的话,因此,我们的不可动摇的目标必然是:使这些导弹不致被用来攻击美国或任何其他国家,并使它们从本半球撤走或消除掉。

我们不会过早地或不必要地冒全球性核战争的风险。在核战争中,甚至胜利的果实也是到嘴的灰烬,然而到了必须面对这种风险的时候,我们也决不畏缩。

为此,我们将采取以下初步措施:

第一,为了制止进攻性力量的增长,将开始严密封锁运往古巴的一切进攻性的军事装备。从任何国家或港口驶往古巴的不论什么种类的一切船只,如果发现载有进攻性武器,将迫使它们转回。这种封锁在必要时将扩及其他类型的货物和载运工具。但是,我们不会像苏联人在1948年封锁柏林时企图做的那样,不让生活必需品进入。

第二,我已命令继续加紧严密监视古巴和古巴加强军事力量的做法。美洲国家组织外长在10月6日的公报中拒绝在涉及本半球的问题上保持缄默。如果这种进攻性的军事准备继续下去的话,那么对本半球的威胁也将不断增加,我们将采取进一步的行动。我已指示武装部队为任何紧急情况作准备。我相信,为了古巴人民和在工地上的苏联技术人员的利益,这种威胁的继续给所有有关人员带来的危害将被人们所认识。

第三,本国的政策是把从古巴对西半球任何国家发射的任何核导弹看成是苏联对美国的进攻,需要对苏联作出充分的报复性的反应。

第四,作为一种必要的军事警戒措施,我已加强了我们在关塔那摩的基地,在今天撤退了我们在那里的人员的家属,并命令另外一些军事部队随时作好戒备。

第五,我们今晚要求美洲国家组织的磋商机构立即开会,考虑对本半球安全的威胁,并援用里约热内卢条约第六条和第八条支持一切必要的行动。联合国宪章允许地区安全计划,本半球国家早已决定反对外来势力的军事存在。我们在全世界的其他盟国也已作了戒备。

第六,根据联合国宪章,我们今晚要求联合国安理会立即召开紧急会议,采取行动,反对苏联对世界和平构成的威胁。我们的提案是要求在联合国观察员的监视下迅速卸除和撤退在古巴的一切进攻性武器,然后封锁才能解除。

第七,也是最后一点,我呼吁赫鲁晓夫主席停止和取消对世界和平和我们两国稳定关系的这种秘密、鲁莽并富有挑衅意味的威胁。我进一步要求他放弃世界霸权的计划,加入到历史性的努力中去,以结束危险的军备竞赛,改变人类的历史。使世界免于毁灭深渊的良机现在摆在他的面前,他应该恪守他的政府的声明,即没有必要在它自己领土以外的地方部署导弹。他应该把这些武器从古巴撤走,他应该克制,不作出任何扩大或加深目前这场危机的举动。还有,他应该投身于寻求永久和平的努力中来。

我们目前所选择的途径,像所有的途径一样,是充满危险的,但这是最合乎我们作为一个国家的特性和勇气,最合乎我们在全世界承担义务的途径。自由的代价一向是高昂的,但是美国人向来愿为此付出代价。有一条途径是我们永远不会选择的,那就是投降或屈服的途径。

我们的目标不是推行强权、取得胜利,而是伸张正义,不是牺牲自由与和平,而是在本半球这里,以及——我们希望——在整个世界上,实现和平和自由。愿上帝保佑,这个目标将会实现。

[美国]约翰·肯尼迪/文,韩晓燕/译

约翰·菲茨杰拉德·肯尼迪(John Fitzgerald Kennedy,1917 年 5 月 29 日~1963 年 11 月 22 日),通常被称作约翰·肯尼迪,美国第 35 任总统。

1962 年 7 月,赫鲁晓夫决定在古巴部署核武器,以期直接威胁美国,以弥补其军事劣势。10 月,美国侦察机在古巴发现了苏联核导弹和发射场。本篇是肯尼迪于 1962 年 10 月 22 日针对苏联在古巴部署核导弹一事在电视里发表的重要演说,该演说标志着震惊世界的古巴导弹风波的开始。

演说充满生机,不乏理想,态度强硬,但语言谨慎,思维机敏又有节制,明确表示美国将武装封锁古巴。这从而把冷战推向高潮,有一触即发之势。正是肯尼迪的强硬态度和节制言行,使赫鲁晓夫同意撤走导弹,平息了危机。双方都看到了核武器对自己的致命威胁,继而认识到缓和局势的必要性。

大独裁者（节选）

◇［英国］卓别林

读点

揭露和嘲讽了希特勒的法西斯罪行。

反面人物自我暴露，新颖独创的喜剧手法。

剧情介绍：

　　第一次世界大战时，硝烟弥漫，枪声大作。托明尼亚与美国双方两支军队正打得难分难解、不可开交。眼看托明尼亚军队渐渐不支，但还是奋勇作战，拼命抵抗。

　　一位犹太人理发师，入伍后充任托明尼亚军中的一名炮手。他鼻下蓄有一绺短髭，身材矮小，行动笨拙，他根本不懂如何操作炮击技术，手忙脚乱，出尽洋相。尽管险象环生，却又能逢凶化吉。

　　出于偶然，犹太理发师救护了一位托明尼亚军受伤的飞行员修尔兹，他随同修尔兹乘上飞机匆匆逃命，不料，飞机被敌军击落，两人大难不死。犹太理发师因受脑震荡，从此丧失了记忆力。

　　托明尼亚失败后，执掌该国大权的是名叫兴格尔的独裁者，长相与希特勒难分彼此，又和那位犹太理发师长得如同双胞胎。他站在悬挂法西斯党徽的旗帜下，向聚集在广场上的人群发表演说。他唾沫四溅，歇斯底里地大肆攻击民主制度。人群受到他的煽动，向他狂热欢呼致敬。

　　兴格尔得到内政部长卡比奇的支持，一场疯狂迫害犹太人的运动正在兴起。刚回到犹太居住区的理发师也在劫难逃。理发师与邻居哈娜小姐不畏强暴，合力抗争。党卫军搜捕理发师，危难之际，恰被修尔兹发现。修尔兹是党卫军司令，他感念救命之恩，出手相救，理发师才得以解危。只是此刻理发师已丧失记忆，对修尔兹的义举大感不解。

　　战争狂人兴格尔为缓解民众的不满情绪，策划发动新的世界大战（即第二次世界大战），决定入侵奥地鲁。头脑发热的兴格尔将一只地球仪玩弄于股掌之上，自以为他主宰着世界的命运。

　　修尔兹因同情犹太人的艰难处境，被兴格尔当局拘捕入狱。他越狱后召集犹太理发师、哈娜、贾克尔等人商议爆炸总统府行动，计划未成，理发师和修尔兹被捕，双双被送往集中营。

　　兴格尔同邻国巴克特里亚独裁者拿帕隆尼为争夺占领奥地鲁，双方约定在托明尼亚举行会谈。两个独裁者各怀鬼胎，明争暗斗，尔虞我诈，互不相让。

　　犹太理发师与修尔兹从集中营出逃后，弄到了两套党卫军制服，他们逃亡到国境线上，党卫军发觉后尾随追来,却错将在湖边伴装狩猎的兴格尔擒获投入牢内,而将身着制服的犹太理发师误认为是国家元首兴格尔。

托明尼亚军占领奥地鲁首都告捷,在庆祝会上,犹太理发师被拥上演讲台。他忍不住向大家发表了一场要为人类创造文明、理智、自由、进步和幸福而战斗的长篇演说,道出了他的——也是人民的心声:"独裁者将被消灭,被他们夺去的权力将归还给人民。"

[女间谍 B76 号进来。

B76 号:兴格尔万岁!　　　　　　　　　　批:对话简洁,符合人物身份特征。

兴格尔(注:阿登诺以德·兴格尔,影片中托明尼亚国
总统,大独裁者):请过来。

[B76 号走到兴格尔跟前。

兴格尔:有什么事?

B76 号:兵工厂正在酝酿罢工。

兴格尔:首谋者是谁?

B76 号:(拿出五张照片)就是这五个人。

兴格尔:枪毙!　　　　　　　　　　　　　批:残酷的独裁者。

B76 号:已经执行啦!

[兴格尔吃了一惊,他看着这些照片忙问。　批:执行枪毙仍没有效,"吃了一
　　　　　　　　　　　　　　　　　　　　　惊"表明其内心的恐慌。

兴格尔:参加罢工的人员有多少?

B76 号:工厂的全体工人,三千名。

兴格尔:全都枪毙! 心怀不满的工人不能让他　批:展现了独裁者残酷镇压反抗者
活着。　　　　　　　　　　　　　　　　　　的极端本性。

卡比奇(注:影片中托明尼亚国的内政部长):不过,
总统,他们都是熟练工人。在接班的工人培养出来　批:一切为了利益!
以前,还是让他们干吧,有了接班的以后再枪毙他
们。

兴格尔:不能宽大处理!

卡比奇:现在要是都枪毙的话,整个生产节奏都
给打乱啦。

兴格尔:生产节奏么! 好,那么,你就按你的节　批:有利用价值,适当地调整。
奏处理吧。

卡比奇:(对 B76 号)那就命令你的部下,释放

那些参加罢工的工人,让他们回到车间去。不过,今后要对他们好好监视,不能懈怠。

赫林(注:俾斯麦·赫林,影片中托明尼亚国的陆军元帅):(向卡比奇)<u>那是我的职权范围,应该由我下命令。</u>(向B76号)你跟我来。

[赫林和B76号走开。

[兴格尔看着领导罢工的五个人的照片。

兴格尔:<u>奇怪,这些首谋分子都是黑头发的,没有一个黄头发的。</u>

卡比奇:黑头发老是找我们的麻烦,比犹太人还扎手。

兴格尔:<u>那就都枪毙!</u>

卡比奇:不必着急。<u>我们先收拾犹太人,然后再集中力量对付黑头发。</u>

兴格尔:等到只剩下纯粹的阿里安种(注:托明尼亚"纯种")族的时候,才会出现和平。那时候该是多么好的局面啊,托明尼亚国就是碧眼金发人的国家啦。

卡比奇:(压低声音)要是把欧洲、亚洲、美洲都变成纯粹的我们黄头发的……?

兴格尔:那就是只有黄头发的世界啦!

卡比奇:然后,只剩你一个黑头发的独裁者……<u>唯一的一个专制君主……整个世界失去它的力量,它筋疲力尽,害怕得发抖,再没有人敢于反对你的国家啦。</u>

兴格尔:世界的独裁者……

卡比奇:这就是你的命运。<u>我们把犹太人杀光,把黑头发也消灭光吧。</u>那样的话,我们就实现了我们的梦想,全世界就是纯粹的阿里安种族的世界了。

兴格尔:美妙极了。黄头发的阿里安种啊……

卡比奇:<u>那时大家都爱你,尊敬你,就会像神一样地崇拜你。</u>

兴格尔:<u>不行,不要这么说!</u>

批:内部权力斗争激烈。

批:种族主义者!

批:动辄枪毙,残酷迫害。

批:助纣为虐、为虎作伥。

批:暗示希特勒独裁统治的罪恶目的。

批:把矛头直指希特勒,很明显地提出了反法西斯就是反专制、反独裁、反对把人当作工具、反对无视人的独立价值。

批:无耻的阴谋,血腥的镇压。

批:极尽阿谀逢迎之能事,忠实走狗形象。

批:表里不一,不可一世,十分骄

[话虽如此,兴格尔因为被卡比奇一场吹捧,心里非常高兴,他简直得意极了。

[他站起来,摆出一副不可一世的姿态。

兴格尔:我自己倒害怕起来啦!

[他扑通一下跳起来,跑到窗下,抓住低垂的窗帘,像猴子一样地攀缘而上。

批:一连串的动作,如同一个小丑。

卡比奇:对,你就是世界的独裁者。首先拿奥地鲁开刀吧。那样的话,其余的就可以不战而胜,只要给它们以威胁就会奏效。所有的国家都会陆陆续续地投降。两年以后,整个世界就要任你自由处置了。

兴格尔:你走吧,我想一个人待一会儿。

[卡比奇走开。

[兴格尔刷地一下顺着窗帘滑下来。

[兴格尔走到一个大地球仪旁边停下来,呆呆地望着它。

批:暴露和嘲讽了他的法西斯罪行和当世界独裁者的梦想。

批:陷入独裁统治世界的妄想之中。

兴格尔:唯一的一个专制君主……世界的帝王……我自己的世界……

[兴格尔一只手轻轻地托起地球仪,并且把它拨弄得滴溜溜地打转。他高声大笑。

[他像跳芭蕾舞似的把气球似的地球仪轻轻一弹,让它飘飘摇摇地升起,或者把它轻轻踢起,再不然就是用头一顶,使它扶摇直上。

批:一系列滑稽性的动作,让观众在笑声中,嘲讽这个小丑的滑稽、丑陋的表演。

[他跳上桌子,用屁股一拱,把地球仪撞起来,然后再让地球仪落在手指上,滴溜溜地打转,随后把它往高处掬,越掬越高,他尽情地、非常慈爱地抚摩着落下来的地球仪。突然,气球地球仪轰然爆炸。兴格尔十分悲痛地低下头来。

批:"轰然爆炸"富有喜剧性,寓意独裁者野心的结局;"悲痛地低下头",揭示了独裁者失望的心情。

(李正伦/译)

横。

在不断的笑声中战斗

　　1940 年,正当法西斯军队侵占巴黎和西欧许多地区,反动气焰极为嚣张的时候,《大独裁者》这部反法西斯的影片开始在世界各地放映,卓别林成了一名英勇的反法西斯战士。剧本通过一个理发师的遭遇,揭露和控诉了希特勒残酷迫害犹太人的罪行,并通过新颖独创的喜剧手法,无情地揭露了希特勒和墨索里尼的丑恶面目。

　　本文节选的是女间谍 B76 号向总统阿登诺以德・兴格尔汇报镇压工人罢工及兴格尔与内政部长卡比奇的一段对话,塑造了一个野心勃勃、凶残毒辣、滑稽可笑的独裁者形象,彻底揭露了这个大独裁者既扭曲了自己,也扭曲了别人,企图扭曲整个人类、毁灭整个人性的罪恶本质。

　　在那不断的笑声中,蕴含着卓别林的巨大悲愤与痛苦,兴格尔实际影射的是希特勒,也指向所有独裁者,是对人类提出的永远的警惕。

　　剧本通过卡比奇无耻吹捧兴格尔的话,既刻画了他作为兴格尔忠实走狗的助纣为虐、为虎作伥的性格,又借用他的话对兴格尔的罪行和野心进行了辛辣的讽刺。剧本通过兴格尔的话和他的滑稽性动作表演,暴露和嘲讽了他的法西斯罪行和当世界独裁者的梦想,具有辛辣的讽刺力量。(屈平、汪明)

大独裁者 (节选)

　　[广场上。

　　[独裁者兴格尔正在以他那独特的腔调、措辞激烈的语言演说。他的面貌和希特勒非常相似,而且和那位犹太人理发师也一模一样。

　　[兴格尔以托明尼亚语慷慨激昂地演说。

　　[他的演说每告一段落,听众就鼓掌一次。兴格尔喝口水润润喉咙,然后继续叫喊了一阵。

　　女译员:阿登诺以德・兴格尔说:"托明尼亚国昨天还是摇摇欲坠的,但是今天却是旭日东升的形势。"

　　[听众热烈鼓掌。

　　[兴格尔只把手轻轻一举,掌声便戛然而止。

　　兴格尔:(以托明尼亚语)民主完全是胡说八道!

　　女译员:民主是不足为训的。

兴格尔:(以托明尼亚语)自由是胡说八道!

译员的声音:自由是令人讨厌的!

兴格尔:(以托明尼亚语)言论自由也是胡说八道!

译员的声音:言论自由不好。

兴格尔:(以托明尼亚语)托明尼亚有世界上最强大的陆军!

[兴格尔又胡乱喊了几句。

译员的声音:它有世界上最强大的海军。

[兴格尔用托明尼亚语的演说,到这个时候声音越来越激烈。

译员的声音:但是,为了使它成为一个伟大的国家,我们必须不断地扩张。

[兴格尔继续胡乱叫喊了几句。

译员的声音:我们必须勒紧裤带。

[为了响应兴格尔这种号召,一排端然正坐在兴格尔身后的那群高级官员中,特别肥胖的陆军元帅赫林站起来,很严肃地把裤带勒紧。

赫林:(以托明尼亚语)我先勒紧裤带!

兴格尔:噢,赫林啊……俾斯麦·赫林啊!

译员的声音:总统现在正和陆军元帅赫林谈话。

[赫林刚刚坐下,方才勒紧的裤带立刻就绷断了。

[兴格尔仍在演说。

译员的声音:这回是和内政部长卡比奇谈话。

兴格尔:(以托明尼亚语)鲱鱼(赫林)不应该是肉末(卡比奇)的味儿,而肉末也不应该有鲱鱼的味儿。

[兴格尔情绪更加热烈,猛挥着手高声喊叫地演说。

[听众疯狂地鼓掌。兴格尔只是轻轻把手一举,掌声便立即停住。

[他继续演说,由于情绪过于火热,摆在他面前的麦克风支架被这股热力烤弯了。

译员的声音:总统想起了他年轻的时候,和他的两位忠实的同志卡比奇与赫林在一起奋斗的往事。

[兴格尔继续演说,表情杀气腾腾,满腔的仇恨,咬牙切齿。甚至麦克风都怕他这副样子,吓得躲躲闪闪。

译员的声音:总统现在谈到犹太人的问题。

[演说达到了最高潮,兴格尔疯狂地挥舞两手,简直达到了白热化的程度。最后,他高呼托明尼亚万岁,听众热烈鼓掌。

译员的声音:总统的结论是他非常希望世界和平。

[兴格尔讲演完漱了漱口。

[随后是雄壮的进行曲。

[有人过来给兴格尔穿外套。

译员的声音:转播暂时告一段落。

[英国]卓别林/文,李正伦/译

品 读

　　查尔斯·斯宾塞·卓别林(Charles Spencer Chaplin,1889 年 4 月 16 日～1977 年 12 月 25 日),20 世纪著名的英国喜剧演员,现代喜剧电影的奠基者,在世界范围内享有盛誉。他还是一名反战人士,卓别林的第一部有声电影《大独裁者》,是专门针对阿道夫·希特勒和纳粹主义者所拍摄的。

　　欧洲战争的紧张局势是卓别林拍摄《大独裁者》的重要原因之一。那时人们还很少知道希特勒的那些集中营。第一次是卓别林的朋友科尼利厄斯·范德比尔特写了几篇报道,透露了集中营的内幕。范德比尔特找了一个借口,进入了一个集中营,描写了纳粹在那里的种种罪行。范德比尔特寄给卓别林一套明信片,上面印的是希特勒发表演说时的姿势。希特勒那张脸丑恶得可笑,好像是在拙劣地模仿卓别林的样子,一撮滑稽的小胡子,几绺竖起的乱发,还有那可厌的薄唇小嘴。每一张明信片上是一个不同的姿势:有一张上面,他向一群人大声疾呼,手蜷曲得像两个爪子;另一张上面,一个胳膊举起,另一个胳膊下垂,像一个玩板球的人准备投球;还有一张上面,双手紧握,好像在举一个假想中的哑铃。卓别林认为希特勒是一个疯子。等到爱因斯坦和托马斯·曼被迫离开德国,卓别林觉得希特勒这副嘴脸不是滑稽可笑,而是阴险可怖了。纳粹在集中营惨无人道的行径,希特勒的各种形象,这些给卓别林创作《大独裁者》提供了生动的素材,奠定了思想基础。卓别林要以恰当的方式揭露纳粹的罪行,讽刺希特勒的丑恶嘴脸。

　　这就是电影《大独裁者》诞生的原因。

　　本文选自《大独裁者》。兴格尔党掌握托明尼亚国的政权,独裁者阿登诺以德·兴格尔用残酷的手段统治着这个国家。选文是写兴格尔在广场演讲。从其演讲内容中,可以看出他是一个极其反动、残暴的独裁者。

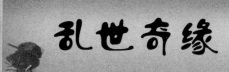

乱世奇缘

叶塞尼娅(节选)

◇[墨西哥]胡里奥·亚历杭德等

读 点

塑造了一个像刺玫瑰的吉卜赛女郎形象。

人物命运跌宕起伏,展现出经久不衰的艺术魅
力。

人物语言富有个性化。

剧情介绍:

19世纪末墨西哥的某城镇。

叶塞尼娅是一个吉卜赛姑娘,她像一朵迎风吐艳的野玫瑰,年轻、美丽、纯洁,但又自尊。一天,她同另一个吉卜赛姑娘到一个小酒店给人看手相,受到白人军官奥斯瓦尔多的奚落和怠慢。出于报复,叶塞尼娅偷走了他的钱包。

奥斯瓦尔多是华莱士军队的一名上尉,他的钱包里放着一份军火商的重要名单,为了追回这份名单,他来到吉卜赛部落并找到了叶塞尼娅。通过几次接触,两人产生了爱恋之情。奥斯瓦尔多决定向吉卜赛头人求婚。

让吉卜赛姑娘嫁一个白人,这是头人所不能准许的。这时,叶塞尼娅的外祖母玛亨达向头人说出其中的奥秘,叶塞尼娅是白人贵族的私生女,头人便同意叶塞尼娅与奥斯瓦尔多结婚。

奥斯瓦尔多和叶塞尼娅幸福地生活在了一起。

不久,奥斯瓦尔多因执行任务被敌人逮捕,关进监狱,因此同叶塞尼娅失去了联系。叶塞尼娅在丧失经济来源的困境下,并未变心,忍受了长期的贫困与痛苦之后,才只得回到自己的部落。在部落里,有一个吉卜赛青年巴尔多一直爱着她。

奥斯瓦尔多被营救出狱,回到教父家中休养。他到处打听叶塞尼娅的下落,却音信杳无。教父罗曼是路易莎的爷爷,于是奥斯瓦尔多认识了路易莎。没多久,路易莎热烈地爱上了奥斯瓦尔多,而他仍然爱着叶塞尼娅,由于担心拒绝了路易莎会给身患心脏病的她造成悲剧,才勉强答应同路易莎结婚。

在偶然的机缘里,路易莎的妈妈认出叶塞尼娅正是由其父亲送给玛亨达的亲生女儿。当路易莎得知自己的未婚夫竟是叶塞尼娅的丈夫时,善良的路易莎舍弃了自己的爱情,她同爷爷罗曼先生一起去欧洲旅行。

叶塞尼娅同奥斯瓦尔多终于夫妻团聚。

叶塞尼娅:(喊)当兵的!（走近）你不等我啦？　　批:火辣的性格一览无余。

奥斯瓦尔多:我已经等你三天了。　　批:痴情而执着。

叶塞尼娅:哈哈,我没跟你说我要来。那现在你去哪儿？　　批:其实她每天都到河边来暗处观察奥斯瓦尔多,可爱的狡猾!

奥斯瓦尔多:我想到你们那儿去,去找你,非让你……　　批:潜台词,非要让你答应嫁给我不可。

叶塞尼娅:怎么？哦,瞧你呀,你要是这么板着脸去,连怀抱的孩子也要吓跑了!哈哈哈……　　批:故意打岔,看似没肝没肺的玩笑,其实是希望他去。

奥斯瓦尔多:你就是喜欢捉弄人对不对？我可是不喜欢人家取笑我。我现在要教训教训你!　　批:彼此爱对方,奥斯瓦尔多要以吉卜赛的风格对待叶塞尼娅。

［强行拥抱叶塞尼娅。　　批:为难耐的等待而气恼。

叶塞尼娅:不,不!（挣扎）放开我,放开!　　批:不满意奥斯瓦尔多的"无理"。

奥斯瓦尔多:过来,姑娘,过来……（欲吻叶塞尼娅）

叶塞尼娅:(挣扎)放开我,放开……

奥斯瓦尔多:(吻叶塞尼娅)嗯……

叶塞尼娅:(挣扎)嗯,嗯……（用石头砸奥斯瓦尔多）　　批:虽然对奥斯瓦尔多有好感,但决不能被强迫。怒不可遏,便给他点颜色看看,性格泼辣、刚烈。

奥斯瓦尔多:啊……（倒下）

叶塞尼娅:让我来教训教训你吧!（喘气）倒霉蛋,你以为对吉卜赛人想怎么着就怎么着,那你就错了!我,我不想再看见你了,听见了吗？（见奥斯瓦尔多不作声）怎么他流血了？嗯……你这是活该!怪谁呢？呃,怎么,（摇奥斯瓦尔多）你死了？哦,不,你这家伙别这样。求求你,把眼睛睁开。你知道,你要是死了,我就得去坐牢的。（拍奥斯瓦尔多的脸）　　批:这是吉卜赛人的原则。

批:疑惑流血,说明叶塞尼娅并没有下狠手砸奥斯瓦尔多;称他"活该",性格泼辣;"你这家伙别这样",既害怕又善良;并非怕坐牢,而是因为爱着。

奥斯瓦尔多:(笑,睁开眼)哈哈哈哈……啊,你想杀死我？　　批:耍赖之态令人忍俊不禁。

叶塞尼娅:是的。是你逼得我……

批:自知手重,但口头上不服软。

奥斯瓦尔多:啊,你就这么讨厌我亲你?

批:试探,也为挑明。

叶塞尼娅:只有两厢情愿才是愉快的。如果强迫,只能让人厌恶。

批:这是叶塞尼娅的原则。不讨厌奥斯瓦尔多,但怪他鲁莽。

奥斯瓦尔多:好吧,对不起。我不该这样……可还是你的错。

批:真诚向她道歉并故意设圈套接近她。

叶塞尼娅:我错?

奥斯瓦尔多:嗯。你没有发现自己长得很美吗?这能怪我吗?

批:看似耍赖,实则表达对她的爱,也为自己的行为找借口。

[又欲吻叶塞尼娅。

叶塞尼娅:你要是再来亲我的话,我马上砸碎你的脑袋! 我们吉卜赛人说了算!

批:虽然佩服他的机智,但不会放弃自己的原则。

奥斯瓦尔多:不,我只想看看你的眼睛。

批:退而求其次,可谓机智多情。

叶塞尼娅:我……我不是来看你眼睛的,你别胡思乱想……

批:虽然迷恋,但有理智。

奥斯瓦尔多:谢谢。

叶塞尼娅:(转换语气)还疼吗?

批:心底里的关爱。

奥斯瓦尔多:你的手真重……可我心里的创伤比头上的伤还重……没想到,我会这么喜欢你……我不像你那么会算命,可我觉得我……配得上你。我爱你,吉卜赛人!

批:发自肺腑的真诚表白。

(佚名/译)

性格鲜明的主人公

影片《叶塞尼娅》精心塑造了叶塞尼娅和奥斯瓦尔多这两个艺术形象,并在描绘他们的爱情纠葛的同时,展示了改革与保守两种社会势力的斗争。

在吉卜赛部落长大的叶塞尼娅,生性活泼、热情,但不妖冶、放荡。她出身于豪门贵族,但一出生就遭到被遗弃的厄运。吉卜赛人的生活造就了她刚强、豪放的性格。她对自己所追求的爱情坚贞不屈,面对白人的耻笑、教父的阻挠,始终不渝。她敢爱敢恨,爱憎分明,她仇恨白人贵族,即使对自己的生母也不例外。尽管她认为自己同白人贵族间有一道无法逾越的鸿沟,但她仍没有屈服,没有放弃对爱情的追求。

奥斯瓦尔多也是如此。他虽然是一个白人军官，但却具有进步思想。他不顾社会舆论和种族歧视的偏见，热情执着地爱着叶塞尼娅，并按照吉卜赛人的规矩举行了婚礼，这本身就是对门阀观念、种族歧视的挑战。他的所作所为，代表了自由改革时期墨西哥青年一代的追求和向往。

影片自始至终将他们的命运同"正义改革战争"紧密地联系在一起，他们的爱情同自由改革战争一样走过了一段艰辛曲折的路程。贵族社会的腐朽，引起了改革战争；正义战争的需要使他们分离，但正义战争的胜利又使他们最终结合在一起。他们的结合，宣告了封建制度的崩溃。

选文只是《叶塞尼娅》的一个片段，读来却让我们感受到了主人公鲜明的性格特点，这要归功于其中精彩又极富个性的语言描写。

"你以为对吉卜赛人想怎么着就怎么着，那你就错了！""只有两厢情愿才是愉快的。如果强迫，只能让人厌恶。""你要是再来亲我的话，我马上砸碎你的脑袋！我们吉卜赛人说了算！"女主人公几句简短的台词把她泼辣、野性、独立、大胆、有原则的性格特点清晰地展现了出来。

男主人公的语言也同样富有特色，"你没有发现自己长得很美吗？这能怪我吗？""不，我只想看看你的眼睛。""你的手真重……可我心里的创伤比头上的伤还重……没想到，我会这么喜欢你……我不像你那么会算命，可我觉得我……配得上你。我爱你，吉卜赛人！"奥斯瓦尔多的几句深情又不乏幽默的台词让我们感受到这个华莱士军人的率性与真诚，也让我们看到了这个痴情的白人军官对爱情的执着，对爱人的宠溺。

同时，主人公的动作行为也与他们的性格特点极为相称，男主人公的强吻，女主人公的砸石头把这个场景推向高潮，也为这场情人间的嬉笑打闹增添了更加浓重的戏剧化色彩。

整个场景通过男女主人公的一段对白把一场勇敢深切的爱恋展现在我们眼前，让我们感受到他们之间的浓情，为他们后来冲破种族障碍，勇敢追求幸福的举动打下伏笔，同时也引起了观众的共鸣，让观众在欢喜感动的同时，也为他们深深祝福，祝福他们的爱情能够一帆风顺，地久天长。（子夜霜、贾霄、蔡静）

芳草地

第一瓶香槟酒

当我爱上16岁的英格时，我正好17岁。我们是在游泳池里认识的，然而，我们的友谊当时只限在冷饮店里。

每当我想英格的时候(我每天要想她上百次),就兴奋地等待和她再次见面。可当她真的又来到我身边时,我事先准备好的许多美丽动人的句子却又不翼而飞了。我胆怯、拘谨地坐在她身边,手脚无处放,不知所措。英格肯定也察觉到了这些,因为她在不断地设法让我活泼起来,或者让我感到我是她的保护人。我的自信心由此也坚定起来了。我拼命地鼓起勇气,开始定期地邀请我的英格去游泳或去冷饮店。

事情朝着顺利的方向发展,直到有一天英格告诉我,她对去冷饮店已感到厌倦了,那是小孩子去的地方。她要正正经经地出去一趟,像她姐姐那样去喝一杯香槟酒。

起初我装着什么也没听见,但我的耳朵里却不停地重复着"香槟酒"这几个字。我仅有的零钱几乎都花完了。尽管如此,我仍不露声色,用漫不经心的口气说道:"香槟酒,好呀,为什么不去喝一杯呢!"我的话似乎在表明,喝这种饮料对我来讲就像做任何一件理所当然的事一样。人在热恋中是什么都能装得出来的。

钱终于存够了。我带着热恋中的人来到城里最好的一座酒吧。这里富丽堂皇,婉转动人的轻柔音乐围绕着我们,侍者们悄没声息地来回走动。在这种高雅、朦胧的气氛下,我的胃也莫名其妙地作怪起来。

当我们在一张小桌旁就座后,我不得不集中精力,以免我和英格在大庭广众之下出丑。我把侍者唤来,激动之中尽可能用无所谓的口气要了一瓶香槟酒。侍者上了年纪,两边鬓角已经灰白,有一双亲切的眼睛。

他默默地弯下腰,认真地重复着我的话:"一瓶香槟酒,赶快。"

他是尊重我们的,他的脸上没有一丝讽刺的笑容。看来我穿上姨妈送给我的西服、系上新的红领带是对的,周围的客人也都把我们看作是成年人。不管怎样,我今年已经17岁了。英格穿着她姐姐的漂亮的黑色连衣裙。

侍者回来了。他用熟练的动作打开了用一块雪白的餐巾裹着的酒瓶,然后把冒着珍珠般泡沫的饮料倒进杯子里。太壮观了! 我们仿佛置身在另一个世界里。

"为了我们的爱情干杯!"我说道,并举起杯子和英格碰杯。

喝第二杯时,我抚摸着英格的手,她不再抽回去了。喝第三杯时,她甚至允许我偷偷地吻她一下。香槟酒太棒了。英格说她已微醉了。我也同样浑身发热。可惜,此时酒已喝完了。我们还能再要一瓶吗? 我偷偷地望了一眼酒的价格表,哦,不行了。

"快一点来算账,经理先生。"我大声地喊道。真糟糕,我对自己的粗鲁既吃惊,又骄傲。还是那个鬓角灰白的侍者来了。他把账单放在一个银盘子里,默默地将账单挪到桌上。他转身走后,我拿过账单读道:"一瓶矿泉水加服务费共1.10马克。"下面写道:"原谅我,孩子。你们尚未成年,不能喝酒,但我确实不想扫你们的兴,所以擅自给你们换了矿泉水。你们的侍者。"

我的英格至今也不知道她喝的第一瓶香槟酒竟是矿泉水。

[德国]柯星德/文,郝平萍/译

德国有关于"未成年者不得饮酒"的规定。小说《第一瓶香槟酒》中17岁的"我"自从恋上了16岁的姑娘英格,就总想表现一种"成年人"的气度与"男子汉"的豪爽。所以,当女友英格提出不再像小孩那样喝冷饮而去喝一次香槟酒,"我"就理所当然地把这当作一次进入"成年"的标志和表现豪爽的机会而认真对待。

　　"我"凑足了钱,终于带着女友走进酒吧,气度非凡地向侍者要一瓶香槟酒,终于"为爱情而干杯",而且两人都"醉"了。当读者要为这位小男子汉在女友面前的成功表现而喝彩的时候,在小说的结尾读者才得知那位年长的侍者竟然"自作主张"地用矿泉水"替换"了香槟酒。

　　这是侍者的恶作剧吗?不是。结账时,侍者悄悄递给男主人公的一张字条写得明白——这位侍者是出于一种长辈对晚辈的厚爱,一方面觉得孩子们尚未成年,不能喝酒;另一方面又不愿让热恋中的年轻人自尊心受到伤害,不愿使他们扫兴,于是暗中给他们换了矿泉水。多么可爱的"管闲事"的侍者!侍者是一位长者,也可以说是一位智者。"以水换酒"这个细节,表现了他对晚辈的爱护,他的温厚与慈祥,以及他对社会负责对下一代负责的主人翁意识。而他的"教育方法"既讲策略又非常巧妙,不是简单地阻拦,不是机械地说教,更不是粗暴地呵斥,而是一种建立在尊重与友善基础上的真切的厚爱,是不失礼仪的机智的道德教化。

冷山（节选）

◇ [英国]安东尼·明格拉

读点

出色的语言描写使人物形象更加丰满。
残酷的战争见证了一段刻骨铭心的爱情。

剧情介绍：

　　故事发生在美国南北战争末期。冷山是南方某个宁静而美丽的田园小镇。某日，牧师带着他女儿艾达来到镇上。在教堂的施工现场，艾达遇见木匠英曼。故事就在这两人之间拉开了帷幕。

　　英曼和艾达很快相爱了，但是，战争的阴影已经笼罩了这个小镇。男人们组成队伍开赴前线去与北方佬开战，英曼也是其中的一员。英曼带着艾达的牵挂走了，等待他的是硝烟的战场。艾达带着对英曼的思恋留在冷山镇，面对生存这个现实。

　　战场上英曼英勇杀敌，同时目睹人杀人的血腥与残酷的疯狂，面对这场集体疯狂的血腥杀戮，英曼怀揣艾达的信苦苦支撑着。最后，受艾达爱的强烈感召和对家园强烈的渴望，英曼踏上了艰辛漫长的归家旅程。确切地说，是踏上了逃兵之路。一路上，英曼遇到了形形色色的人，他们中的有些人迫害他，有的接纳他，还有不少美色诱惑他。在饥饿病痛的威胁下，前有漫漫长路，后有逃兵搜捕队的步步紧逼。在爱的感召下，英曼克服重重艰难，向回家的方向坚定地迈进。

　　在英曼经受历练的同时，冷山镇也风云暗涌。艾达也在经受磨难与蜕变的痛苦。留乡的自卫队在镇上作威作福，成了为非作歹的恶徒。艾达父亲突然病逝，在丧父的沉痛之中，更现实的是艾达要学会如何生存。艾达的自尊也不允许自己接受别人的施舍，她的生活越来越困难。自卫队的头目提格对艾达垂涎已久，不断骚扰艾达，甚至以武力相威胁。更折磨艾达的是战场上的英曼音信全无、生死未卜，何况两人的爱并未实质上挑明。但艾达对感情的执着一直支撑着她。

　　就在艾达贫困交加、提格虎视眈眈之际，山区女孩露比来到了她的身边。这个强悍能干的姑娘给艾达带来了希望，她带着艾达重整农场。艾达也开始慢慢地学会如何向生活索要面包，为了筹钱艾达卖掉心爱的钢琴，抛弃了上流社会小姐的空架子，最终度过了失去父亲后独自面对自我和生活的蜕变期。艾达不再担心生活问题，但自卫队更加猖獗了，露比的父亲史塔休斯也被打伤了。

　　露比闻讯赶来，发现父亲尚有生命迹象。艾达帮露比在冷山深处找到猎人的小木屋安置史塔休斯。接着,艾达拿着猎枪出去寻找食物,就当艾达举枪瞄准之时,英曼出现了,终于,有情人重逢了。

故事还在继续,两人不知道现在的自己是否还会被对方接受,都不知如何将他们的关系挑明。露比帮他们打破了僵局,有情人终于走到了一起。

第二天,艾达和英曼在归家的途中遭遇不幸。自卫队的爪牙闻讯赶来,对峙中,英曼中了暗枪,倒下了。

若干年后,艾达带着与英曼的爱情结晶——格雷丝·英曼平静从容地生活着,战争远去了,生活重归平静。

(1)艾达家的谷仓,露比遇到了她的父亲

露比:艾达,是个男人……

艾达:什么?

露比:<u>想偷我们的粮食,被谷仓的陷阱夹住了,在喊救命呢。</u>　　批:饥饿使斯托布罗德冒险进入艾达家。

斯托布罗德:救命呀!

露比:<u>给我听好,指着他。有一把枪对着你的屁股。</u>　　批:战乱使女人变得机智和坚强。

斯托布罗德:<u>快把我弄出来。</u>　　批:受了伤,急需救治。

露比:你有武器吗?　　批:战乱让人学会自我保护。

斯托布罗德:<u>没有,我的手快断了。</u>　　批:可见受伤不轻。

露比:<u>我不敢相信,史塔休斯。</u>　　批:女儿认出是父亲。

斯托布罗德:<u>露比?</u>　　批:既惊讶,又不敢相信。

露比:他是我老爸。

……

斯托布罗德:<u>我可以一边吃一边让她包扎。</u>　　批:实在是饿极了。

露比:<u>你别想在屋子里吃饭。第一,窝藏逃兵会被吊死。第二,就算有奖品拿,你也得在外面吃。</u>　　批:心地善良,以为父亲可能是逃兵,不愿意因此而连累艾达。

斯托布罗德:你受了伤。

露比:<u>什么?</u>　　批:没有明白父亲的意思。

斯托布罗德:我伤透了你的心。

露比:<u>如果我没帮你把兽夹的铁齿掰开,你会伤得更重。</u>　　批:有恻隐之心。

艾达：这是我的主意。

露比：那是她的主意。

斯托布罗德：我伤害了你。

露比：老天爷！

斯托布罗德：我在脑子里为你谱了好几十首歌，露比这样，露比那样，露比的眼睛亮晶晶。　　批：借机讨好女儿。

露比：嗨，你别忘了，你打过我，抛弃我、不管我，然后又打我。这些可比"露比的眼睛亮晶晶"让我觉得舒服多了。

批：战争让父亲变得残忍。

批：反讥父亲！父亲对女儿确实不好，伤透了她的心。

斯托布罗德：我变了。战争能改变一个人，露比一定说过我不是好东西。

批：言外之意，战争改变自己，也让女儿指责父亲，也就是说自己的过错也是可以原谅的。

露比：你是个混蛋。

斯托布罗德：我完全同意。　　批：觉得自己愧对女儿。

露比：把他赶出去吗？　　批：尽管父亲道了歉，但女儿还是不能原谅。

斯托布罗德：音乐改变了我，我心中充满了音乐。我有一把全新的小提琴，音色真美。我会拉很多歌，我都不知道我这么会拉。　　批：继续讨好。

露比：你已经包扎好了。

斯托布罗德：上帝保佑你们！好吧。

露比：你没有一件像样的大衣吗？　　批：表面刻薄，心里仍很关心。

斯托布罗德：我没事，只要你吩咐一声我就不回来。我不想给你和你的女主人带来麻烦。　　批：也理解女儿。

艾达：我不是露比的主人。　　批：她们不是主仆，而是朋友。

斯托布罗德：什么？

露比：没有人是。

斯托布罗德：有人需要大衣，我的同伴潘格，另外有个来自乔治亚州的同伴。潘格冷得要命却没有大衣穿。我爱你，露比，就算天塌下来也一样，你一直都是个好女儿。

批：爱女儿，就不应该抛弃女儿，战乱中，一次实质性的呵护胜过千万句"我爱你"。所以，女儿的一句"他只会讲这种屁话"就说明了问题的实质。

露比：他只会讲这种屁话。把他栽在土里，就会长出一个一模一样的出来。

(2)雨夜,英曼寻找住宿和食物

英曼:<u>我是南方联邦的军人,我需要住宿跟食物。</u>

批:并未忘记自己的军人身份,逃亡只是因为思念艾达。

莎拉:<u>我有一把来福枪。</u>

批:暗示外人别想轻易侵犯自己。

英曼:很公平。

莎拉:我只有豆子和玉米棒。

英曼:谢谢你。

莎拉:<u>这儿就我一个人和我的孩子。我必须相信你没有恶意。</u>

批:防人之心不可无,战争年代尤其如此。

英曼:绝没有。

莎拉:我不想要。<u>要是我说了算的话,我会把所有的武器都销毁,所有的刀、所有的枪。</u>没事了,你只是发烧。

批:痛恨战争,向往和平。

英曼:你的宝宝生病了?

莎拉:<u>我男人死了,他在盖茨堡受的伤,还没见过他的儿子。</u>

批:可恶的战争,战争使孩子失去父亲,妻子失去丈夫。

英曼:很遗憾。

莎拉:<u>在战争年代,家家户户都有这种悲剧——男人死了,只剩下女人。没有什么食物,不过总算是热的。</u>

批:战争带来的不仅是死亡,还有饥饿与苦难。

英曼:<u>这一路上找不到吃的,只有些树皮草根。</u>

批:非人的逃亡生涯。

莎拉:我得给他喂奶,他得吃点奶。他不肯吃奶。

英曼:我叫英曼,那是我的名字。

莎拉:<u>我叫莎拉,我的宝宝叫伊森。</u>

批:两人消除了戒备心。

英曼:很高兴认识你们。

莎拉:<u>你的身材跟他差不多,他也是个体形匀称的人。</u>

批:称英曼与其战死的丈夫身材差不多,这是爱的暗示。

英曼:谢谢你。

莎拉:都合身吗?

英曼:这对靴子很好。

莎拉:那么,晚安。

英曼:晚安。

……

莎拉:<u>你不进来吗？你能为我做一件事吗？你认为你可以躺在我身边,不要做别的事吗？</u>

英曼:我走,好吗？

莎拉:<u>不,我不要你走。</u>

英曼:<u>是这样子,我爱上了一个人,我非常爱她。</u>试着睡一觉吧。

批:战争夺去了女人的丈夫,使女人失去了依靠,变得孤独,此刻,女人也需要男人的爱。

批:真心挽留。

批:不得已,英曼只好作出让步,但声明自己已爱着一个人,不能对不起她。

(3)雪地里的篝火在燃烧着,露比睡着了,艾达睡意全无。她起身,披着毯子走出木屋。英曼在木屋外

英曼:<u>抱歉,我想安静来着。</u>

艾达:你有没有收到我的信?

英曼:我收到三封信。我都夹在你送我的那本<u>书——《巴特姆》里。</u>

艾达:<u>我一共寄了大概一百零三封信。你有写信给我吗?</u>

英曼:一有时间就写。你没收到的话,我说给你听。

艾达:不用了。

英曼:我祈祷你安康,希望你会想我。<u>也因有你,我才不致坠入黑暗深渊。</u>

艾达:<u>怎么可能是我?我们在一起也只是几个瞬间,根本就不熟。</u>

英曼:<u>一千个瞬间,就像一整袋的钻石。是真实的还是我杜撰的并不重要,你颈肩的轮廓,我将你拥入怀中,我触摸你的感觉,那都是真实的。</u>

艾达:<u>你犁地的样子。</u>

英曼:<u>你拿托盘的模样。</u>

艾达:你不肯进屋子。

英曼:对,我不肯进去。

批:心细如发,小心呵护爱。

批:对心上人的来信倍加珍惜。

批:大部分信件由于战乱而无法收到,写那么多信,可见艾达对英曼的爱是多么的深。

批:艾达是他活着的希望。

批:担心英曼已变心,才这样说!

批:真挚地爱着艾达。

批:战争年代,田园生活、温馨之家才是人们最向往的。

乱世奇缘　125

艾达:所以我为了见你,只好端着托盘。

英曼:那一吻,一路上我都在回味。

艾达:我每天都在等待着,盼望着,盼望着看见你的脸庞。

英曼:如果你能看到我的内心,随便你怎么称呼,我的灵魂?这是我最害怕的。我觉得我已经毁灭了。他们一直拖着我往前走,但是我还没有准备好。如果我曾经有……有善良,也已经泯灭了。如果我曾经有仁慈的一面,也被我扼杀了。我做了这些事情,怎能再给你写信,在看尽人寰惨绝后?

英曼:说晚安吧。

艾达:不,求你了,别说晚安。战争让一些事情变得没有意义,很难想象能有个婚礼,我想我父亲也会同意的。

英曼:艾达,我想娶你,如果你愿意。

艾达:是不是有个宗教传统必须说三次"我要娶你",然后就成为夫妻了?

英曼:我要娶你,我要娶你,我要娶你。有什么好笑的?

艾达:我在想是不是说三次"离婚吧",就真的离婚了。

英曼:我可以等你。

艾达:哦,英曼,我要嫁给你,我要嫁给你,我要嫁给你,我要嫁给你,我要嫁给你……我的衣服有太多纽扣了。转过身,好吗?

英曼:不,我不会转身。

(佚名/译)

批:永恒美好的回忆,永恒的爱。

批:表达思念之苦。

批:战争给英曼的心灵造成了极大的伤害,甚至最美好的品质也会被剥夺。

批:战争让本来应该浪漫的婚礼也无法浪漫起来了,多么的悲哀!

批:表达出自己的心声。

批:这是对艾达真挚的爱。

批:直白地表达出自己对英曼的爱。

批:真爱是不会回避一切的。

战争中伟大的爱

安东尼·明格拉(Anthony Minghella,1954 年 1 月 6 日~2008 年 3 月 18 日),英国剧

作家、导演、制片人。他最著名的影片是根据同名小说改编的《英国病人》，这部影片获得了超过30项国际大奖。他还担任电影《冷山》的编剧和导演。

《冷山》是以美国南北战争为时间背景的，描述了一对恋人为战事所分离，彼此用深刻的思念支撑困顿的生活的爱情故事。影片以男、女主人公各为一线，当两人重逢后，又由双线平行变为单线叙事。而令观众唏嘘的是影片所呈现的那份思念，当男主人公在片尾因一场突至的枪战不幸殒命，更使人扼腕于情面对命运的脆弱，进而感慨战争对美好生活的戕害。

影片展现了战争的残酷，不仅摧毁了人们的生活，同时也残害了人们的精神，战争对人的摧残是不可磨灭的，但影片的伟大之处更在于它所表现出的一种鼓舞人心的博爱力量——普通人在极端环境中的互助精神。《冷山》是拥有博大胸怀的，它关怀爱，歌颂和平，剖析人性的善恶，但绝不煽情，一切都是在悲天悯人的气氛中默默地展现。

艾达和英曼对彼此的思念固然是一段让人动容的乱世真情，然而在《冷山》中三百英里的长路上，我们不仅被那细细的情思所牵引，更加被一直荡漾在片中其他人的深沉广大的爱所触动——那些不相识的路人的扶助，以及他们对家园的渴念。影片虽然在剥落人性的善良外衣，同时又以更为感人的笔触来描写普通人在极端环境中的互助：英曼几乎就要绝望的时候得到独居山林的老妇人曼迪的救助；英曼路过失去丈夫的莎拉家，在莎拉家过夜的那一晚，他们紧紧拥抱，只是为了彼此慰藉战争带来的难以愈合的孤独和伤口。

尽管影片是关于战争和爱情的，但是从艾达的生活磨炼中，我们可以感觉到女性的果敢与伟大。艾达由于父亲的离去和冷山生活的日趋艰难，不得不开始学着颠覆往昔全部的生活和思维方式，这一过程一点不比英曼的跋涉轻松。在经历了一系列家庭变故后，艾达一无所有，甚至连一只公鸡都使她害怕，但能使她得以生存的唯有对英曼的思念，尽管她也不清楚她一直期盼回来的会是一个活生生的人还是一个灵魂。露比的出现改变了她的一切。在露比的帮助下，她成为了生活的强者，选择用微笑面对生活。以艾达和露比为代表的纯粹女性的共携生存、互助的情谊，这才是影片想要表现的最博大的爱，犹如最温暖的水流，从四周轻轻地包围着片中的人物，使他们最终走出战争的阴霾。（子夜霜、李荣军）

 芳草地

最后一班地铁（节选）

贝尔纳：她（注：她，即《失踪的女人》剧中的女主角海伦娜，海伦娜由巴黎蒙玛特剧院的现任经

理玛丽安扮演)往往对她的下人也很谦卑。

让·卢(注:《失踪的女人》的导演):她似乎总觉得自己有罪,真是天知道。可正是因为这个缘故,她就到比她地位低下的人中间寻找友情。可怜的亨利是不会知道这一切了,真是悲剧。

玛丽安:谁在说悲剧?

让·卢:对。在外人看来,海伦娜(注:海伦娜,《失踪的女人》剧中的女主角海伦娜由玛丽安扮演,而爱上海伦娜的家庭教师就是贝尔纳的新角色)对我似乎亲热了点,有时会像孩子那样在我面前撒娇。不知为什么她对我如此感激。

玛丽安:现在我已陷入情网,我很痛苦,爱就是痛苦。

巴拉尔:对,就是痛苦,它像盘旋在我们头上的秃鹫,时刻威胁着我们,但它又是幸福的预兆。你真美,海伦娜,看着你就是一种痛苦。

玛丽安:可你昨天说是快乐。

巴拉尔:既是快乐,又是痛苦。

玛丽安:能不能跟你说几句话? 要是我不来找你,你肯定会不辞而别的。

巴拉尔:不会。我想等你们排完戏以后再告别。

玛丽安:已经排完了,干巴巴的。

巴拉尔:我也看了一会儿。

玛丽安:怎么样?

巴拉尔:挺不错! 说明一个真理:谁都可以被人取代。

玛丽安:好吧。再见了,贝尔纳……

玛丽安:我觉得你对所有的女人都很殷勤,除了我!

巴拉尔:并不对所有的女人。再说,我不敢……你往往用一种严厉的,甚至冷酷的目光看着我。

玛丽安:冷酷的目光? 是吗?

巴拉尔:对! 我觉得你对我有成见。

玛丽安:不是这样。一见到你,我就……我心里就乱了。真的,为了不让别人察觉,我就装得很严肃,这么一来,你就讨厌我了。

巴拉尔:哪儿的话,我从来没讨厌过你。可自从那次你吻了我之后为什么又对我疏远了?

玛丽安:剧团里大家都亲吻。

巴拉尔:可不一定都亲嘴。

玛丽安:我亲过你的嘴?!

巴拉尔:对,首演的那天,闭幕那时候!

玛丽安:不,这不可能!

巴拉尔:你——肯定——吻过——我——的——嘴。

玛丽安:我身上也有两个女人?

巴拉尔:对,你身上有两个女人:其中一个已不爱她丈夫了……

玛丽安:哦,不!

玛丽安:我想忘掉你,可是要不是你愚蠢的骄傲,我早就在你身边了……

巴拉尔:难道你每来一次就要编造一次谎言?

玛丽安:为什么要编造谎言? 骗谁? 他已经死了……

巴拉尔:那你想在工作中忘却一切?

玛丽安:哦,不,我对工作已不感兴趣,我抛弃了一切,只希望陪伴在你身边,把你送出这医院的大门,然后我们一切从头开始。

巴拉尔:我们不可能,也没必要从头开始。我们没真正地相爱过。我曾经想爱你,但没爱过你,我们之间的关系始终是很抽象的。这你也许不相信,对,因为我过去也不相信!

玛丽安:可我一直在想念你,每时每刻!

巴拉尔:过去我也想过你,可后来,想得越来越少了。你还来干什么? 我连你的姓名都完全忘记了,你的容貌也很快会在我心中变得模糊不清。你快走吧,快走吧!

玛丽安:爱和恨,都是相互的! 爱需要有两个人,恨也需要有两个人。不管怎么样,我爱你。想到你,我的心就跳得厉害,你是我唯一的安慰。永别了。

[法国]弗朗索瓦·特吕弗、苏珊·希夫曼/文,佚名/译

品读

　　影片《最后一班地铁》讲述了在极端严酷的战争环境下,爱情的鲜花依旧悄然绽放,每个人仍在编织着自己或真挚纯美或黯然神伤的感情故事。

　　基本剧情是这样的:

　　1942 年冬,巴黎蒙玛特剧院在玛丽安·斯坦奈的领导下克服了种种物质上和政治上的困难,使剧团生存下去,把戏演下去。玛丽安是一个著名的女演员,这个剧团本来是由她的丈夫吕卡斯·斯坦奈领导的。

　　吕卡斯是一个德国犹太人,在 1933 年为了逃避纳粹的种族迫害而流亡到法国。德军占领巴黎又迫使他要逃亡,便对外宣称要到南美去,将剧院交给了妻子玛丽安。事实上他没有离开巴黎,而是藏身在剧院的地窖里。玛丽安每天晚上来看他,使他了解外面的世界。吕卡斯藏身地窖,通过被改装的暖气管道,可以清楚地听到舞台上排练的情况,从而可以暗中指挥排练。

　　影片的故事情节是围绕着剧团的排戏而展开的。剧团排练的是吕卡斯原先安排好的戏《失踪的女人》。女主角是玛丽安,男主角尚在遴选中。前来应试

的年轻英俊的贝尔纳·格朗惹深得玛丽安的好感,她决定让他做自己的搭档。为了这个戏能演出,剧团人员都要施展两面手法来应付占领当局的戏剧检查、法奸合作分子的寻衅刁难,以及盖世太保的搜查。玛丽安周旋其间,应付种种困难,但贝尔纳却不明白玛丽安的苦心。

演出获得了成功,而亲纳粹报纸《处处有我》的戏剧评论员达克西亚因为骚扰玛丽安无果,便发表文章诋毁该剧,并不怀好意地指出这出戏实际是吕卡斯的手笔。在剧组庆祝首演成功的聚会上,达克西亚恭维贝尔纳,贝尔纳气愤地想揍达克西亚一顿,玛丽安责怪他鲁莽。

盖世太保突然来到剧院,要搜查地窖。德国人很快就要对剧院动手。为了保护剧院,玛丽安抢先带着贝尔纳来到地窖,让他和丈夫迅速撤离,这才躲过搜查。贝尔纳虽然和玛丽安相爱,但为了玛丽安和吕卡斯的幸福,决然离开剧团,去参加抵抗运动了。

1944 年,盟军在诺曼底登陆,吕卡斯在地窖生活了 813 天后终于重见天日。

战后,吕卡斯重新领导剧院,贝尔纳也重返舞台,仍与玛丽安配戏,但他拒绝了玛丽安的爱情。影片结尾,大幕徐徐落下,玛丽安一手拉着丈夫的手,一手拉着情人的手,向观众频频谢幕……

影片《最后一班地铁》反映了从 1942 年到 1945 年巴黎戏剧界的生活。当时,法国被德军占领,巴黎人生活悲惨,食品定量配给,吃不饱,又寒冷、孤寂、痛苦,只得到剧院去,既为了取暖,也为了逃避现实。当时夜夜有宵禁,演出必须在宵禁前(每晚 11 点实行宵禁)结束,以便人们能赶上最后一班地铁。演员们也在最后一班地铁车厢里交流各种情况和消息。这就是影片片名的由来。

影片在深入细节的能力及对细节的把握上令人吃惊,它能将种种感受从你的每个毛孔渗透进去,继而弥漫开来,扩散至全身,最终引起持久的震荡。如充满灵感的男演员贝尔纳处处留情,唯独对自己真正所爱的人玛丽安不敢表白,把人的心理中最隐微的部分及人与人之间无处不在的爱的隔膜展现在观众面前。

此外,双层对应构成了影片的鲜明特色——它不仅止于“戏中戏”的基本套路,而且延伸到了剧院内外、地上地下、台上台下,把戏剧中的人物和生活中的人物相结合,戏剧与电影、虚构与纪实、象征与叙事……而与此相呼应着的则是双重的内在品性——最柔美的与最残酷的、最抒情的与最冷峻的……从无所不在的对峙中,让读者看到了在特定历史环境里,无论是舞台上的假戏真做,还是生活中的真实人生,情节设计合情合理,铺垫、伏笔和若隐若现的呼应,把人物形象刻画得血肉丰满。

其实,人生就是一个舞台,生活就是一场话剧,戏剧和人生永远交织在一起,从而值得我们满怀期待地日复一日。

魂断蓝桥(节选)

◇[英国]乔治·威尔逊

读点

此两场戏是主人公悲剧结局的转折点。

两个人物都非常令人钦佩和感动。

剧情介绍:

在第一次世界大战中,罗依和玛拉在空袭警报声中于滑铁卢桥相见。罗依是一个军人,马上要上前线,玛拉是一个芭蕾舞演员,芭蕾舞团纪律很严,这些都不允许他们相爱。但是,罗依对玛拉一见钟情,玛拉对罗依也产生了好感,并把自己的小护身符送给了他。当晚罗依去剧场观看玛拉的演出,并把玛拉从芭蕾舞团里约出来,他们度过了一个美好的夜晚。

罗依出发时间延期,他提出立刻要和她结婚。第二天,玛拉等待和罗依去教堂结婚,却接到了罗依的电话,说他马上就要去前线。玛拉不顾芭蕾舞团主人的反对,赶往车站,但未能与罗依言别。玛拉因犯团规被开除了,生活陷入极度的贫困之中。

在一家豪华的餐厅等候罗依的母亲时,玛拉无意中从报纸上读到罗依阵亡的消息,因此会见罗依母亲时她思维举止失常,罗依的母亲深感失望,两人不欢而散。玛拉因生活所迫和对生活的无望而沦为妓女。

罗依突然生还,一无所知的他使玛拉重新鼓起生活的勇气。玛拉准备同罗依结婚。罗依家里举行了盛大的欢迎舞会,贵族们对玛拉的窃窃私语和罗依的上司也指着军服上的臂章希望玛拉不要辜负了贵族的荣誉。这森严的等级差距深深地刺激了玛拉,她终于把自己曾经堕落的事情告诉了罗依的母亲。

在纯洁爱情与传统观念的较量中,玛拉失败了,她毅然离开了罗依。玛拉再次来到滑铁卢桥,迎着车队走去,倒在车轮下自杀了。

选段主要内容是玛拉把自己堕落的真相告诉了罗依的母亲。

四十七

深夜。玛拉卧室。万籁俱寂,唯有玛拉的卧室里发出轻轻的脚步声。玛拉坐立不安,她徘徊着,陷入痛苦的沉思中,不知道该怎么办。

> 批:森严的等级差距使玛拉深感自己与罗依的差距不可逾越,她不愿意因自己而有损罗依及其一家人的声誉,但又深深地爱着罗依。因而她徘徊、痛苦。

轻轻的敲门声。

玛拉:"请进。"

门打开,克劳宁夫人走进屋来。

克劳宁夫人:"很抱歉,我打扰你了。"

> 批:对未来的儿媳妇很有礼貌。

玛拉:"不!"

克劳宁夫人:"我轻轻地敲门,要是你睡了,我就不叫你了。"

> 批:体贴入微,关爱有加。

玛拉:"您请坐下。"

克劳宁夫人:"我想你还没有睡,我对自己说:她快活得睡不着了。睡不着有两种情况:不是太快活,就是太悲伤,你说是吗?"

> 批:趁快乐时来道歉,往往容易获得对方的理解和原谅。

玛拉:"我想是的。"

克劳宁夫人:"就像美国人说的那样:'不说出来憋得慌',我也睡不着。你真不累吗?"

> 批:道明自己的后悔心理。

玛拉:"不,不,当然不!"

克劳宁夫人:"上次我们在伦敦会面那件事,我一直很烦恼,你没有任何怨恨吧?"

> 批:克劳宁夫人是为上次对玛拉的态度来向她道歉,请求原谅。

玛拉:"不,玛格丽特夫人!"

> 批:真挚的话反使玛拉更内疚。

克劳宁夫人:"连成见也没有?"

玛拉:(摇头)"……"

克劳宁夫人:"我上次一看到你,就觉得你奇怪。我当时认为,你不配做我心目中罗依未来的妻子。我除了做母亲的想给儿子挑个十全十美的人以外,没有别的意思,你能体谅我的心情吗?"

> 批:这是所有做母亲的心声,而"十全十美"的追求对玛拉来说却是致命的,使她深感自己不配。

玛拉:"这有什么不能的呢?"

> 批:玛拉为未能告诉罗依而苦恼。

克劳宁夫人:"第二天我回到家,就看到关于罗依可怕消息的电报。等我清醒过来,我突然想到你是早知道了。你当时已经看到报上登了他的名字,

> 批:叙述伦敦那次会面的经过,以求得玛拉的原谅。

所以你说话语无伦次……我说的对吗?"

玛拉:"是的。"

克劳宁夫人:"啊,可怜的孩子,当时我要是知道……"(说不下去了,默默地走近玛拉身边)

克劳宁夫人:"我想尽所有办法找你,可是你不知去向! 我想今后弥补我给你感情上的挫折。我对你们的婚姻很满意,玛拉,我知道,我们将成为最好的朋友,你一定能理解我的感情。好,晚安,我的孩子!"

克劳宁夫人转身走出门去。玛拉激动地僵立在屋中间,她两眼呆滞,思绪万千……突然,她转身向外跑去,连声叫着:"玛格丽特夫人! 玛格丽特夫人!"她穿过楼上走廊,闯进克劳宁夫人屋内。

四十八

克劳宁夫人卧室,玛拉奔入。

玛拉:(惊恐)"玛格丽特夫人!"

克劳宁夫人:(惊望)"怎么了,玛拉?"

玛拉:"我有话想对您说。"

克劳宁夫人:"说吧,玛拉!"

玛拉:(思索良久)"我不能跟他结婚!"

克劳宁夫人:(愕然,不明白发生了什么事,冷静了一下)"坐下,亲爱的,能告诉我为什么吗?"

玛拉:(字字是泪)"我得走,我根本不该来这儿。我早知道不可能重新开始的事情……是我自己骗自己。我一定得走,我再也不能见他了。"

克劳宁夫人:"亲爱的,告诉我,这到底为了什么? 我相信,我能帮助你!"

玛拉:(极其痛苦地)"唉,有谁能帮助我啊!……"

克劳宁夫人:(诚恳)"亲爱的,到底是什么事有那么严重? 是不是你有了别人?"

批:克劳宁夫人深为自己当初的态度而懊悔。

批:这些深情的话语,将使玛拉最终下定决心对这位善良的母亲说出真相。这场道歉戏安排得非常好,有力推动了情节的发展。

批:此时,玛拉想把真相告诉克劳宁夫人,并决定不跟罗依结婚。

批:玛拉跑到克劳宁夫人的房间,是爱情的力量在推动着她。

批:玛拉的神情让她很惊愕。

批:呼吸和语气平缓了,但情绪却涌了上来。

批:因为深爱罗依,所以下这个决心并不容易。

批:离开是不得不作出的决定,她不愿意让自己不清白的遭遇玷污了他们纯洁的爱情。

批:克劳宁夫人极力安慰玛拉。

批:玛拉完全绝望了。

批:善良的克劳宁夫人没有敢把事情往坏的方面想。

玛拉：(痛苦地摇头)"玛格丽特夫人，您太纯洁了……"

批：说明真相是善良的克劳宁夫人所想象不到的。

克劳宁夫人：(恍然大悟，声音颤抖地)"玛——拉——"

批：克劳宁夫人意识到玛拉要说的真相，内心十分紧张。

玛拉：(快速地一声比一声高)"是的！是的！！是的！！！"

批：可以说是绝望的高喊。

克劳宁夫人：(痛苦地呼唤)"玛——拉！！！"

批：已完全明白，十分痛苦。

玛拉：(更急骤地一口气说出)"是的，就是您现在想到的！您觉得这不会是真的，但却是真的！"(她放声痛哭)

批：玛拉近乎崩溃了。

克劳宁夫人："玛拉！你为什么不早告诉他？"

批：玛拉心里的苦她全看到了。

玛拉："我没有这勇气。啊，我能举出很多理由：我又饿又穷……我以为罗依死了……可是……我可以使您了解我，可是却不能帮助我！"

批：罗依死了，玛拉的心也死了，现在一切都无济于事。

克劳宁夫人：(沉默，坐下)"我不知道怎么说好，可这件事，我跟你一样有过错。因为我没有理解你，没有照料好你……"

批：伟大的母亲，不愿意让玛拉过分地自责，她在责怪自己。

玛拉：(打断对方的话)"您……别再对我好了，要是我……要是我明天一早就离开这儿……要是我再也不见罗依！……请答应我，您永远也不告诉他……这傻孩子是会受不了的……"

批：母亲的爱更增加玛拉的痛苦，她不情愿因自己的过去而伤害了罗依，如果伤害了罗依，那对她就更残酷了。

克劳宁夫人："玛拉，我们明早再说，让我再考虑一下。"

批：母亲不能为儿子做主，现在她和玛拉都需要冷静。

玛拉："您答应啦？"

克劳宁夫人：(闭上眼睛微微点头，极低的声音)"我答应。"

玛拉："谢谢您！您真是太好了！我多么希望……"(摇头)

批：对玛拉来说，克劳宁夫人能为她保密，就是最大的心愿。

玛拉打开房门，低着头走了出去。

批：玛拉没有跑出去，毕竟是说出了真相，如果跑出去，反而会使善良的克劳宁夫人更担心。

(佚名/译)

一出绝美的爱情悲剧

《魂断蓝桥》是一部感人肺腑的爱情悲剧片。本片的成功之处在于它以情感人,全片围绕一个"情"字,把一段本来并不复杂的爱情故事演绎得凄美哀婉。

影片的前半部展示了一段炽热奔放而又一见钟情的爱情。在滑铁卢车站,上尉军官罗依在桥上突遇空袭警报,邂逅清纯美丽的舞蹈演员玛拉,帮她拾起慌乱中散落一地的东西,并带她到车站防空洞。在拥挤狭窄的空间里,俩人爱意初萌,目光传情。然后是在烛光俱乐部摇曳的烛光下,在优美舒缓的《友谊地久天长》的舞曲中玛拉与罗依温情相拥,如痴如醉。第二天早晨,玛拉发现自己深爱的罗依痴痴伫立在窗前,浑身被雨淋湿,玛拉狂奔而出,在雨中与罗依紧紧拥抱。车站送别一场,罗依焦急地期待,恋恋不舍地离开,玛拉失魂落魄的眼神,伤心欲绝的脸,构成了影片中让人揪心的离别一幕。

影片自罗依出征后,剧情陡转。玛拉被解雇失业,与克劳宁夫人会面时,无意中又惊闻罗依"阵亡",悲不自禁但又不愿让罗依的母亲知道。接着,玛拉病笃卧榻,沦落风尘,打击一个接一个。及至沦落风尘的玛拉在车站与罗依意外地相逢,悲喜交加,涕泪涟涟的玛拉的爱情再度被燃烧。然而,曾经在苦海里挣扎的玛拉再也不是那个纯真无邪的少女了。当玛拉意识到自己曾经沦落风尘的经历将不被罗依家族所容,并因此会给深爱自己的罗依带来巨大伤害时,她毅然割断情丝,在滑铁卢桥迎着车队自杀了。

影片前半部的欢悦与后半部的悲怆恰好形成了鲜明对照,给观众以强大的情感冲击力。

本文节选的是玛拉决定说出自己沦落风尘的经历的两场戏。这两场戏情节衔接非常紧密。四十七场是写罗依的母亲克劳宁夫人来到玛拉卧室,向她道歉的情节,刻画出一个和蔼、善良、关爱疼爱儿子儿媳的母亲形象。四十八场是写玛拉奔到克劳宁夫人的卧室,向她说明真相的情节。玛拉感觉自己与罗依之间已经横着一条无法逾越和填平的横沟,为此十分痛苦,而克劳宁夫人来给她道歉所表现出的善良以及她对儿媳妇十全十美的要求,促使她要向克劳宁夫人说明真相,从而把情节推向全剧的最高潮——四十八场。玛拉向克劳宁夫人说明了真相,并请求她不要向罗依说明她的情况。即使决定离开罗依,也不愿因自己的过去而伤害了罗依,这不仅仅是心地善良,更是因为自己深深地爱着罗依。深爱罗依,又要离开他,无法与自己深爱的人在一起,这也就必然导致玛拉将以自杀的方式来结束这场爱情悲剧。所以,四十八场既是高潮,也预示着悲剧的结局。(子夜霜)

芳草地 魂断蓝桥（节选）

五十七

滑铁卢火车候车室。罗依和凯蒂分头去寻找，没有结果。二人又相聚在一起，很长时间都没有说话。

罗依："哪儿也没有……"

凯蒂："没有，没有看见她。"（转过身去哭泣）"罗依，我害怕！"

罗依："凯蒂！"

凯蒂："我害怕，她到底会到哪儿？……她实在混不下去，她太忠厚。她说过，你是她活下去的希望……"

罗依："活下去的希望？……"

凯蒂："她说过，一切都过去了，她再不干这个了……"

罗依：（沉痛地）"不要再说了，我懂啦！"

凯蒂：（痛心地）"她在哪儿？……"

罗依：（绝望地，似充满感情地）"她不见了，她躲着我，我要永远找她，是否我永远也找不到了……"

五十八

滑铁卢桥上。夜雾浓重。玛拉独自倚着桥栏杆，好像向桥下望着什么……

一阵皮鞋声，一个打扮妖艳的可是面孔浮肿的女人走来，她看见了玛拉。

女人：（很熟识地）"是你啊，玛拉，你好！你不是嫁人了吗？"

玛拉：（嗫嚅地）"没有。"

女人："那个凯蒂跟我说的，说你跟了个体面的人。我说，哪有这好事？"

玛拉："是啊——"

女人："别泄气，反正就是这么回事。到火车站去吗？唉，我到哪儿都没法儿……"（她耸耸肩叹息着走开）

玛拉两眼滞呆地望着她的背影，望啊望着……对她来说一切都绝望了，但她却表现出从来没有过的镇静。

桥上，一长队军用汽车亮着车灯，轰轰隆隆地向桥头驶来。

玛拉转过头去，望着驶来的军用卡车。

车队从远处向这边驶来。

玛拉迎着车队走去。

车队在行驶,黄色车灯在浓雾中闪烁。

玛拉继续迎着车队走。

车队飞速行进。

玛拉迎面走去。

车队轰鸣,越来越近。

玛拉迎着车队走,越来越近。

玛拉宁静地向前移动,汽车灯光在她脸上照耀。

玛拉的脸,平静无表情的眼神。

巨大的刹车闸轮声,金属相磨的尖厉声。

车戛然停止,人们高声惊叫。

人们从四面八方向有红十字标记的卡车拥去,顿时围成一个几层人重叠的圈子。(镜头推进)人群纷乱的脚。

地上,掉落的小手提包,一只象牙雕刻的"吉祥符"。(化)(注:影视专业术语,指镜头的组接方式,又称为溶,即前一个镜头还在渐隐中,后一个镜头便渐显了)

尾声

一只手拿着"吉祥符"。(《一路平安》音乐声起)

二十年后的罗依,头发苍白,面带风霜,穿着上校军服,凄切地站在滑铁卢桥心栏杆旁。他望着手里拿着的"吉祥符",苍老的两眼闪现出哀怨、悲切和无限眷恋的神情。

(画外玛拉的声音)"我爱过你,别人我谁也没有爱过,以后也不会! 这是真话,罗依! 我永远也不……"(强烈的苏格兰民歌《一路平安》将玛拉最后的声音淹没)

歌声在夜雾弥漫的滑铁卢桥上空回荡……桥上,苍老的罗依孤独地蹒跚着。

罗依坐上汽车。

汽车渐渐地驶向远方。

——剧终

[英国]乔治·威尔逊/文

品 读

《魂断蓝桥》最早拍摄于1931年,1940年初重拍,3月完成,这是最为人熟悉的版本。1940年5月17日在美国首映,11月在中国上映,反响异常热烈。仅数月,上海舞台上先后出现越剧版的"魂断蓝桥"、沪剧版的"魂断蓝桥",直至中国版的电影《魂断蓝桥》。

电影《魂断蓝桥》的英文原名是 *Waterloo Bridge*,直译过来就是"滑铁卢桥"。

当时国内的发行商对这部电影十分重视,在翻译片名时经过再三考量。最初是《滑铁卢桥》,这样译显然太过平庸,甚至容易让人误认为是与拿破仑有关的影片。不久又改译为《断桥残梦》。后来编译组在全国范围内征名,一位女士寄去了"魂断蓝桥",一锤定音,成为最终的中文片名。

美国电影《魂断蓝桥》的原作《滑铁卢桥》写于 1939 年,当时英国已正式向德国宣战,人民经受了第一次世界大战的浩劫之后,又面临着第二次世界大战的威胁。他们深切体会到战争带来的苦难,迫切希望有一个和平安定的生活环境。

电影《魂断蓝桥》反映的是战争给人民带来的灾难以及门第观念造成的不幸。《魂断蓝桥》的主题是反对战争,反对门第观念,但全片没有一处表现战争的场面,更没有一句控诉门第观念的言词。它完全以人物的生动形象和悲惨命运来潜移默化地感染观众,表现主题。

这是一部荡气回肠的爱情经典之作,缠绵悱恻的悲剧情节,丰富的电影艺术手段,感人至深的情感效应,让观众在洒下眼泪的同时,深思战争的可恶及陈腐观念对爱情的摧残。

罗依和玛拉赶到教堂,因为规定举行婚礼的时间已过,便准备第二天再去,结果第二军队提前出发,两人未能成婚。显然,战争是罪魁祸首。这就为全片最终的悲惨结局埋下了伏笔。玛拉选择在滑铁卢桥自杀。这滑铁卢桥是有含义的。滑铁卢桥是他们相识的地方,是影片中两位主人公罗依和玛拉命运相连接的桥,又是片中两次战争相连接的桥,它是第一次世界大战给人们带来深重灾难的见证,又预示着再一次大战将会给人们带来的灾难。

幸福敲门

当幸福来敲门（节选）

◇ [美国] 斯蒂夫·康拉德

读点

刻画了不畏生活之困苦、敢于向命运挑战的男主人公形象。

剧中洋溢着浓浓的父子深情。

剧情介绍：

　　该片改编自美国著名黑人投资专家克里斯·加德纳的同名自传。它讲述了克里斯·加德纳的人生经历。

　　影片开始，已近而立之年的克里斯·加德纳事业不顺，生活潦倒，每天奔波于各大医院，卖骨密度扫描仪，偶然间意识到做证券经纪人并不需要大学文凭，只要懂数字和人际关系就可以做到后，就主动去找维特证券的经理，并凭借自己的执着，得到了一个实习的机会。

　　实习生有 20 人，他们必须无薪工作 6 个月，最后只能有一个人被录用，这对克里斯·加德纳来说实在是难上加难。这时，妻子因为不堪忍受穷苦的生活，独自去了纽约，克里斯·加德纳和儿子亦因为极度的贫穷而失去了自己的住所，过着东奔西跑的生活。他一边卖骨密度扫描仪，一边做实习生，后来还必须去教堂排队，争取得到教堂救济的住房。

　　父子俩虽然穷困潦倒，流离失所，却一直父子情深，相互信任、支持和鼓励。克里斯·加德纳一直很乐观，并且教育儿子，不要灰心。因为极度的贫穷，克里斯·加德纳甚至去卖血。功夫不负有心人，克里斯·加德纳冲破重重困境，最终凭借自己的努力，脱颖而出，获得了证券经纪人的工作，后又创办了自己的公司，追逐到了属于自己的幸福。

（1）街上，克里斯和琳达的争吵 　　　　　　批：克里斯和琳达分手的戏。

克里斯：嘿！别再把我儿子从我身边带走了！ 批：克里斯很爱自己的儿子。
你听到没？

琳达：离我远点！ 　　　　　　　　　　　批：流露出对丈夫的不满和厌弃。

克里斯：别再把我儿子从我身边带走！你听到 批：克里斯仍在努力，仍希望妻子我的话了吗?别就这么走开!我在和你说话呢!听到我的话了吗?你想离开吗?

琳达:没错!

克里斯:你想离开吗?

琳达:是的!我想离开!

克里斯:那就快走吧,琳达。快滚吧!克里斯·托弗和我在一起!

琳达:是你把我们搞成这样的,你听到了没?

克里斯:你太不坚强了!

琳达:不,我不再幸福,不再觉得幸福了!

克里斯:那就去找幸福啊,琳达!去找幸福吧!但是克里斯·托弗要跟我过!听到了吗?克里斯·托弗要和我在一起!

(2)克里斯的出租屋

查理:嘿!听着,你得缴房租,不能再拖下去了。

克里斯:我会的,查理,我会……

查理:你为什么不搬到两个街区外的汽车旅馆住?那儿比这儿便宜一半。听着,克里斯,你明天早上就从这儿搬走。

克里斯:怎么可能呢?

查理:油漆工明天要来。

克里斯:好吧,但是再给我点时间。

查理:不行。

克里斯:屋子我来刷,好吗?再给我点时间,我儿子还在这儿。

查理:好吧。再给你一周的时间,而且你要粉刷房间。

(3)在警察局

警察:克里斯·加德纳吗?

克里斯:是我,什么事?

批:能够回心转意,他不想让儿子失去妈妈和受到伤害。

批:琳达已经对丈夫失望了,简直到了绝情的地步。

批:见妻子要彻底抛弃这个家庭,克里斯便对她不再抱幻想。

批:克里斯为了家庭幸福,才做股票,只是没料到反而更窘迫。

批:能同甘而不能共苦的女人。

批:克里斯深爱着儿子。

批:困窘得连房租也缴不上了。

批:"不能再拖",房租不能及时缴上了,经济状况非常拮据。

批:看似为克里斯着想,实则是为了赶克里斯走。

批:为了儿子,他不愿意搬家,主动提出粉刷房间。

批:罚款紧跟着缴房租,可谓雪上加霜。

警察:支票抬头写"旧金山市"。

克里斯:必须一次性付清吗?

警察:你必须付清每一笔罚单,否则就得待在这儿。

克里斯:<u>我只有这么多。</u>

批:"只有",几乎到了哀求的地步了,不但房租缴不起,连停车罚款也在拖欠着。

警察:明早 9:30 我们会向银行查证的。

克里斯:什么?

警察:你得待在这儿直到这事处理完为止。

克里斯:<u>不行! 不,我不能在这儿过夜,我还得去接我儿子。</u>

批:尽管因罚款而束手无策,但没有忘记要去接儿子的事情。家境穷困,但亲情浓浓。

警察:我们明早 9:30 向银行查证。

克里斯:<u>长官,我明天早上 10:15 要去迪安·维特公司面试。我不能待在这儿。那我儿子怎么办?我儿子怎么办?</u>

批:为了儿子,为了及早走出困境,他必须去谋生,必须继续找工作。日子过得令人心酸!

(4)迪安·维特公司的面试

批:表现克里斯的可贵品质。

秘书:迦纳先生,这边请,就在那边! 克里斯·加德纳到了。

克里斯:我是克里斯·加德纳。你好,早上好! 见到您很荣幸。<u>我在外面坐了半个多小时,一直想编出个理由,向你们解释我这身打扮出现的原因,想编出个故事说明我身上拥有你们所欣赏的优点……比如诚实、勤奋、团队精神,等等,结果我却什么都想不出来。事实是,因为没能付清停车罚单,我被拘留了。</u>

批:尽管家境困窘,尽管生活如此艰难,但克里斯没有丧失身上宝贵的品质——诚实! 最终他以自己的真诚、坦诚征服了主考官。

弗雷姆先生:<u>罚单? 什么?</u>

克里斯:<u>我是从警察局一路跑来的。</u>

批:缴不起停车罚单,侧面烘托。

弗雷姆先生:拘留前你在干什么?

批:连打车的钱都没有! 何等的窘迫,让人观众心酸。

克里斯:我在粉刷我家。

弗雷姆先生:现在干了吗?

克里斯:希望如此。

弗雷姆先生:杰说你一心想进我们公司。

142 影视卷 震撼心灵的镜头

托斯特尔先生:<u>没错,他拎着个 40 磅重的玩意儿,在公司门口等了一个多月了。</u>

弗雷姆先生:他说你很聪明。

克里斯:<u>我自认是有些。</u>

弗雷姆先生:你想学这行?

克里斯:是的,我想学。

弗雷姆先生:已经开始自学了吗?

克里斯:<u>当然。</u>

弗雷姆先生:杰?

托斯特尔先生:是的。

弗雷姆先生:你见过克里斯多少回?

托斯特尔先生:我不清楚,好多次了吧。

弗雷姆先生:他有穿戴成这样吗?

托斯特尔先生:<u>不,没有,都是西装领带。</u>

弗雷姆先生:克里斯,在你班上……高中班上……

克里斯:是的,先生。

弗雷姆先生:班上一共多少人?

克里斯:12 人,那是个小镇。

弗雷姆先生:我就说嘛!

克里斯:<u>我在海军服役时是雷达班的第一名,那个班里有 20 人。我能说几句吗? 呃……我是这样的人。如果你问的问题我不知道答案,我会直接告诉你"我不知道",但我向你保证我知道如何寻找答案,而且我一定会找出答案的,这样可以吗?</u>

弗雷姆先生:<u>克里斯,如果有个人连衬衫都没穿就跑来参加面试,你会怎么想? 如果我最后还雇了这个人,你会怎么想?</u>

克里斯:那他穿的裤子一定十分考究。

托斯特尔先生:克里斯,难以理解你穿成这样来面试,但是你刚才的表现很不错。

克里斯:<u>谢谢,托斯特尔先生。</u>

批:克里斯是真诚地想投奔这家公司。

批:困境中仍不失自信,这正是他日后取得成功的重要因素。

批:为了来这家公司和及早找到谋生的出路,克里斯为此作了充分的准备。

批:证明克里斯一向注意个人形象,但是这次的确是事出有因。

批:"迪安·维特公司的面试"这段对白表现了克里斯诚实、自信、上进的性格特点,这也是这家公司后来录用他的重要原因。

批:这是考察克里斯的应变能力如何。

批:回答得非常巧妙,含蓄幽默,让主考官满意。

批:不卑不亢,有礼有节。

(5)克里斯和儿子打篮球　　　　　　　　　　批:表现父子深情。

克里斯:嘿,知道今天周几吗?

克里斯·托弗:<u>知道。</u>　　　　　　　　　　批:儿子聪明可爱。

克里斯:周几?

克里斯·托弗:周六。

克里斯:你知道周六要干什么,是吧?

克里斯·托弗:知道。

克里斯:干什么?

克里斯·托弗:打篮球。

克里斯:想去打篮球吗?

克里斯·托弗:好啊。

克里斯:<u>好的,之后我们去卖骨质扫描仪,怎么</u>　批:讲民主的父亲,朋友式的父亲,
<u>样?好吗?</u>　　　　　　　　　　　　　　　　　父与子关系和谐,亲密无间。

克里斯·托弗:不好。嘿,老爸,我要当职业篮
球员!我要当职业篮球员!

克里斯:<u>哦……呃……这可不好说……你大概</u>　批:实事求是地分析儿子的篮球劣
<u>会和我以前的水平一样糟。有其父必有其子嘛!我</u>　势,让儿子不要在这方面浪费
<u>当时篮球就处于平均水平之下,所以你最终大概水</u>　时间和精力,否则会误了前途。
<u>平也就那样。你在很多方面都很优秀,但是在篮球</u>
<u>上不是,所以我不希望你就这么整天到晚地练习投</u>
<u>篮,知道了吗?</u>

克里斯·托弗:好吧。

克里斯:<u>好吗?走吧。嗨,别让别人告诉你,你</u>　批:培养儿子坚强自信的良好品
<u>成不了才,即使是我也不行,知道了吗?</u>　　　　　质。

克里斯·托弗:知道了。

克里斯:<u>如果你有梦想的话,就要去捍卫它。那</u>　批:教育儿子要有梦想,有理想,并
<u>些一事无成的人,想告诉你,你也成不了大器。如果</u>　且要有为实现梦想、理想而努
<u>你有理想的话,就要去努力实现,就这样!走吧。</u>　　力奋斗的行动。这是一个很懂
　　　　　　　　　　　　　　　　　　　　　　　教育方法的父亲。

(6)克里斯向朋友讨债　　　　　　　　　　　批:迫于生活,不得已而为之。

克里斯:嘿!

韦恩:嘿,克里斯。

克里斯：韦恩，还我那14块。

韦恩：我以为不欠你了。

克里斯：什么？为什么？

韦恩：什么为什么？

克里斯：为什么你觉得不欠我钱了？

韦恩：不是帮你搬家了吗？

克里斯：你开车送了我两个街区，韦恩，也就200码，都4个月了，韦恩。我需要那钱，我要我的钱，现在就要！

韦恩：我没有钱。

克里斯：韦恩，把钱还我。把钱给我！

韦恩：老兄，才14块。

克里斯：那是我的14块！把钱给我！

韦恩：就14块。

克里斯：给我钱，韦恩！

（佚名/译）

批：克里斯现在的确需要钱，尽管14块，不算多。既要了自己应该得的钱，又不失和气，人际关系处理得很好。

批：要钱的态度十分坚决，因为他非常需要钱来解燃眉之急。

顽强拼搏，敲开幸福之门的金钥匙

《当幸福来敲门》是美国著名的黑人投资家克里斯·加德纳真实的人生故事的翻版，讲述了一个非常感人肺腑的励志故事，它是一部美国20世纪80年代的平凡小人物艰辛奋斗的血泪史。

剧本《当幸福来敲门》的节选部分我们似乎实在找不到"幸福"的影子。在主人公克里斯与形形色色的人物交往中，我们看到的是克里斯的重重困境：妻子的失望离弃、房东的苛刻逼租、警察的无情罚款、应聘时的狼狈不堪、带着儿子的辛苦奔波、为了14块钱与朋友撕破脸皮等。

但是，克里斯追求幸福的脚步时刻没有停下：他对妻子喊"你太不坚强了"，也喊出了自己内心的强大。他接受房东"粉刷房间"的苛刻条件，也就选择了在忍辱负重中前行。他面对考官的发问："如果有个人连衬衫都没穿就跑来参加面试，你会怎么想？"平静地回答："那他穿的裤子一定十分考究。"冷幽默中展示出他面对困境的乐观。他对儿子说："如果你有梦想的话，就要去捍卫它。那些一事无成的人，想告诉你，你也成不了大器。如果你有理想的话，就要去努力实现，就这样！"这既是教育儿子，也是他自己的人生信条。

　　因为有对幸福的向往,面对困境不逃避,有担当、乐观又执着,所以"幸福"就会来敲他的门。

　　《当幸福来敲门》实际上也反映了美国式的文化价值观。励志影片《当幸福来敲门》是一部典型的美国梦题材的影片,它带给我们视觉上的绝对震撼效果的同时,也让我们深刻体会到了美国梦实现的不容易,能够引发我们对于美国梦的深层思考,反映了美国经济萧条时期的小人物为了生存和亲情等而顽强拼搏的精神,这主要展示给我们的是美国式的主流文化价值观。

　　1981年的美国旧金山正受到经济危机的严重影响,人们一个个都在努力维持着生计。影片里的核心人物,克里斯可以说是一个穷困潦倒的人了,连基本的生活都没有保障。实在没办法的时候,他就从一个最底层的医疗仪器推销员做起,经历了很多次的失败。好不容易等来了所谓的机会,他的妻子却选择离他而去。在他终于卖掉一些医疗仪器准备开始安心生活的时候,银行却又盯上了他的钱袋。他又一次过上了窘迫的生活,或者到教堂等待收容,或者领着儿子睡在地铁站的洗手间里。

　　但是,即使身处于这样的生活困境中,克里斯为了儿子和自己的信念,仍然顽强拼搏,仍然具有乐观向上、坚韧不拔、处处向机会敲门的精神。而事实上,这就是美国几百年来一直为主流社会所崇尚的核心价值观——个人奋斗主义精神。克里斯刚开始为了在证券公司里做实习生,可以半年不拿薪水,并且还要在20个人当中脱颖而出才能获得这份工作。虽然很辛苦,但是,他凭借着自己的天赋、勤奋和努力,最终顺利出人头地,成为一名非常成功的投资家。在影片中,克里斯反复提及了《独立宣言》中所宣扬的"人人生而平等"这句话,人人拥有平等的生命权、自由权和追求幸福的权利,这正好暗示了该部影片所要表达的深层内涵。(屈平、贾少敏、左保凤)

幸福

　　幸福是游移不定的,上苍并没有让它永驻人间,世界上一切都瞬息万变。任何人都不可能求得一种永恒。环顾四周,万变皆生。我们自己也处于变化之中,今日所爱所慕的到明朝也许荡然无存。因此,要想在今生今世追求到极致的幸福,无异于空想。明智之举是当我们惬意时纵情欢笑,不可因一念之差而失去满足的情趣。同时,也别想片刻之乐永系在身,这种念头只能是痴心妄想。

　　所谓真正的幸福者很少见,也许这种人压根就不存在,而心满意足之人则随处可见,在所有给我以深刻印象的事物中,最使我中意的便是这种满足之情。

此种情感缘于自我感觉强烈的驱使,是我所见所闻的必然结果。

幸福并没有悬挂招牌,欲同它相随,唯一的途径便是走入幸福者的内心。而心满意足的情绪却可以得之于人的眼神、举止、言谈、步履,让家人受其感染,不由自主地随之投入。

当你在节日里看到了人们尽情欢乐、喜笑颜开,神情容貌中流露出穿透阴霾的喜悦之情时,难道不会感到这是生活中最甜美的享受吗?

[法国]卢梭/文,杜其传/译

让-雅克·卢梭(Jean-Jacques Rousseau,1712 年 6 月 28 日~1778 年 7 月 2 日),法国思想家、哲学家、政治理论家和作曲家。主要著作有《论科学与艺术》(1749)、《论人类不平等的起源和基础》(1755)、《新爱洛漪丝》(1761)、《社会契约论》(1762)、《爱弥儿》(1762)、《忏悔录》(1782)等。

幸福对每个来到世界的人来说,并不都是平等的。有的人一生下来就拥有幸福。而有的人刚一出生,就被排斥在幸福的门外。任何幸福都不是永远的,幸福是游移不定的,生下来就拥有幸福的人,他可能以后会不幸福;生下来就不幸福的人,他也可能以后会拥有幸福。对于一个不断努力奋斗的人来说,他的不幸也不是永远的。

简·爱（节选）

◇［美国］安道斯·赫胥黎

罗伯特·史蒂文森

约翰·豪斯曼

读点

生离死别诠释人间真爱,<u>自由独立精神铸就一部经典</u>。

<u>人物对话感情充沛,语气强烈,感人肺腑</u>。

剧情介绍:

简·爱出身于一个穷牧师家庭。因父母去世,简寄养在舅父母家里。舅母把她送进了罗沃德孤儿院。简从孤儿院毕业后留校任教两年。

简厌倦了孤儿院里的生活,登广告谋求家庭教师的职业。桑恩费尔德庄园聘用了她。庄园的男主人罗切斯特是小女孩阿戴尔·瓦朗的保护人,他经常在外旅行,小女孩就是简的学生。

一天黄昏,简外出散步,邂逅了刚从国外归来的罗切斯特。此后她发现他性格忧郁、喜怒无常。一天,简在睡梦中被恐怖的笑声惊醒,发现罗切斯特的房间着了火,简叫醒他并帮助他扑灭了火。

一次家宴上,罗切斯特向一位漂亮小姐大献殷勤。此时,简已爱上了罗切斯特,而罗切斯特也已爱上简,他只是想试探简。当他向简求婚时,简答应了他。

他们的婚礼在教堂悄然进行时,突然有人出来作证:罗切斯特已经结婚,他的妻子就是那个被关在三楼密室里的疯女人。两人陷入了深深的痛苦之中。

最后,简离开了罗切斯特。后来,简被牧师圣·约翰收留,并在当地一所小学校任教。后来,简发现圣·约翰是她的表兄。圣·约翰请求简嫁给他,简拒绝了他,她决定回到罗切斯特身边。

简回到桑恩费尔德庄园时,疯女人已于放火后坠楼身亡,罗切斯特也受伤致残。简与罗切斯特结了婚,得到了幸福生活。

选文是简决定离开罗切斯特时的一段对白,双方虽然争吵,但其实都深爱着对方。

罗切斯特:<u>你到底出来了</u>。把自己关在房子里,独自悲伤。<u>一句责备的话也没有? 什么都没有? 这就是你对我的惩罚?</u> 我不是存心要这样伤害你。你

批:"到底",传达出关切之情。

批:滔滔不绝的话语,体现了人物内心情感的急切和热烈真挚的

相信吗? 我不会伤害你的,绝对不会。要我怎么办? 承认一切,我就会失去你。那我还不如死去。

简:你已失去了我,爱德华。我也失去了你。

罗切斯特:不,为什么对我这样说? 加重对我的惩罚? 简,我真尝够了……平生第一次……我才找到真正的爱情,不要把它收回。

简:我必须离开你。

罗切斯特:简,请听我说。

简:我不能作为你的情妇,和你生活在一起。

罗切斯特:对你来说,成为爱德华·罗切斯特太太就那么重要吗?

简:你真认为我就想要这个?

罗切斯特:那我该怎样认为? 你说你爱我,又怎么能想到要离开我?

简:爱德华,做你的情妇,我成了什么? 寄人篱下,成为一个没有地位的依存者? 我无权留在这儿。所有的权利都在你那儿,丝毫不在我这儿。

罗切斯特:权利! 你说话像个律师。我所有的一切都是你的,我还能给予你什么呢?

简:我什么也不要,不要,只要你。

罗切斯特:那别走,简。

简:当我走近你身边时,爱德华,是作为与你完全平等的人,我不愿意依附任何人,甚至我所爱的人。

罗切斯特:你的意思是我们要分道扬镳了。

简:是的。

罗切斯特:这太残忍了! 我们做什么,没有人会在乎。

简:我在乎! 你的妻子还活着。

罗切斯特:活着,哼!

简:她是活着。不管上帝怎样安排她,她终归还活着。对此她也无能为力。我不愿意夜里偷偷溜过她的身旁,睡到你的床上来。

批:爱意。

批:悲伤而无奈。

批:强调"简"在自己生命中的重要性,真诚地挽留。

批:话语简洁,但语气坚决。

批:虽然深爱,为了自尊,宁肯抛弃爱,性格刚强。

批:想要的不是名分,而是真正的尊严与幸福。

批:道出真实的原因,为了自尊、独立、平等。

批:爱简,却不能给她完整的爱。

批:为的是专一的爱情。

批:平等意识,独立坚强的个性。

批:极力挽留简。

批:不在乎别人怎么看,而是自己内心的感受。

批:直白的表达,感情强烈,突出内心的痛苦。

罗切斯特:那把我扔回去？扔回我过去的生活里去。

简:你和我都不必选择。人生来是要受磨难的。你会在我忘了你之前先忘了我。

批:为尊严而放弃爱人,表现其刚强独立、追求自由与平等。

罗切斯特:你简直把我说成了骗子。那走吧,走吧! 如果你把我看成那种人。简! 等等。等等。别急于做决定,等一会儿,再等一会儿。

批:说气话,感到自尊受到伤害。

批:心中仍然难以离开简。

批:最后苦苦衰求,肝肠寸断。

（佚名/译）

人的价值在于尊严和爱

《简·爱》是根据英国女作家夏洛蒂·勃朗特的同名小说改编的电影剧本。

主人公简·爱是一个心地纯洁、善于思考、自尊自爱的女性,她生活在社会底层,受尽磨难。她的生活遭遇令人同情,但她那倔强的性格和勇于追求平等幸福的精神更为人们所赞赏。

在罗切斯特的面前,她从不因为自己是一个地位低贱的家庭教师而感到自卑,反而认为他们是平等的。不应该因为她是仆人,而不能受到别人的尊重。也正因为她的正直、高尚、纯洁,心灵没有受到世俗社会的污染,使得罗切斯特为之震撼,并把她看作了一个可以和自己在精神上平等交谈的人,并且慢慢地深深爱上了她。可是当她知道了罗切斯特已有妻子时,她意识到自己受到了欺骗,自尊心受到了戏弄,于是决定果断地、立即地、完全地离开他。"当我走近你身边时,爱德华,是作为与你完全平等的人,我不愿意依附任何人,甚至我所爱的人。"一个理智、坚强的姑娘跃然于纸上。在追求个人幸福时,简·爱表现出异乎寻常的纯真、朴实的思想感情和一往无前的勇气。她告诉我们,人的最美好的生活是人的尊严加爱。

在这样一种非常强大的爱情力量包围之下,在美好、富裕的生活诱惑之下,她依然要坚持自己作为个人的尊严,这是简·爱最具有精神魅力的地方。(子夜霜、陈学富、刘宇)

芳草地　　　　　野草莓（节选）

玛丽安(画外音):我们默默地坐了很长时间,我感觉到我们之间的憎恨越来越强烈。艾瓦尔德

透过湿漉漉的车窗注视着外边,他默默地吹着口哨,仿佛很冷的样子。我胃里一阵收缩,厉害得使我几乎直不起腰。然后他打开门,走出车外,冒着雨走下沙滩。他在一棵大树下停住,在那里站了很久。最后我也走出车子,朝他那儿走去。他的脸和头发都湿了,雨水顺着两颊流到嘴旁。

艾瓦尔德(心平气和地):你知道我不想要什么孩子。你也知道你必须在我和孩子之间进行选择。

玛丽安(注视着他):可怜的艾瓦尔德。

艾瓦尔德:请别可怜我。我有健全的头脑,我已经十分明确地表过态。活在这个世界上是荒谬的,给他增添新的受害者甚至更荒谬,而相信他们将会有一个比我们更好的世界则是最荒谬不过的了。

玛丽安:那不过是一种遁词。

艾瓦尔德:随你怎么说好了。我本人就是一桩地狱般的婚姻所带来的一个不受欢迎的孩子。老头子真有把握说我是他的儿子吗? 我就是在冷漠、恐惧、背信弃义和犯罪感中长大的。

玛丽安:这些都是非常令人感动的,但却不能原谅这样一个事实:你的所作所为就像一个孩子。

艾瓦尔德:我必须在三点钟到达医院,我既没时间也不愿意再谈下去了。

玛丽安:你是个胆小鬼!

艾瓦尔德:是的,你说对了。我厌恶这种生活,我不认为我有责任强迫自己违反自己的意愿多活一天。你完全清楚这一点,你知道我是认真的,这不是像你从前认为的那样,是一种歇斯底里。

玛丽安(画外音):我们朝车子走去,他在前面,我跟着他。我开始哭泣。我不知道为什么。泪水和雨水混在一起,分辨不清。我们坐进车子,浑身淋湿,很寒冷,但是我们满腔仇恨,摧人心肺,也就不觉得冷了。我发动引擎,把车开上大路。艾瓦尔德坐在那里拨弄收音机。他显得非常平静,脸上毫无表情。

玛丽安:我知道你错了。

艾瓦尔德:事情无所谓对或错。一个人的行动是看需要而定的,这你可以在小学课本里读到这一条。

玛丽安:那么我们需要什么呢?

艾瓦尔德:你死死活活要活下去,要生存,要创造生命。

玛丽安:那么你呢?

艾瓦尔德:我需要死亡。绝对地、完全地死亡。

[瑞典]英格玛·伯格曼/文,伍菡卿/译

品读

英格玛·伯格曼（Ingmar Bergman，1918 年 7 月 14 日～2007 年 7 月 30 日），瑞典导演、作家、制片人。1944 年创作他的第一个电影剧本《折磨》。《野草莓》(1957)、《面孔》(1958)等影片使他跻身于世界著名导演的行列。

《野草莓》基本剧情：

伊萨克·波尔格教授要去接受名誉学位的那一天早上做了一个噩梦，梦见自己已经死了。这个噩梦促使伊萨克去审视他的存在价值、他过去和现在的生活以及他与人们的关系。他的老管家艾格达小姐、他的儿媳玛丽安都指责他自私和以自我为中心。

伊萨克决定与玛丽安同坐他的像灵柩一般的汽车去波隆接受荣誉学位。途中，伊萨克在他童年时代住过的一幢房子前停下。玛丽安去游泳时，老人重访了那片草莓地，回忆起青年时代的情人莎拉拒绝他求爱的情景。

他们继续上路后，车上搭载了三个乘客，一个姑娘叫莎拉，一个小伙子叫安德斯，另一个小伙子叫维克多，两个小伙子都爱着莎拉。这一三角恋爱正是他的过去的写照，曾经他失去了他的莎拉，他的哥哥西格弗里德赢得了她。

三个年轻人搭上车不久，伊萨克出了一次车祸，所幸的是没有一个人受伤，但是另一辆车上的一对夫妇不得不挤进伊萨克的车上来。这对夫妇互相厌恶，在车上吵架，玛丽安命令他们下车。

汽车继续赶路，伊萨克在一个加油站停车，遇见了老朋友阿克曼和耶娃夫妇，他们一起动情地回忆起伊萨克过去的事。

后来，伊萨克、玛丽安和三个青年在一家小饭店用餐。接着伊萨克带着玛丽安去探望他的母亲，他母亲是一个感情冷漠、怨言不绝的女人。

不久，伊萨克在车里打起盹来，他又梦见了草莓地，看见哥哥和莎拉幸福地结了婚……然后，阿克曼回来主持一次考试，伊萨克没考及格……阿克曼把伊萨克领进一个小森林，指着一对依恋相爱的人，女人是凯林，正是他的前妻，他的前妻也指责他是自私冷漠的人……

最后，这一群人来到伊萨克接受名誉学位的大学。当这一天结束的时候，伊萨克试图与儿子、儿媳及其他人建立一种新的关系。全剧以伊萨克又做梦回到草莓地、梦见父母和全家都过着愉快的生活为结局。

《野草莓》剧本的作者以西方现代电影的表现主义技巧和意识流手法结构情节，通过描绘伊萨克·波尔格一天的经历来概括他 76 年几乎整个一生的生活，把爱情与死亡、过去和现在、梦幻与现实交织在一起，构成了影片奇异的色彩，体现出"孤独是对一个没有爱心的人的终生惩罚"这一主题。

克莱默夫妇 (节选)

◇[美国]罗伯特·本顿

读点

精彩的对白,表现了人物鲜明的性格。

斗智斗勇,机智敲开招聘大门。

剧情介绍:

泰德·克莱默是一位广告职员,他整天忙碌而无暇照顾妻子乔安娜和6岁的儿子比利。有一天,厌倦了整日忙碌家务事的乔安娜无法忍受这样的生活,抛下丈夫和儿子离家出走。

泰德的生活骤然间陷入了混乱之中。他无法兼顾繁忙的工作和照顾孩子两件事,经常招致上司和儿子两方面的不满。幸而有邻居泰尔玛帮忙,总算还能对付过去。泰德父子俩相依为命地生活着。渐渐地父子俩变得亲密无间、难以分离了。在一次游玩中,比利不慎弄伤了眼睛,泰德抱着儿子疯狂地跑到医院。手术时,泰德紧紧地守在儿子身边寸步不离。

转眼间一年多过去了,泰德忽然接到乔安娜的电话,两人在一家餐馆见了面。如今乔安娜已是收入丰厚的设计师,她前来纽约是想获得比利的抚养权,两人不欢而散。一场官司不可避免。然而就在此时,泰德不幸失业了。他几经努力,终于在24小时内又找到了一份工作。

在法庭上,双方的律师全都咄咄逼人。虽然有泰尔玛出庭作证说泰德是位好父亲,法官还是把监护权判给了乔安娜。为了避免给比利带来影响,泰德放弃了上诉,但泰德在法庭上的陈词已经打动了乔安娜。

父子俩分离在即,两人在一起做最后一顿早餐。就在等待中,乔安娜打来了电话,她见到泰德,告诉他自己改变了主意,不再要求获得比利的监护权了。泰德父子终于不必分离了。

62 职业介绍所接见室白天

男职员:当然,你明白这是一年中最难找到工作的时候。现在是节日期间。我肯定来年二月中旬,最晚三月份我们就能给你一份工作。

批:开门见山,说明困难,作出承诺。

泰德:我等不了。我必须今天就有工作。

批:语言简洁,心情迫切。

男职员:克莱默先生,今天已是 12 月 22 日了。

批:点出时间,说明可能性很小。

泰德:我知道。就请你查查目录卡片——给我什么样的工作都行。

批:提醒对方查看目录卡片,不计较工种,心情迫切。

男职员:在诺曼、克雷格和坎默尔公司可能会有你一份工作,不过我不能肯定。

批:指明方向,留有余地。

泰德:什么工作?

男职员:也许美工助理。

批:一个"也许",假设揣测,说话客气,一脸和气。

泰德:那好啊。

男职员:那你可又得回头去干画图的工作了。

泰德:没关系。

批:急需工作,迫切心情跃然纸上。

男职员:那可是下了几级台阶,年薪几乎少五千块钱。我肯定,要是你等到一号以后就能找到更满意的工作了。

批:直陈利弊,好言相劝。

泰德:对,劳驾,请给诺曼、克雷格和坎默尔公司打电话,给我预约今天下午 4 点钟见面。

批:穷追不舍,请求约见。

男职员:今天是圣诞节前的星期五!

批:善意提醒。

泰德:是啊,这个我知道,可它还是个工作日啊,劳驾了。

批:无比执着。

男职员:不会有人愿意……

批:说话不畅,心里为难。

泰德:听着,你给他们打电话,要不我给他们打。假如我给他们打,你就拿不到佣金了,对吗?

批:单刀直入,直逼对方。

男职员:好家伙!我们还真是了不起的人物,是吗?

泰德:我们就是。

批:言外之意,这个时间招聘公司是不接受招聘的,除非是"了不起的人物",言外之意,没必要打这个电话。

63　诺曼、克雷格和坎默尔广告部经理办公室 下午

[天已渐渐地暗下来。室内灯火辉煌。隔壁正在进行圣诞晚会。泰德进入办公室。

批:舞台提示,交代地点、时间、环境、人物。

秘书:下午好。

批:礼节性问候,客气。

泰德:嗨,我是克莱默先生,我约好了要见阿克里曼先生。

批:说明来意,直截了当,毫不掩饰。

64　广告部经理阿克里曼的办公室

［阿克里曼坐在写字台前翻阅泰德的作品。　　　批：交代地点，说明人物动作。

泰德：这个广告的文案都是我写的，这是我们最　　批：自我表白，力荐自己。
成功的美工案例，其中的图案设计和多数的文案都
是我干的。

阿克里曼：噢，克莱默先生，我得说这些作品给　　批：表明好的印象，留下思考余地。
我的印象很好，我想考虑考虑再给你答复。

泰德：阿克里曼先生，在你作出决定之前，我需　　批：主动出击，提示对方
要去见个什么人吗？

阿克里曼：史本塞先生，我们创作部主任。　　　　批：顺应语意，自然机巧。

泰德：让我马上去见他，行吗？　　　　　　　　　批：一个"马上"，迫不及待。

阿克里曼：对不起，可是他今晚就要离开这里去　　批：婉言拒绝，不失礼貌。
度两个星期的假。不过，他一回来我就给你安排。
祝你节日愉快并且……

泰德：我跟你说我要在他离开前马上和他见面。　　批：态度坚决，不容拒绝。

阿克里曼：噢，克莱默先生……　　　　　　　　　批：一时语塞，意味深长。

泰德：我非常想要这份工作。　　　　　　　　　　批：亮明观点。

阿克里曼：在这儿等等。（工作人员正举行圣诞　批：答应要求。
聚会）

阿克里曼：（和史本塞回来）克莱默先生，这是史　批：给予介绍，剧情急转。
本塞先生。

泰德：你好。　　　　　　　　　　　　　　　　　批：主动问好，抓住战机。

史本塞：你真的知道这份工作的年薪要比你在　　批：直奔主题，晓以利害。
罗思、凯恩和多诺万公司少挣4800元吗？

泰德：是，我知道。　　　　　　　　　　　　　　批：需要工作迫切心情可见一斑。

史本塞：克莱默先生，你如果不介意，我想问你，
你为什么对这份对你来说明显是大材小用的工作发　批：提出问题，明确探测。
生兴趣？

泰德：我需要这个工作。　　　　　　　　　　　　批：简洁回答，毫不隐瞒。

史本塞：好吧，让我考虑考虑，我会告诉杰克让　批：表面考虑，想留余地。
他转告你的。

泰德：不行，先生们，降格以求只限今天。你们　批：表明态度，不容推诿；反客为

看了我的作品，知道我有能力做这个工作。降低工资我也愿意接受。只是你们必须今天表态——明天不行，下星期不行，节日后也不行。你们若是真要我，现在就得作出决定。

史本塞：克莱默先生，能让我们单独谈一会儿吗？

泰德：当然可以。（泰德走出房间，不一会儿又被叫了回去）

阿克里曼：克莱默先生。

史本塞：克莱默先生，恭喜你！你得到这份工作了。

泰德：真的吗？（对阿克里曼）他不是开玩笑吧？

阿克里曼：当然不是，欢迎加入我们一伙。

泰德：谢谢，太感谢了！谢谢！（泰德兴奋地穿过圣诞晚会中欢乐的人群，冲出大门，吻了一下门口的女孩并说"圣诞快乐"）

（佚名/译）

批：主，争得主动。三个"不行"，态度坚决，掷地有声。

批：单独交谈，实为统一意见。

批：双重疑问，欣喜之情的绝妙表达。
批："一伙"，语意幽默，盛情欢迎。
批："谢谢"的反复表达及兴奋地冲出大门、亲吻女孩，将泰德找到工作后的狂喜表达得淋漓尽致。

为儿子的监护权而奋力求职

罗伯特·道格拉斯·本顿（Robert Douglas Benton，1932 年 9 月 29 日~   ），美国剧作家和电影导演。代表作为《克莱默夫妇》（1979），该片曾获得五项奥斯卡奖，其中本顿获最佳导演奖和最佳改编剧本奖。

20 世纪 70 年代末的美国，越战刚刚结束。男主人公泰德·克莱默受过良好的教育，是一个收入不错的白领。由于他一心扑在工作上，对妻子乔安娜关心不够，导致她抛夫弃子愤而出走。泰德只能一个人带着 6 岁的儿子。在经历了种种混乱生活之后两人的生活步入正轨，而泰德因为要带孩子经常耽误工作，被公司炒了鱿鱼。此时经历了心理治疗并找到了工作的乔安娜突然出现，同时为了要回孩子的监护权而将泰德告上法庭。泰德在第二天要出庭之时被炒了鱿鱼，他在 24 小时内必须找到工作，否则他就失去了对孩子的监护权。

本文是影片《克莱默夫妇》中泰德去找工作时的精彩对白。在找这份工作时泰德是运用了技巧的。首先他先入为主，提醒职业介绍所职员看看目录卡片，然后抓住机会穷追不舍要求约见老板,进而极力阐述自己的业绩。这给史本塞留下了深刻的印象。因为这种求职的热情和紧迫感,更因为他的工作业绩打动了对方。整个求职过程是速战速决的,但这种策略只适宜于双方都比较熟悉和了解的情况。泰德如此迫切求职,是为了不丧失对儿子的监护权,间接表现了这对父子的深厚感情。

在妻子离家前,泰德是一个典型的"称职的"家庭供养者,他为养家糊口勤奋工作,妻儿也衣食无忧。妻子的离开使泰德不得不开始担当起照顾孩子的责任:忙乱地准备早餐,送孩子上学却不知孩子在几年级等细节,这无不反映出泰德以前在家庭生活中的职责缺失。泰德并不是漠视他对家庭的责任,只是他把自己的责任仅仅定义在工作领域,其父亲形象是残缺不完整的。

在物质经济方面,泰德对孩子尽到了抚养的责任,在感情和家庭生活中与孩子却是疏离的,儿子也因此在开始的时候排斥着他、对抗着他。一年多的生活中,泰德陪伴着儿子一起用早餐、给儿子读故事、去学校看孩子表演、带儿子去公园玩,一组组细节镜头让我们看到了泰德称职父亲形象的逐步建立。

照顾孩子和家务负担也因此使他失去了自己不错的工作,如何平衡家庭和事业的矛盾也开始引起泰德的思考。家庭生活的参与和责任的坚守使父子二人的心逐渐靠近,关系也逐渐默契。泰德在法庭上谈到如何才是好父母时说的一段话,包含了他对自己以前父亲职责缺失的反思和角色转变后的感悟。影片最后父子二人一起准备早餐的镜头中,一切井然和谐默契。在回归家庭和责任承担中,泰德完成了自我救赎,也因此得到了观众的谅解和情感认同。

泰德形象对现代父母的启示:无论贫穷还是富贵,父母都决不抛弃自己的孩子;无论多么繁忙,父母都要关注孩子的点点滴滴;无论多么艰苦,父母都要做孩子人生的榜样;无论多么艰难,父母都要做孩子的精神支柱。

无论美国、中国还是其他国家,父亲往往扮演着肩负家庭经济支柱的角色,所以父亲往往更多地专心于工作,疏忽了家庭,疏忽了和孩子的交流。心理学研究发现,父亲对孩子的健康发展有着非常重要的影响,有些作用甚至是母亲无法替代的。首先,孩子的体格、发育方面,父亲的影响占有很大的方面。其次,男性比较擅长的逻辑推理、空间定向和抽象思维,有助于孩子相应能力的发展。还有,在孩子的个性发展方面,父亲的作用也不可轻视。男性通常具有独立、自信、果断、坚强和敢于冒险等个性特征。有机会经常与父亲交往的孩子,人际关系融洽、从事活动的风格更加开放,并具有进取精神。

(子夜霜、唐仕伦)

 芳草地

乔伊的金牌

那是1988年的夏天,我参加了特殊奥运会的志愿者活动,被指派为一位名叫乔伊的小伙子的教练。他18岁,患有唐氏综合征(注:唐氏综合征的症状为斜眼、扁平额、短指等)。和他在一起是件令人愉快的事。他戴了副厚厚的眼镜,脸上始终洋溢着微笑。每当看见一个人,他都会马上露出笑容,并会朝那个人竖起大拇指——乔伊对每个人都很友好。

他参加的项目是四分之一英里跑,正好绕跑道一圈。每次训练,在他跑过最后一个弯道时,我都会站在终点处大喊:"我们要干什么,乔伊?""拿冠军!"他会大声答道。

在赛前的六个星期里,我们每个周六都要上跑道训练。他跑一圈的用时慢慢缩短了,后来不到3分钟就能跑完。为了强化训练效果,每次训练完后,我们都会驱车前往当地一家汉堡连锁店买东西吃。在那儿,他总会告诉女服务员他不能吃炸薯条。"我在训练,"他骄傲地说。然后,他还会补上一句:"我要拿金牌。请给我来份沙拉好吗?"

随着比赛日渐临近,那家餐馆的女服务员们都会过来跟他攀谈。"你现在最快要用多长时间?""训练得怎么样啦?"她们会拍拍他的背,祝他好运。乔伊享受着她们的崇拜所带给他的快乐。

到了比赛那天,我开车去接他。他的妈妈和他吻别,并说会去看他比赛。我们把他的运动包放上车,向那一年特奥会的比赛场地——本地一所高中开去。乔伊很激动,在座位上坐立不安,双手还不停地敲打着自己的膝盖。到了学校,我们停好车,签过到,拿到了比赛注意事项和参赛号码。但就在走向赛场边区时,我突然意识到一个严重的问题。我问乔伊:"你的眼镜呢?"乔伊茫然地注视着我,眨巴着眼睛说:"我不知……"

我让他先做热身运动,自己则原路返回,去找眼镜。我把汽车从头到尾彻彻底底地搜了一遍,都没有找到眼镜。我穿过停车场往赛场走,边走边低着头在地上找,还是没找到。等我回到赛场时,乔伊已经做完了热身运动,正在原地慢跑。我知道,不戴眼镜,他几乎什么都看不见。当我让他在长椅上坐下来时,我的心都碎了。

"我不知道你今天是否还能参加比赛。"我开口说道,他的下巴开始颤抖起来。"我认为这样不安全,"我继续说,"不戴眼镜,你可能会受伤。"他的眼泪开始涌了上来。"可是,我们要赢,"他沙哑地说,"我要拿奖牌!"

我在那里坐了一会儿,跟自己的失望和乔伊的痛苦作斗争。然后,我想到了一个主意。"跟我来。"我们走到赛道上,我让他站在自己的跑道上,指着他右边的白线说:"能看见那道线吗?"他眯着眼看着自己的脚,说:"能。"

我指着他左边的那道白线说:"那条呢?"

"能。"

"好，"我说，"听着，这非常重要，乔伊。今天赛跑的时候，你必须看着那两道线，必须非常仔细地看着它们，一点也不能越过。能做到吗？"

"能！"

虽然并不确定他是否真的能做到，但除此之外别无他法。我把他又带回起跑区。他蹒跚地走着，眼睛眯得厉害，一只手稍稍往前伸着。"妈妈来了吗？"他问。我朝露天看台扫视着，最终找到了她。我朝她挥了挥手，她也朝我们挥了挥手。"来了，"我说，"她正在看台上看着我们呢。"他挥了挥手，但方向却是错的。

我和其他教练把自己的队员领到了他们各自的跑道上，然后就去终点线那边为他们加油。发令枪响了，选手们冲了出去！乔伊跑得很好，在转过第一个弯道之前始终跑在第二名。这时，另一个男孩猛地从自己的跑道蹿到了乔伊的跑道上。乔伊看不见那道白线，一只脚绊到了另一条腿，摔趴在地上。看到这一幕，我脸上的肌肉不禁抽搐了一下。

他以前也摔倒过，这一次似乎也并无大碍。他爬起来，站好，眯眼看着跑道，找到自己的跑道后又跑了起来。他的左脚稍微有点儿跛。别的男孩子们都已经超过了他，他落后了大约四分之一跑道。他的胳膊在身体两侧使劲摆动着，顽强地跑过最远的那个弯道，进入了直线跑道。就在他开始超越他前面的最后一个男孩时，脚下一滑，摔倒在跑道上。

我叹了口气，开始向前走去，但乔伊又站了起来。他哭着，差点儿跑错了方向，听到观众大喊着让他转身，他又转向了终点所在的方向。这一次，他跛得更厉害了，筋疲力尽，胳膊软软地垂在身体两侧。在离终点还有 20 英尺的地方，他又摔倒了。

这可真够他受的了，我要阻止这一切。我正要走到跑道带他离开时，感到有人伸手拉住了我的胳膊，是乔伊的母亲，她噙着泪站在我身旁。"他不会有事的，"她说，"让他跑完吧。"然后，她从我身边走过去，站到终点线旁边。"乔伊，"她的声音高过了观众的声音，"我是妈妈，能听到吗？"乔伊抬起了满是汗水和眼泪的脸，茫然地在一片模糊的脸庞中搜寻着。

"乔伊，"她又喊了一声，"这边来，亲爱的。"我注视着他第三次站了起来。他的手掌、胳膊肘和膝盖都擦破出血了，但他站了起来，又开始一瘸一拐地向终点线跑来。

"这边，乔伊。"他的母亲又喊道。当他越过终点线，跌进妈妈的怀中时，他脸上露出的微笑，就像穿过云层的太阳一样。

当我穿过热烈鼓掌的人群向他们跑去时，我听到他一遍又一遍地告诉他的母亲："我赢了，妈妈。看见我赢了吗？我赢了……"

那天，乔伊赢得了一枚金牌：不是因为比赛，而是因为他顽强的精神。

[美国]帕瑞·P·帕金斯/文，萧蕊/译

品读

乔伊,一个身残志坚的小伙子。他虽然得了唐氏综合征,但勇于挑战命运,克服一切困难,最终获得了金牌。

确定一个奋斗目标对于一个人来说,是十分重要的。因为有了得金牌的目标,乔伊进行了艰苦不懈的训练;因为有了得金牌的目标,眼镜丢了之后,乔伊坚持参加比赛;因为有了得金牌的目标,乔伊比赛时数次跌倒了又数次爬起来;因为有了得金牌的目标,乔伊以顽强的精神最终战胜了自己。

这个故事里,我们也为乔伊的母亲所感动。她看着儿子在跑道上摔破了皮,流出了血,虽然心疼,但仍然坚持让儿子跑完。她用自己充满爱的呼唤和鼓励,让乔伊有了跑到终点的勇气。这是一种伟大的母爱。

正邪较量

国家利益（节选）

◇[法国] 安·凯亚特　让·居尔泰兰

读点

义正词严的辩白，视死如归的勇气，让对手畏惧，让公众敬仰。

剧情介绍：

法国国家武器装备局局长勒鲁瓦将价值1450亿旧法郎的武器售与非洲国家汤戈，他又同意法国情报局局长若班的计划，通过军火商梅斯朗暗地里将一批军火卖给扎南地区的反叛者。这样不仅赚取了巨额利润，而且可以在这一场鹬蚌相争中，使法国在这一地区享有特权。

勒鲁瓦和若班把这种明明是肮脏的交易说成是"国家利益"。勒鲁瓦大言不惭宣称，如果法国不能大规模生产武器，法国经济就会受到严重损害，1300多家兵工厂将关闭，27万名工人就会失业。

此时，发生了一件惨祸：140名黑人儿童乘坐飞机前往南土耳其，经过扎南上空时被当地乱军击落，机上的儿童全部遇难，乱军使用的武器正是法国制造的。

法国生物学家马罗特教授反对战争，对于政府公开贩卖军火的勾当深恶痛绝。当勒鲁瓦受到国防部长嘉奖时，马罗特教授立即在报上发表文章揭露勒鲁瓦贩卖军火的丑行。

不久，马罗特去罗马参加国际生物学年会，收到了记者维托里奥送来的关于勒鲁瓦、若班同时向汤戈政府及扎南地区出售军火的材料，并有他俩在扎南活动的照片，马罗特对此极为气愤。

为维护和平，他告别好友罗马大学生物教授安杰拉女士，准备返回法国揭露当局的罪行。他同和平协会负责人穆兰商量的计划被告密者泄露了。当马罗特教授乘车返回巴黎时，若班下令特工制造"车祸"，使马罗特翻车丧生。

马罗特教授的死讯引起了安杰拉的怀疑，她深信，马罗特是当局为了杀人灭口而牺牲的。她决心冒生命危险去巴黎揭露真相。

安杰拉抵达巴黎后，得到马罗特生前好友们的支持，准备在第二天晚上举行记者招待会，公布马罗特教授让她保存的复制件。勒鲁瓦闻讯，就在当晚亲自出马，威胁利诱安杰拉，企图迫使安杰拉就范。安杰拉顶住了巨大压力，表示要坚决斗争到底。

第二天,若班下毒手了,当安杰拉在穆兰陪同下准备去参加记者招待会,人刚出门,就被警方强行拘留,而且指控安杰拉是为美国中央情报局服务,一直在从事损坏法国名声的勾当。在假证面前,安杰拉严词反驳,当然无济于事,因为安杰拉的对手是一个国家政权机构。

勒鲁瓦已为安杰拉作好安排,她被送到纽约的当天晚上就被特务暗害。法国广播台却向法国人民报道安杰拉服毒自杀。

为了维护和平,反对战争,马罗特和安杰拉这些正义的人们,在"国家利益"的美名下一个个被置于死地。肮脏的军火交易仍在继续……

本文节选的是安杰拉与法国国家武器装备局长勒鲁瓦的几段对白。

安杰拉:这不奇怪,他们要活下去,这个局面是你们强加于他们的。他们要么去制造炸弹,要么就上街讨饭,不知不觉地成了你们讹诈的对象。而且每次一提到裁军就利用他们来讨价还价,在意大利也是这样。

批:工人被逼无奈而去制造杀人的武器。

批:他们为了生存被逼去干违法的事情,不料却成了政府手中保留强大军队的绝好借口。

勒鲁瓦(注:勒鲁瓦是影片中的男主人公):天哪,不过贩卖军火不仅对二十七万工人有利,对国家也有利,每年还可以收入几十亿外汇。如果把兵工厂都改成果园,把那些果酱来代替坦克的出口,那么法国人的生活方式就会一蹶不振,冰箱、高级轿车、周末度假,一切都没了。

批:狡辩、狡诈、伪善,危害和平的事情竟成了对国人、对国家有利的事情,被冠冕堂皇地披上了合法的外衣。荒谬的国家利益之论。

安杰拉:接着你还要说,"如果我们不卖军火?俄国人,美国人也会出来卖的。"

批:揭露法国当局在千方百计为自己的武器交易寻找借口。

勒鲁瓦:哈,本来嘛,这是一个社会的悲剧。好事能使国家破产,教育啊,文化啊,卫生啊;凡是那些坏事,酒精、烟草啊,大炮、妓院,国家倒能够获利,事情就这样。

批:可谓"晓之以理"!颠倒黑白,"好事能使国家破产",那还能叫好事吗?荒谬的言论!

安杰拉:也许,你是有意回避问题的实质,你明明知道最近几年所有国家完全能够把战争工业转为和平建设工业,从而保证所有工人的就业。要这样所有这些国家的政府就不能到手这笔巨大的肮脏钱了,从贩卖军火得来的秘密资金。你走吧,我还当你

批:直接揭露战争工业是对工人有利的谎言。

批:把国家武器装备局局长等同于

要说什么有趣的事,可你的口吻就像一个普通的杀人犯。

　　勒鲁瓦:好,那么说点正经事吧。保持沉默要多少钱? 一亿? 一亿五? 两亿?

　　安杰拉:等记者明天听到这提议,他们都会感到有兴趣。

　　勒鲁瓦:不要过高估计自己,在一定数量之下,金钱是能够抵制的,就像冶金一样,到了一定温度它会熔化的。那么两亿五千万? 两亿八? 三亿? 说起来很简单,你只要发表一个声明,说你怀疑这些材料,你跟可怜的马罗特一样也是受骗上当的。好啦,四亿吧。也许对你来说这些数字太抽象,那就按实物来说吧,它能加深你的印象。你到底喜欢什么? 来一幢乡下大别墅,城里一幢房子,一大把跨国公司的股票,一笔外汇,你开个价吧,我们可以叫你保持沉默,不过那代价更大。

　　安杰拉:好啦,走吧。我就是要你们付出更大代价。

　　勒鲁瓦:那么只能怪你自己自取灭亡。你是在攻击一个政府,而政府有无可争辩的权威,它可以用它来做一切坏事——国家至上,推翻国家至上的人在历史上是史无前例的,如果你想在小报上出名,随你的便! 对我们来说只不过是另一个事故。大不了招来一帮狂热分子,闹它个十来天,小报上又会出现新的新闻!

　　安杰拉:坏政权就是擅长丑闻不断。

　　勒鲁瓦:是啊,可坏蛋的日子也不好过! 过去他干一件大坏事可以出名二十年! 现在竞争的人太多,几乎都是昙花一现了。

　　安杰拉:总会有别的办法的,我始终相信真理最后总会胜利的。

杀人犯,这真是莫大的讽刺。

批:露出了狐狸尾巴,要用金钱来封安杰拉的口。

批:要将实情公之于众,绵里藏针。

批:逐步加码的金钱利诱与发表一个声明的简单要求对比;抽象数据与具体实物对比,意在动之以利,勒鲁瓦可谓善于利诱。

批:而正义者不为“利”所动,表现其伸张正义的坚定决心。

批:利诱不成就威胁。说理可谓“晓之以害”。

批:软硬兼施,利诱不成,就来威逼。

批:揭露政府的恶劣。

批:这从侧面也说明了这个国家邪气盛行。

批:不管局面如何被动,信念决不动摇。

勒鲁瓦：可能吧。可你等不到胜利的那天,因为你不知道你就要在这儿自杀了。

批：面具揭开,露出凶残的本相。

安杰拉：用什么? 都拿走了,我的眼镜,我的腰带,我的手表。

勒鲁瓦：为了做得逼真,可以把东西还给你。总得让自杀像一个自杀。可你还不敢正视你最后的归宿。真像情节戏。我前天没有骗你,后果我都告诉你了。今天也一样,你替我想想,我们的特务机关可以不费吹灰之力把你消灭,可我是个有家有室有儿有女的人哪。

批：卑鄙的手段!

批：威胁中又企图"动之以情"!

安杰拉：懂了,你不想在你的名下记下这笔功劳。

批：无惧死亡威胁。

勒鲁瓦：是啊,人心是肉做的。所以我有个建议:一小时以后本土警戒局的特工人员要把你送到法院去。你坐的那辆车在路上会遇到一些不知名的人的袭击,经事后查明他们是中央情报局你的同伙。中午,在我们两名特工人员的暗中保护下,你登上一架去纽约的飞机,晚上,你可以上大街买东西,这出喜剧到此就演完了。这本护照上的姓名都换好了,这本支票是跟你有来往的美国银行,生活费由我们负担,一年以后宣布对你免予起诉。要替你开脱跟要搞臭你都是轻而易举的,于是你回到罗马恢复了你应有的名誉。

批：为了掩盖真相,手段无所不用。

安杰拉：不过你这建议会落空的。我到了纽约以后还会大声向大家呼吁的。

批：为了揭露真相,连牺牲自己的生命也在所不惜了。

勒鲁瓦：不可能。指控你的材料虽然是假的,可也天衣无缝。我们可以要求引渡,把你要回来。那么你觉得哪一样舒服? 死在这间屋子里,还是活在外面?

(佚名/译)

丝毫不为诱惑所动

法国情报部门，以"国家利益"为借口，先是杀人灭口害死了马罗特教授，后又与美国情报部门合作，让生物学家安杰拉"自杀"，目的是掩盖法国政府以支持弱小国家独立名义，通过秘密方式将武器卖给交战双方的行径。

影片中的人物阵营很清楚，反对贩卖军火的和平主义者是一个阵营；那些军火贩子（包括以政府高官身份出现，却在倒卖军火的人）是对立的阵营。安杰拉与勒鲁瓦的较量是正义与邪恶的较量，是理性与诱惑的比拼。

为了降服安杰拉，勒鲁瓦可谓机关算尽，设置重重陷阱极尽诱惑。勒鲁瓦连续使出了三招。第一招：大帽打压。勒鲁瓦拉大旗扯虎皮，站在国家利益高度上，以武器交易有利于保持法国人的生活方式，有利于提供工人就业等堂而皇之的理由迫使安杰拉让步，这是以爱国的名义诱惑她。安杰拉当即扯下勒鲁瓦爱国的假面具，以"和平建设"一样可以维护国家利益反驳，勒鲁瓦理屈词穷。第二招：软语利诱。眼见打压不成，勒鲁瓦以别墅、股票、外汇等引诱安杰拉，并授以全身而退之法，用心不可谓不良苦，考虑不可谓不周全，但安杰拉嗤之以鼻，不为所动。第三招：死亡威胁。两人之间攻防转换，唇枪舌战，斗智斗勇斗正义。

勒鲁瓦软硬兼施、威逼利诱，终究颓然落败。

安杰拉，富贵不能淫，威武不能屈，侠之大者也。（子夜霜、张大勇、李荣军）

国家的危险来自贪婪者

如果你们想除去每一位社会主义者、每一位共产主义者、每一位工会主义者、每一位煽动分子，那么有一个办法，就是治愈社会的疾病。

你们不能以造监狱的方式来做；你们不能使监狱变得足够大，使刑罚变得更加严酷，以勒死"不满"的方式来治愈"不满"。革命是不可能的，大不满是不可能的，除非这种大不满有其基本的原因。人，天生是服从的，非常地服从。

如果一个陪审团剥夺一个人的自由，因为这个人所做的正是世界上其他人类试图去做的，因为这个人试图让他的很多同胞以他看待事物的方式去看待事物，以便可能改变法律和制度，让工人有较好的机会，那么，我们对于这样一个陪审团会有什么想法呢？

地方检察官通常都是突然生气而无法控制自己。这些人有罪，因为他们的纲领刊在激进的文件上。在这个案子中,官员的困扰是:他们想改变一般的血液,一直到美国没有充满活力的人,一直到美国没有敢站起来的充满活力的人为止。

我不知道什么恶意以及致命的影响力,能威胁州检察官办公室,使他们会进行这样一种控告,但我知道,这个共和国的敌人不是工人,他们为了财富献出他们的生命、力量和血汗,他们的生命浇铸了黄金,造成了美国的傲慢和贪婪。

我相信,自从世界开始以来,做工的人所得到的比他们应该得到的少得多,而我高兴地看到工人正努力去得到更多。我不要剥夺他们的那种希望和启示,因为如果你剥夺了这两者,人就没命了。

我正从事一项困难的工作,试图保存宪法而不破坏它。我正努力为这个国家的人保存他们已经舍弃的自由。我很难体认到,那些有力量、有点智力的人,竟然会试图去恐吓男人和女人服从他们的意见。

我们在没有这件"侦探法律"的情况下,摇摆前进了150年,我们表现得很好,这种"侦探法律"来自何处? 它来自想钳制批评的人,来自想限制你的大脑和我的大脑的人。而如果我们让他们在这个世界得逞,那么,每个人如果想求得安全的话,就应该在嘴唇上装一个挂锁,只有在吃东西时才拿下,在吃完东西以后又反锁起来。

没有人会敢以比低语更高的声音说话,没有人会在加入一个组织时感到安全,不管他加入组织是为了美国自由、苏俄自由、爱尔兰自由或任何自由,因为"自由"一词是美国语言中最危险的词语。

很快,美国就会为以下的事情感到羞耻:懦弱地试图根据这种法律,把人关进监狱;钳制思想和言论自由,把一度自由的土地变成疯人院。

这个国家的危险不是来自工人。这个国家的危险,来自一些不崇拜上帝而崇拜贪婪的人。来自这样一些人,他们盲目,但忠于他们的黄金偶像,所以他们会毁灭美国的宪法,毁灭言论自由和出版自由。

这样会瘫痪人类的脑,这样会威吓人类的心,这样会以牢狱和监禁威胁每个敢思想、敢希望的人。而我相信我一生不会有一个时候——无论报应或者是什么——会不奉献出天生的力气、勇气和力量,去为弱者或穷人辩护,去为那些在黑暗中织布、使别人有衣服穿的人辩护。

各位! 贪婪的力量是惊人的。我已经以自己的方式打了很多年的这种仗,我试图以仁慈的方式去进行。我从不谴责个人。我知道工业巨子也是由像我一样的本质构成。我知道他们为这种狂热所驱使,他们不能忍受阻止他们获得黄金的障碍。我知道他们会破坏自由,以便保护既有的财产。

世界刚经历一次大战争,世人疯狂,我们全部疯狂。我不喜欢这样认为:我们经历这一切却没有什么结果。

我也是梦想者之一:认为从欧洲战场的火、烟和灰烬中,可能会产生一个比以前世界所有过的更光明、更美好、更公正的文明,而从人类的无限痛苦中,人可能变得更仁慈、更有人性,并且一般人能获得一个更好的机会。

我还没有失去一种信心,那就是:世界上所有穷苦和受压迫的人,将会有一个机会去尽量改变他们的情况。但"金钱""财富"这两者还是与以前一样贪婪,没有从世界的悲苦中学到什么,它们说:

"不,我们的所有特权必须保存,战争中虽然流了血,但不会得到什么,而只要有一个人胆敢提高声音,要求新的境况或要求一个较好的世界,那么,我们将把他送进监狱。"

亚瑟·培生是默默无闻的,他不为人所知。他是穷苦的,工作了一辈子,但他的论据深入你的自由和我的自由的基础。

如果12个人(注:指陪审团的12个人)竟然说:他们能够把他这样一个人关进监狱,毁了他的家,而事实上这个人没有罪,他唯一的污点是他爱他的同胞。

如果12个像你们这样的人竟然说:你们要把他从家中抓出来,送到乔利特监狱,把他关在牢狱的墙后,那么,你们应该让这个法庭挂上黑丧幛,用黑布遮住你们的市政厅,并且穿粗布服以表忏悔,一直到他的刑期满了为止。

[美国]克莱伦斯·丹诺/文,佚名/译

品 读

克莱伦斯·苏厄德·丹诺(Clarence Seward Darrow,1857 年 4 月 18 日~1938 年 3 月 13 日),美国杰出律师。他为自由、正义抗争,为穷人、刑事犯和死囚辩护近 60 年,挽救了无数无辜者的生命,被誉为"舌战大师",被认为是美国最伟大的民权律师。

丹诺在其律师生涯中,成功地代理了许多起疑难复杂的经典案件,凭借其智慧、技艺、勇气和毅力,以行动诠释了法律人的精神,正如其所言:"在这场弱者与强者的伟大战斗中,只要我的气息尚在,我将永远站在弱者这一边。"丹诺不仅为自己的人生选定意义,也给法律人提供道德标准,堪称法律英雄。

亚瑟·培生 15 岁从瑞典来到美国,20 年来一直在洛克福德的工厂里工作。当芝加哥成立共产主义劳工党时,培生加入了该党。培生被任命为该党洛克福德分会的秘书长。后来培生被司法部侦探逮捕,声称其罪名是煽动改良和推翻政府。1919 年,丹诺毅然为培生辩护,最后,陪审团对他作出无罪判决。

压抑的年代（节选）

◇［德国］玛格丽特·冯·特洛塔

读点

善于通过他人的眼睛来写主人公的行为举止。
善于通过人物对比手法来刻画主人公的性格。

剧情介绍：

　　影片是以真人真事为依据的。几年前特洛塔在拍摄影片《秋天里的德国》时遇到了一位名叫克里斯蒂安娜·恩斯林的妇女。克里斯蒂安娜的妹妹古德龙本是恐怖组织的成员，死在狱中。克里斯蒂安娜不相信妹妹是"自杀"的说法，她不惜放弃自己的工作和前途，决心找出妹妹死的真正原因，公布于众。

　　在古德龙的葬礼上，正在拍摄影片的特洛塔第一次遇见了这位坚强的妇女，这极大地震动了特洛塔。特洛塔把《压抑的年代》献给克里斯蒂安娜，献给那些愿意认真地对待生活、不屈不挠地进行着斗争的妇女。

　　影片通过尤丽安娜和玛丽安娜姐妹不同的生活道路和遭遇，反映了德国的妇女命运和社会现实。玛丽安娜献身于现实斗争，结果被德国统治当局关进监狱，最后死在狱中。尤丽安娜对妹妹玛丽安娜所选择的生活道路开始时是不理解的，后来逐步有所理解，最后认识到她是一个了不起的女人。她对妹妹在狱中上吊自杀表示怀疑。她要寻找证明材料证实这是谋杀，她为此进行着不懈的努力。尤丽安娜终于找到了证明材料，那根电线是经不起玛丽安娜身体的重量的。然而，自杀也好，谋杀也好，没有人关心这些……

　　本文选自《压抑的年代》中尤丽安娜领取妹妹的遗物一段情节和尤丽安娜回家后与丈夫沃尔夫冈的一段对话。

88　现代化监狱前　白天　外景

　　两个狱吏沿着墙根把堆放玛丽安娜遗物的一个大圆筒推到正在等着的尤丽安娜身旁。<u>尤丽安娜是带着律师来的，以便当着律师的面检查所有的东西</u>

批：尤丽安娜不相信玛丽安娜在狱
　　中是自杀的，她带着律师来监

（可能从中会发现什么证明材料）是否齐全。尤丽安娜在人行道上开始清理遗物。

律师签了字。

在大圆筒的上面放着玛丽安娜的大提琴盒。

狱清理妹妹的遗物，以表明她对妹妹自杀的说法是持怀疑态度的。

89　尤丽安娜的第一个家　白天　内景

现在屋里又多了那个大圆筒。尤丽安娜一头扎进档案里。她根本没有注意在屋里不安地来回走动的沃尔夫冈。他突然停了步，笔直地站在尤丽安娜面前，使她无法不注意到他。

批：突出尤丽安娜寻找证明材料的急切和专注。

批：目的是为了引起尤丽安娜的注意，希望她不要再这样做了。

沃尔夫冈："你简直叫我发狂。"

批：沃尔夫冈内心的烦躁不安。

尤丽安娜费劲地看着他。

批：对沃尔夫冈的言行不理解。

沃尔夫冈："这还要继续多久？"

尤丽安娜："你是知道的。"

沃尔夫冈："我什么也不知道。"

尤丽安娜："直到我证明她不是自杀为止。"

批：执着，不达目的决不罢休。

沃尔夫冈："什么时候？"

尤丽安娜："很快。"

沃尔夫冈："你说得倒好……到底什么时候？"

批：对妻子"无望"的行为不满。

尤丽安娜默默无语地望着他，实际上她的思想早已不在这儿了。

批：只是希望沃尔夫冈理解她，希望早一点找到证据。

沃尔夫冈："就算你把所有的证明材料都放在桌上，也没有人会相信你的。"

批：揭露当时社会的压抑、政府的腐朽，正义被践踏。

尤丽安娜："重要的是能找到证明材料。"

批：目的是还妹妹一个事实真相。

沃尔夫冈："那我们俩的生活就不重要了，是吗？"

批：担心玛丽安娜的事会影响他们的生活，自私且缺乏正义感。

尤丽安娜：（几乎是在哀求）"我们的日子还长得很呢。"

沃尔夫冈：（轻蔑地）"跟个死人过日子。我受不了啦。整天翻腾一个死人……你懂吗？她不会因此而复活的……（但又生起自己的气来）我确实不想老这么样责备你……"

批：语气的变化、话意从指责到自省的转变，显示出沃尔夫冈内心的矛盾。

尤丽安娜："那你就不要这样嘛！"

沃尔夫冈："但我不能……再这样生活下去。就算我和你不一样，我不是她的姐姐，不能体会你的感情……但哪怕我能这样，也肯定不能达到理解你的程度。你在毁灭自己，还要求我看着你这样下去。我非但帮助不了你，自己也跟着完蛋。如果我能以什么方式……假定说是通过我的在场或者（讥讽地）'还在这个世界上虚度光阴'，而对你有所帮助的话，那也好……可是你对我视而不见。你就连我在屋里走来走去都看不见，我在这里已经走了一刻钟了，你连看都不看一眼……还是你已经看见了？"

尤丽安娜："没有。"

沃尔夫冈精疲力竭地坐了下来。

沃尔夫冈："你能给我解释一下为什么会这样吗？或者我应该送你去解剖，以便找到原因。"

尤丽安娜："也许我们应该分开一段时间，直到我找到证明材料为止。"

沃尔夫冈：（重又跳了起来）"你居然不惜……你听着，你居然不顾我们在一起十年的生活？"

尤丽安娜："是的。"

沃尔夫冈："你是魔鬼……我理解不了。我只能同你……我不能同别人在一起……你听见我说话了吗？"

尤丽安娜："但我不可能中途放弃我的工作……"

沃尔夫冈：（轻声地）"你知道吗？你叫我走投无路了。"

尤丽安娜知道这点。

（李健鸣/译）

批：抓住机会，开导丈夫。

批：思索再三，实在不能忍受妻子这种为妹妹伸张正义而义无反顾的执着行为。

批：现实的残酷性。

批：有些自私，正义感不强。

批：希望妻子不要因她妹妹而忽视他的存在和家庭，从侧面反映了尤丽安娜寻找证明材料的痴迷程度。

批：他再没有办法劝说妻子了！

批：依然爱着妻子和维护这个家，从侧面揭示妻子的执着。

批：也不愿意因为自己的行为影响丈夫，这实则是无奈的办法。

批："跳了起来"，很震惊；"居然"，没有想到执着到如此程度。

批：简短的回答，是不想因丈夫的不满而分散自己的精力。

批：对妻子情深意重，并非是自私，而是无法理解妻子的行为。

批：她要寻找证明材料，表现出执着、坚毅的精神。

批：侧面反映妻子的执着。

批：为了证明妹妹不是自杀，她早已把个人、家庭甚至爱情置之度外了。

个性化的语言彰显人物性格

《压抑的年代》是德国著名女导演玛格丽特·冯·特洛塔创作并由她执导于1981年拍摄成的影片。影片没有描写尤丽安娜和玛丽安娜思想转变的关键过程，而是通过尤丽安娜对战争年代、家庭生活和学校生活的回忆，描绘了20世纪50年代宗教及资产阶级教育对这一代人的压迫，从而从侧面反映了60年代西德知识分子革命运动的社会和历史背景。"哪里有压迫，哪里就有反抗"，这一简单的真理同样可以用来解释西德20世纪60年代的学生运动，特洛塔在《压抑的年代》这部影片里是有意识地在寻找着这一运动的社会根源和历史根源的，并通过艺术手段使观众又一次回到了压抑的20世纪50年代，让观众又一次对这段社会历史和个人成长经历作出新的评价。这正是影片的成功之处，也是影片的感人所在。

选文部分，个性化的语言描写是展示人物性格的重要手段。尤丽安娜为了追查妹妹的死因而忽略了丈夫，忽略了家庭，引起了丈夫的强烈不满。剧本中的语言描写分为人物语言和叙述者语言，通过个性化的语言描写彰显了人物性格。

剧本中的尤丽安娜表现出的性格特点是执着、专注，不达目的誓不罢休。尤丽安娜的语言简洁、毫无余地。沃尔夫冈在家里不安地走来走去，走了一刻钟，作为妻子的她竟然没有注意到。面对丈夫的劝说、哀求甚至威胁，她都不为所动，斩钉截铁地表态"直到我证明她不是自杀为止"，"但我不可能中途放弃我的工作"，她可以选择与丈夫分开，但她不会选择放弃追查妹妹的死因。这就是执着的尤丽安娜。她的丈夫沃尔夫冈爱妻子但又不理解妻子的行为，语言里有责备也有哀求和绝望，如"跟个死人过日子。我受不了啦""我只能同你……我不能同别人在一起"，语言特点是长短句结合，有很多省略号，表明欲言又止的复杂的内心活动。

本场景中叙述者的语言也表现出了强烈的个性化。如用"费劲地""默默无语""几乎是在哀求"来表现尤丽安娜由无奈到坚定的心理状态，用"轻蔑地""讥讽地""重又跳了起来""轻声地"，来表现沃尔夫冈由不满到无奈的心理过程。

为了达到目标，为了揭露真相，我们必须执着。任何目标的实现，都必然要付出汗水甚至鲜血，正如王安石所说："世之奇伟瑰怪非常之观，常在于险远，而人之所罕至焉，故非有志者，不能至也。"这也是尤丽安娜给我们的启示。（子夜霜、姜全德、万爱萍）

作家的秘密

后退，幸福。我还没有退到底，还有一小段距离。我想再尽情享受一下，因为我年事已高，在人世间不会太长久了。

很多年前我就成了鼎鼎有名的大作家，声望一天高过一天。但我知道迟早得退回来，这是无法抗拒的。世人们认为，我每发表一部作品就后退一步，一直退到今天这个地步。

这就是我的成就。我按照既定计划，为今天这一可悲结局艰苦卓绝地奋斗了三十多年。

也许会有人问，这个悲剧是您所希望的吗？

对的，先生们，女士们。作为作家，我的成就可以说是辉煌灿烂、名利双收。要是我愿意，我本可以毫不费力地沿着成功之路一直走下去，走向世界荣誉的顶峰。

然而，我不能再走下去了。

我只得从这个高峰、从维佐山（注：维佐山，意大利西部的一座山峰）和喜马拉雅山一步步退回去，沿着跳上来的旧路退下去，退回到原来的可怜高度。我说可怜只是表面的。因为实际上我退回来后得到了各种安慰。我今晚写的这封信将密封住，等我死后世人才能知晓。在这里，我要解释一下后退的原因，披露一下长久以来埋在心底里的秘密。

在我40岁上，正在成功的海洋上扬帆前进时，有一天，一线亮光照亮了我的心。我突然意识到，我所追求的，通往世界荣誉的道路，尽管它举世无双、令人神往，充满了人民的赞誉和胜利感，但它实际上是一条令人心寒的道路。

物质不能动摇我，因为我现在比什么时候都富。那么其余的呢？雷鸣般的掌声、胜利的陶醉、灯红酒绿的生活……有多少人为了这一切而送掉了性命呀？每当我喝上一口蜂蜜水时，嘴里就留下一股苦涩味。那么什么才是最高的荣誉享受呢？难道就是在你走到大街上时，行人都回头望着你，并轻声嘀咕着说："瞧见了吗？这就是他！"荣誉的享受就这些吗？这种时刻确实令人飘飘然！然而，这种时刻并不多见，只有政界大人物和演员们才能体会到。至于一个普通作家，在我们这个时代是很少有人能在大街上认出他来的。

没人认出来也有另一面，就是可以免去不少邀请、信件、记者招待会、电话、报告会、拍照、电台演说等激励人心但又毒化心灵的交际活动。我的每一成就尽管给我带来的满足微不足道，但却给许多同行带来不少不快。这从他们脸上可以看出来。这真叫我为难。他们都是正直、勇敢、勤劳的年轻人，和我是老朋友，我干吗要使他们难过呢？

后来我明白了，是我求名的雄心刺伤了他们。我发誓，我从来没有想过为难别人，为这事我一直感到内疚。

我清楚，只要继续干下去，我肯定会得到更大更高的荣誉，当然也会因此使更多的无辜者感到痛苦。我们的世界到处都有引起痛苦的原因，其中妒忌对人损伤最大、刺激最深，也最难治愈。也正因为如此，往往会得到他人的共鸣。

我只好设法弥补一下。于是我作出了如下决定：退却。多谢上帝，在现在的地位还可以为别人做不少好事。我对同行们的心灵造成的创伤愈深，我的退却就给他们的安慰愈大。实际上，痛苦不除，哪儿来的幸福呢？幸福和痛苦不是成反比吗？

我必须继续写下去,不能不写,不能让人看出是故意退却,否则同事们就得不到应有的宽慰。我得悄悄地神秘地抛弃我的才华,去写粗糙的文章,给人以才华衰败的印象,使那些担心我还会创奇迹的人高兴地大吃一惊吧。

　　不费劲儿地粗制滥造似乎很容易,实际上困难很多。

　　第一,要能争取到批评文章。我是名作家,在艺术界威望很高,吹捧我的作品已是大势所趋。现在要来批评我的文章,就必须首先扭转广大读者的心理。

　　要是他们发现我是有意退却呢?难道他们不可能发现吗?那样他们会不会采取保守主义,继续吹捧我呢?

　　第二,血和水可不一样,要压抑沸腾的创作热血,并不是一件容易的事。在有意写平庸、粗糙作品时,激情也可能会神秘地挤进去。要磨灭作家的创作激情谈何容易。就是在他故意模仿粗糙文章的过程中也不容易办到。

　　然而我总算成功了。几年来,我一直压抑着心中的激情,巧妙地熄灭了才华的火花。能做到这一点就足以证明我是位才华出众的人。我写了一些不三不四、无头无尾、故事简单、语言干瘪、文法粗劣的书,一本坏似一本。这真是一种慢性文学自杀。

　　我每写一本书,同事们的脸色就变得好看一次。我要把这些可怜的朋友从忌妒的压迫下解放出来。他们开始有了自信心,又过上了平静的生活,恢复了对我的诚挚的爱。他们像枯树一样又开花了。过去,我是他们的眼中钉、肉中刺,现在这毒刺拔出来了,他们都舒心地松了一口气。

　　掌声少了,阴影开始罩在我身上。然而我却感到幸福,再也不必去听那些双关语式的赞扬了,现在听到的都是诚恳的肺腑之言。从同事们的言谈中,我又找到了天真烂漫的年轻时那种诚恳、清新和宽厚的感情。

　　也许有人要问,难道您就光为了这几十个人写文章吗?这就是您的全部理想和抱负?广大的人民大众呢?广大读者和后代呢?您的艺术价值就这么一点点吗?

　　我回答说,我欠同事们的债相欠全人类的债相比确实微不足道。但我并没有欺骗后人,没有从广大公众那里夺走什么,更没有做什么对不起 2000 年后代的事。这些年,我一直在做上帝交给我的工作,在偷偷写真正的书,这些书足以把我托上九重天。我写罢一部就锁进床头旁的保险柜里,一共写了 12 部。等我死后,你们就可以取出来读了。那时同行就不会责难我了,对死人,即使有不朽著作的人,他们也会原谅的。

　　他们会好心地仰面大笑:"这头老骆驼,他还真有两下子。我们还以为他的才华用尽了呢!"

　　无论如何,反正我要……

　　信中断了,死神把老作家带走了。临死时他还坐在办公桌前,白发苍苍的头一动不动地伏在案头,一旁是信纸和一支被捏碎了的笔。

　　亲人们读完信就打开了保险柜。里面确有 12 个大厚夹子,每个夹子里都有上百页纸,但纸上一个字也没有。

[意大利]迪诺·布扎蒂/文,佚名/译

品 读

　　迪诺·布扎蒂(Dino Buzzati,1906 年 10 月 16 日~1972 年 1 月 28 日),意大利家喻户晓的作家,被誉为"意大利的卡夫卡"。他诡奇独特、鬼斧神工的艺术特色,在他的短篇小说中发挥得淋漓尽致,在看似虚构荒谬的故事里,其实蕴含发人深省的深层思考。他擅长深刻地描绘人物、命运、欲望,罗织魔幻、秘密的笔法,甚至挑战理性的事实,让幻想成真。而其恣肆放纵的笔调,表现人的心灵状态及难以预料的奇异,充满趣味,更令人震撼。

　　布扎蒂的作品主要是短篇小说集,如《七位信使》(1942)、《史卡拉歌剧院之谜》(1949)、《那一刻》(1950)、《垮台的巴利维纳》(1957)、《六十则短篇》(1958)、《魔法演练》(1958)、《魔法外套》(1966)。长篇小说《山上的巴纳伯》《老森林的秘密》则奠定了布扎蒂道德寓言作家的声誉,而《鞑靼荒漠》(1940)确定了布扎蒂的文学地位,为他博得了"意大利的卡夫卡"之名。

　　《作家的秘密》是一篇心理小说,颇为真实地写出了作为著名作家的心灵历程。小说主人公曾是著名作家,他曾经名声鹊起,享受到了许多荣誉和人们的尊重。但是,正因为他的优秀,同事们疏远了他,他甚至感到自己求名的雄心刺伤了"正直、勇敢、勤劳的年轻人"和老朋友。这使他的心理备受压力,于是,在事业处于巅峰时,他开始按照计划让自己从名人变成平凡的人。经过努力,他如愿了。

一江春水向东流（节选）

◇［中国］蔡楚生　郑君里

读点

> 通过一个普通家庭的悲欢离合反映了抗日战争前后各种社会力量的矛盾和斗争。
>
> 剧本写人物的对话，用的是白描手法，通过人物的语言和行动来表现人物的性格。

剧情介绍：

　　青年教师张忠良和纺织女工素芬在上海有一个温暖的家。抗日战争爆发后，张忠良怀着抗日救亡的热情，参加了战地救护队。在抢救伤员的工作中历尽了艰辛，他又被日本兵抓去当劳工。他九死一生逃出魔掌，辗转来到了重庆。

　　起初，张忠良对国民党反动统治中心的黑暗和腐败现象十分不满。可是，经不住酒色、权势的引诱，他竟然堕落成为反动官僚资本家的一名走卒，并且和一个交际花姘居了。妻子素芬在公公张老爹被日本兵打死、小叔子张忠民参加了抗日游击队的情况下，只得靠给人帮佣来供养婆婆和抚养孩子。她日夜盼望着抗战胜利，一家团圆。

　　抗战胜利了，张忠良回到了上海，然而却没有回自己的家。他以接收大员的身份将敌伪产业据为己有，又和汉奸老婆姘居。

　　在一次酒宴上，素芬意外地发现自己日夜思念的丈夫原来就住在她帮佣的这一家。他已经完全不是她心目中的抗战英雄，而成为反动阶级中的一员，成了两个坏女人的姘夫！素芬的希望完全破灭了，她悲愤交集，痛不欲生，便一头跳进了黄浦江。滔滔江水载着满江仇恨，滚滚向东流去。

三七

在温家的客厅里，夜宴已近尾声了。

忠良放下刀叉，<u>偷偷抚着肚子对丽珍说：</u>

"我吃得都快胀死了。"醉饱之余，点起一支香烟，<u>不禁得意忘形："上海到底是上海啊！"</u>

批：交代故事发生的背景。

批：大腹便便，贪吃贪占的神态。

批：上海吸引他的是纸醉金迷的生活。

丽珍觉得他太乐了,于是撇着嘴,带着讽刺地说:

"哼!看你真有点乐不思蜀了!"接着又挨近一点,沉住气问:"跟谁跳过舞吗?"

她踩住忠良的脚,逼他说实话。忠良被踩急了,迸出一声:"没……有!"

"真的没有跟谁去跳过舞,这么好人?"

"我的话不信,你可以问表姐。"

文艳带着说不出来的苦味,装得眉开眼笑地说:"他简直就像个乡巴佬,真的比谁都要老实呐!"

桌子底下,文艳的脚踢踢忠良的脚。忠良在丽珍的威慑之下,最初一缩,但定神之下,马上觉得不妥,又伸过脚去碰碰文艳的脚。

桌面上,文艳却装着笑向丽珍说:"你放心好了!"

丽珍似信不信地"哼"了一声。忠良得到文艳的支持,觉得理直气壮,便装腔地低声问丽珍说:

"是不是啊?"

侍役们收去了刀叉,管家督率着侍婢佣人们端水果上来。素芬端着一大盘水果,从忠良身后走近桌旁,把盘子放在忠良与文艳之间,这时忠良正用打火机替丽珍点香烟,侧着身子,所以没有看见素芬。素芬小心翼翼地端送着水果,生怕有差池,根本没有注意旁边的人;更主要的是她绝对想不到在这些有钱人中间会有她认识的人,所以她什么都没有留意,放下盘子便转身走了。

文艳招呼大家:"来来来,大家吃水果,吃水果……"

她特意拣了两只大苹果放在忠良与丽珍面前,同时带着不易被别人觉察到的酸味,打趣说:

"哪,你们两个成对成双哪!"

丽珍和忠良都笑了——丽珍是愉快的笑,忠良

批:张忠良是从重庆回到上海,高兴得忘记了先前的自己。

批:表现了王丽珍的轻浮。

批:交际圈里的老手擅长逢场作戏,表里不一。何文艳的说笑和踢脚,说明她和张忠良的关系不一般。

批:特意交代素芬上水果时是从忠良身后走近,本应该能对面的,恰好张忠良侧着身子给王丽珍点烟。素芬小心翼翼,根本就想不到会有认识的人。

批:何文艳酸溜溜地打趣,表现了她的自愧不如。

批:王丽珍希望是这样,笑得很愉

是窘笑。他一边削苹果，一边说：

"表姐就是爱说笑话。"

文艳微弯着嘴角，以看不见的幽怨反问："这是笑话吗？"

桌子底下，文艳踢踢忠良的脚，以示责罚。忠良用脚回靠她的脚，表示抚慰。文艳有恨难消，狠狠地踩他，忠良被踩疼了，又不敢抽出，尽在作抖。但在桌面上，他们却都装成一副高贵的人的笑脸，谈笑风生。

批：桌面上下动作神情剖画入木三分，很好地表现了他们的勾心斗角及不正常的特殊关系。

宴会之后，大厅变成舞池，舞会开始了。在幽暗的灯光下，舞影憧憧，各种放浪的舞姿不断在表现着。

素芬第一次看见这些所谓上等人，居然在大庭广众之下，如此公开地调情，很为诧异，而且羞得满脸通红，不敢正视。

批：表现了素芬的纯朴和对爱情的态度。

在一次舞罢休息的时候，醉醺醺的崔经理忽然兴致奇高地要忠良和丽珍起来表演，就来拉他们，并嚷着：

批：汉奸崔经理从中推波助澜。

"来来来！你们两个来表演一个探戈舞！"

忠良笑着，赖在沙发上不肯起来。

批：何文艳在场，他不愿因此而惹恼她。

崔经理使劲拉他："来来来！难得大家今天都这样高兴嘛！"

……

忠良把崔经理一拉，他就势倒在沙发上。庞浩公继续说：

"大家都知道的，王丽珍小姐原来就是个舞蹈明星，而她的先生呢？不用说，张忠良老弟也是重庆跳舞出名的选手……"

批：庞浩公的介绍无疑是在公开场合承认王丽珍和张忠良是两口子。

这时，男女仆人正分别端出大盘的饮料。素芬两手捧了一个大托盘，里面放着满满十多杯汽水、橘子水等。管家指指对面，示意要她穿过空舞池送到对面的座上去。她刚刚走了几步，正听到庞浩公说

批：素芬听到介绍满怀疑虑，心情

快；张忠良自己清楚在上海他是有妻室的，内心发窘。

到"张忠良"这个名字,她不禁一愣,但马上想到或者是同名同音,她的忠良怎么会在这样的场合下出现,而且成为别人的"先生"了呢?她心里微有点错乱地走进了舞池……

庞浩公还在继续说:"他们两口子就是在闺房里也天天在'蓬嚓蓬嚓',所以舞艺更是越来越高明了!"

宾客们热烈鼓掌。丽珍听了人的夸奖,心里觉得很好受,但在表面上却故意装出着急的样子。忠良也在表面上装出好不难为情的样子。就在这当儿,庞浩公有力地结束他的"言论"说:

"现在,我们就请张忠良老弟和他的夫人王丽珍小姐来表演一个探戈舞!"

这时,素芬端着托盘正走到舞池中心。这一回,"张忠良"三个字她听得更清楚了,而且是和另一个她听见过的名字——王丽珍——联在一起的,她不能不想到这可能就是她的丈夫了。她惊骇得愣在那里,动弹不得。她不敢相信自己的耳朵,不由得转向庞浩公那一方望去,但只觉眼花缭乱的一片,什么也辨别不出来。

宾客们谁也没有注意这个在场中发愣的仆妇,他们鼓掌,欢呼,等着看一场"精彩的表演"。

忠良和丽珍站起来,被崔经理推着向舞池走来。

素芬终于看见他了。不错!这正是他!正是她日夜思念和一家老小寄予无限希望的忠良!她完全不明白这是怎么一回事。但是有一点是十分清楚的,那就是:忠良变了!他不再是那个比较朴实、善良、有正义感的青年了,他不再是那个十分钟爱她的丈夫,他不再是婆婆的好儿子、抗儿的好爸爸;他已经变了心,变成另外的一种人了!在这瞬间,她失神地站在那里,眼泪盈眶,然而她没有哭泣的声音,没有说话,没有动作,也完全不知道自己该怎么办。

错乱。素芬是听到丈夫的名字而后发现他,而不是看到丈夫,表明她心灵纯洁而不敢看这些男女的丑陋表演。

批:介绍直露,说明他们早已是同居关系了。

批:进一步表现两人不同的感受,虚伪至极!

批:对这事素芬是有所听闻的,以前是不相信,今天是亲见,很震惊。

批:一边"发愣"一边"欢呼",对比鲜明。

批:不愿相信是真的,但是事实粉碎了她的痴心!

批:痴情女子等来的却是负心汉。运用对比手法表现了张忠良的变化之大,完全是品质截然不同的两个人。

批:描写神态,表现此事对素芬的打击之大。

忠良正举起手叫众人不要再鼓掌，忽然一眼看见了素芬，觉得这张脸很熟，而且有点异样——在哭？他再注视她，终于认出来了。他浑身的血仿佛凝住了，万万想不到在这里会遇见她啊！

崔经理不知就里，还在那里胡闹催促。忠良一把推开他，向前跨了一步。

丽珍发现忠良的神色突变，心惊之余，急循忠良的视线望去，只见一个女人含泪失神地站在那里。对这种事情特别敏感的丽珍，立刻想到这个女人和忠良的关系绝非寻常，立刻生出无比的妒恨，狠狠向她瞪了一眼。

这一眼刺疼了素芬，使她从那种失神的状态中苏醒过来。她开始感到头晕，浑身发软，低低地"啊"了一声，双手下垂，满盘饮料都摔在地板上，她自己也随着倒了下去。

批：张忠良终于认出素芬！背叛了对自己一往情深的妻子，背叛曾经美满的家庭，发现素芬在场，而自己在这里做着丑陋的勾当，纵然他如何机敏，此刻也不由得僵住了。

批：王丽珍观察细致，敏感而妒恨。

批：突如其来的打击使素芬昏厥了过去。

一江春水，乱世畸情

《一江春水向东流》分《八年离乱》和《天亮前后》上下集，通过素芬和张忠良的家庭浮沉离合的故事，反映了抗战前后国民党统治区的社会面貌和各个阶级、阶层的不同的生活和遭遇，真实地再现了国统区和沦陷区广大人民的痛苦生活和悲惨命运，深刻揭露了日本帝国主义者侵略中国的罪行和法西斯残暴行为以及国民党反动派的腐朽本质，热情而又含蓄地歌颂了共产党领导下的解放区的光明和幸福。

抗战是胜利了，回到了上海的张忠良，却没有回自己的家。他以接收大员的身份将敌伪产业据为己有，他在王丽珍和何文艳这两个女人之间周旋。在一次温家客厅的酒宴上，吃饱喝足的张忠良不禁感慨，还是上海繁华，令人纸醉金迷。

王丽珍和何文艳这两个女人表面满脸高兴，却又各怀鬼胎，话语中、桌子下的暧昧动作作见出了高下，何文艳只是这场乱世畸情的配角。王丽珍和张忠良是姘居，在舞会上崔经理和庞浩公推波助澜，公开介绍他们是两口子，王丽珍心情愉快，巴不得这样。张忠良的原配夫人素芬这时正在温家帮佣，素芬在给客人送水果饮料，意外地听到介绍张忠良，先自怀疑，当张忠良走向舞池，素芬发现他正是自己日夜思念的丈夫。他已经完全不是她心目中的抗战英雄了，他成为反动阶级中的一员，成了两个坏女人的姘夫！张忠良也认出了素芬,愣在那里;王丽珍看出了原因,仇恨地瞪了素芬一眼;素芬回过神来,当场气晕过去。

对于王丽珍和何文艳这样的女人,在乱世之中,所谓的爱情,不过是可以用来依靠的权势、地位和利益。张忠良经不住酒色、权势的诱惑,和交际花胡混,和汉奸老婆姘居,把家小抛置脑后,堕落成为反动官僚资本家的一名走卒,这是人性之中贪图享乐的劣根。

问世间情为何物?一江春水,乱世畸情。(聂琪、京涛)

社会中坚 (节选)

祖籍墨西哥的矿工拉蒙,因为担任了罢工纠察队队长,被一群如狼似虎的美国警察殴打,然后抓上警车。

特务金勃罗,诬陷拉蒙打了一个工贼。

拉蒙:"瞎说,我没有——"

警察万斯那只戴着手套的手举起来,抽了拉蒙一个嘴巴。

万斯:(低声地)"现在你该明白,那不是跟白人谈话的态度了吧。"

警车向前开去。

这时拉蒙的妻子爱丝波朗莎即将分娩,人们把她抬进附近的一个棚子里。

警车内,数经折磨的拉蒙的身子弯得很低,脑袋都垂到了两腿中间。万斯把他拉起来。

万斯:"抬起头来,墨西哥佬,这是什么坐相?"

拉蒙:(用西班牙语咕噜着)"我会比你们活得都长,你们这些混蛋。"

万斯:(低声地)"怎么回事?这个墨西哥佬说些什么?"他对着拉蒙的腹部又打了一拳,拉蒙发出一声窒息般的喊叫。

特写:爱丝波朗莎躺在木棚里的床上,痛得歪扭着脸,气喘连连——

爱丝波朗莎:"上帝饶恕我……我有过不要这个孩子的念头。"

摄影机回到拉蒙,警车上,金勃罗把拉蒙的头抓起来,万斯又抽打了拉蒙一个嘴巴。拉蒙气喘连连——

拉蒙:(用西班牙语)"圣母啊……可怜,可怜……"

特写:爱丝波朗莎。

爱丝波朗莎:(西班牙语)"可怜这个孩子吧……让他活吧……"

特写:拉蒙痛苦地咬着嘴唇。

拉蒙:(西班牙语)"哦……我的上帝……爱丝波朗莎……爱丝波朗莎……"

特写:爱丝波朗莎。

爱丝波朗莎:"拉蒙……拉蒙在哪儿呢?"

[美国]迈克尔·威尔逊/文,佚名/译

品 读

　　迈克尔·威尔逊(Michael Wilson,1914年7月1日~1978年4月9日),美国编剧。《社会中坚》拍摄于1954年,是由美国包括迈克尔·威尔逊在内的一些受政治迫害的人士独立完成的,能够拍摄成,完全是由于美国工会的支持。此影片在1965年前都被美国剧院拒之门外。

　　《社会中坚》基本剧情是这样的:20世纪40年代美国新墨西哥州的一个城镇矿区,德拉瓦锌矿公司矿工拉蒙·金泰罗已在井下度过了18年。公司制订的新规章不合理,工人得冒着更大的生命危险下井工作。又一次伤亡事故发生了,工人们提出的合理要求被公司拒绝后,在拉蒙的带领下,工人们开始了罢工。为支持罢工,拉蒙的老婆爱丝波朗莎将妇女组织起来,成为罢工工人有力的后援队。拉蒙被老板买通的警方抓走,一个月后又被放出来。而后老板又买通法院,污蔑工人犯了塔夫脱-哈特莱法,由爱丝波朗莎领导的妇女们挺身而出,接替了罢工工人纠察队的工作,因为塔夫脱-哈特莱法不适用于她们。爱丝波朗莎等一干妇女被关了几天后又放了出来。无计可施的老板软硬兼施:一面动员罢工工人去打猎,一面派警察对付留在家里的妇女。多亏拉蒙带领矿工及时赶回,使狼狈的警察无功而返。最后,罢工取得胜利,无奈的老板答应了工人的要求。

　　节选部分是拉蒙遭到警察被捕时的片段。这里运用了双关的表现艺术。双关手法对表达影片的思想内容有更含蓄、更深刻、更耐人寻味的艺术魅力。拉蒙被警察毒打的痛苦和爱丝波朗莎分娩时的疼痛情状交替表现,不仅人物对话是双关语,更主要的是画面的双关含意。警察每次打在拉蒙肚子上,却仿佛打在即将分娩的爱丝波朗莎的肚子上,使她疼痛难忍;而爱丝波朗莎因分娩而疼痛地咬着嘴唇,又好像为丈夫挨打而痛苦地咬着嘴唇;他们的相互呼唤,一语双关,既是说自己,又是说对方,几乎分不清他们是在为自己而痛苦,还是为对方的痛苦而痛苦。这种巧妙运用的双关手法,使夫妻二人的遭遇、命运紧紧联结在一起,浑然一体,有力地控诉了资本主义世界对劳动人民的残暴迫害。

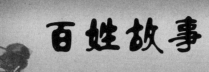

百姓故事

夕照街（节选）

◇［中国］苏叔阳

读点

生动细致地刻画了城市变迁中普通居民的形象。

强烈对比中展现了人物对美好生活的向往。

剧情介绍：

　　北京城里有一条被称为夕照街的胡同，胡同里住着几户普通的人家：老教师王璞，对生活质量要求不高，一心扑在事业上，等待着分到新房，买一张像样的写字台，后来在小课桌前病死；退休老工人郑万全和孙爷爷，重操旧艺，好让北京人吃上失传多年的京味老豆腐，办起了"京乡服务联社"，既方便了群众生活，又解决了一些青年的就业问题；待业青年石头，盼望能有个工作，挣了钱给守寡的母亲买件新褂子，但他主动放弃当工人的机会，担任了"京乡服务联社"的经理，使联社的服务项目不断扩大；发明了新式爆破法的推土机手吴海波和女医生周燕燕，都有着对事业的执着追求，最后结为美满夫妻；一心向往海外生活的绰号"万人嫌"李鹏飞，其结果女儿小娜嫁给"港客"，上了大当，追悔莫及；单纯幼稚的小娜姑娘，在邻居们的帮助教育下，也从歧路上返回到温暖的大家庭之中；等等。

　　夕照街即将拆迁盖高楼，世代居住在此的居民们难舍难分。他们留恋昔日的大家庭生活，然而更向往美好的未来。

　　选文节选的是《夕照街》的结尾部分。

　　<u>朝阳升起来，迷蒙的晨雾萦绕在初秋的市街上。</u>

　　十几辆推土机突突突地响着，一字儿排开，排在这夕照大街的街口。

　　<u>夕照大街所有的居民都来了，默默地站在推土机后，来参加这故土旧居的"葬礼"。</u>李鹏飞躲得远

批：朝阳，迷雾，不协调的环境描写，映衬出人物的复杂心情。

批：人们面对拆迁既沉痛又庄重。

批：描写不同的人面对旧居将被推

远的,蹲在地上斜眼觑着这场面。

吴海波坐在推土机驾驶棚里,严肃之至。

郑万全仿佛一尊雕像呆立在人群中。石头提着一架录音机站在他身边。

镜头扫过老住户们的脸。

寂静。只听见推土机的突突声。

推土机终于开动了,腾起巨大的烟尘。

(高速拍摄,不要声响,一切在极度安静中进行)

推土机向前冲去,一座座门楼、房屋纷纷倒下,腾起烟柱。(房倒屋塌用高速拍摄)

(画外音)余夫:"噢,永别了,我们的街道,我们的故居。我们生在这儿,长在这儿。欢乐、幸福、悲伤和苦恼,都曾经在这儿居留。你将永远留在我们心里……"

郑万全依旧雕像般地伫立着,头也不回,轻声说:"小石头,奏乐。"

石头庄严地按动录音机开关,传出悲怆的哀乐声。这悲伤的旋律配合着房倒屋塌的画面。

吴海波在驾驶棚里紧咬下唇,满眼是泪。

郑万全抬起一只手,庄严地:"换个曲子吧,这可不对劲儿!"

石头换上一盘录音带,录音机里传出铿锵有力、充满朝气的进行曲。

这时候,推土机的声音一齐响起来,在进行曲昂扬的旋律中,推土机冲上去,朝那些旧屋碾去……

进行曲响着。

在一个崭新的单元楼房里,刘雯指挥着,王雷和王雯抬过一张新写字台放在墙边。刘雯把王璞的遗像端端正正挂在写字台上方的墙壁上,一家人含泪望着王璞微笑的遗像。

镜头照到阳台上。

批:倒的神态动作,表现了各自不同的心情。

批:动烘托着静,静映衬着动。

批:门楼、房屋倒下意味着旧的生活彻底结束。

批:无论悲喜,这都将驻足在人们的心里,因为这是人们的生命和生活的不可分割的一部分。

批:雕像般一动不动,充满悲怆感。

批:悲伤的旋律越发使人难过,毕竟这里是人们生活过的地方。

批:虽然是推倒旧居的操作者,但内心里也是依依不舍。

批:告别旧生活其实也意味着新生活的开始,进行曲似乎更适合此时的氛围。

批:人们搬进新居,这是新的生活的开始。

阳台外面,阳光璀璨,远处是层层叠叠的脚手架,塔式起重机的手臂平缓地移动着。

从另一间阳台望进去。

楼房里,石头正把桌布铺到桌上,小娜推门跑进来,她含泪望着石头,石头默默不语。小娜扑到石头怀里,石头深深吸一口气,闭上眼睛,手哆嗦着摸着小娜光泽的黑发。

石头妈推门进来,看见他俩,幸福地笑了。

一对红喜字贴在玻璃上,周燕燕把鲜花插到花瓶里,吴海波在擦窗。他推开窗子,笑着指指楼下的什么地方。

楼下。

空地上一间新的塑料大棚,挂着"京乡服务联社"的牌子。

孙爷爷正在棚里给顾客们盛老豆腐。

郑万全系着围裙,从一堆书画中抬起身子走到门外。

门外,阳光灿烂。

远远地,石头拉着小娜的手朝这边跑来。

镜头越升越高,石头和小娜仿佛两个小小的玩具人,向塑料棚跑着……

(画外音)余夫:"这就是我们街道的故事。谁知道呢,也许这平常的故事,到处都有。"

抒情的音乐。

余夫在这楼群中彳亍。

(画外音)余夫:"旧的总得消逝,新的总得成长。噢,我们的北京啊,但愿你变得更好,所有的好东西都保存下来,永远地和你在一起……"

街灯亮了,仿佛是彩灯的河流。这河流同天上的星河融汇在一起,那么光彩,那么绚丽。

推出字幕:再见

批:充满朝气的环境描写,人们正在建设美好的新生活。

批:迟到的却又来得正是时候的幸福。小娜虽然曾走过歧途,毕竟改过了,也迎来了幸福的生活。

批:幸福的新生活,到处都洋溢着喜庆的气氛。

批:新的棚子展示着新的居住地的新的生活气息。

批:环境描写,象征生活充满阳光。

批:镜头由远及近,由近及远,不断变化,视野变得更加广阔。

批:既是观赏,又是祝福。

批:旧的消逝,新的成长,这就是生活的规律,而生活变得更好则是我们共同的追求。

批:绚丽的街景正是人们幸福生活的写照。

美好的变迁

　　剧本描述了北京城一条普通胡同居民的日常生活,反映了新时期城市居民生活的变迁。剧本通过对居住在夕照街旁的居民日常生活的描写,反映了不同的人对事业、爱情和日常生活的不同态度。本片描写的是一群普通北京人平凡的生活,没有尖锐复杂的矛盾冲突,没有贯穿始终的情节线索,也没有一两位贯穿全剧的主角。但影片透过生活在夕照街上的人们的喜怒哀乐,吹来强劲的改革之风,推动着夕照街的变迁。劳动与享乐、清新与陈腐、追求与返古、创造与破坏,这种种糅合在一起的人和事、理和情,汇成了夕照街上生活的格调,编织成这首新的街市交响乐的旋律。

　　选文写的是一次拆迁。面对旧居的拆迁,他们心情沉重而充满留恋;而面对新居,他们又是如此的热情和充满希望。

　　剧本中每个人物形象都栩栩如生。面对拆迁,李鹏飞躲得远远的,好像不想看见曾经熟悉的旧居轰然倒塌,但又斜眼觑着,内心始终牵挂着旧居;吴海波表情严肃,他将亲自操作推土机推倒旧居,他从刚开始的严肃到后来满眼泪水,充分表现了内心的不舍;郑万全的形象更加饱满生动,他呆立人群身如雕像,但又指挥石头播放乐曲,他的一举一动,让人体味到面对拆迁他又忧又喜的复杂心情。而随着镜头的转换,面对新居,读者又会强烈感受到人物对幸福生活的热烈向往,刘雯、王璞、石头、小娜、石头妈、郑万全等人物又一次生动地站在人们面前,用各自不同的动作、神态热烈诠释着新的生活,新的环境下演绎着新的开始。

　　文中的环境描写很多,配合人物动作神态描写很好烘托出了人物的心情,表达了剧本的主题:社会在发展,城市在变迁,在发展中人们追求着更高更好的幸福生活!(梁小兰、京涛)

 **早该说的一些话**

　　我对先父的感情并不特别深厚,甚至于可以说,相当淡漠。我们同住在一个城市四十余年,却极少往来。亲情的交流和天伦的欢愉似乎都属于别的父子,我们则是两杯从不同的水管里流出的自来水。

　　我很少揣测他对我们兄弟的情感,我单知道我自己多少年来对他抱有歧见。我的作品里很少有我自己的经历,更少写到父爱,因为在我自己做父亲之前,我几乎不知道父爱。然而,我常常动情地呼吸普遍的爱心,这也许正是对我所不曾得到的东西的渴求。

我父母的婚姻是典型的"父母之命,媒妁之言"。正准备入护士学校的母亲,辍了学嫁给正在读大学的父亲。他们之间,似乎不能说毫无感情,因为母亲偶尔回忆起当年,说她婚后的日子是快乐而满足的。接着,我们兄弟来到了这个世界。我排行三,在我前面有两位哥哥,各比我年长两岁和4岁。我的降生或者是父母间感情恶化的象征。从我记事时起,就极少见到父亲。他同另一位女士结了婚。他的这次结婚究竟如何,我不得而知,记述他的这段往事是我异母妹妹们的任务。我只记得我很小的时候母亲带着我风尘仆仆地追索父亲的足迹,在他的新家门口,鹄立寒风中被羞辱的情景。我6岁的时候,父亲回过一次家,从此杳如黄鹤。只留下一个比我小6岁的妹妹,算是父母感情生活的一个实在的句号。

　　我的母亲是刚强、能干的女性。我如今的一切都是她无私的赠予。一个失落了爱情和断绝了财源的女人,靠她的十指和汗水,养大了我们兄妹,那恩德与功劳是我永远也无法报偿的。我仅守着对她的挚爱这份宝贵的财富,打算在难以述说别人的故事的时候,再来细细地讲述她的奉献。她从三十岁左右守活寡,直到今日,每一根白发都是她辛苦和奋斗的记录。

　　在我读大学以前,我几乎不知道父亲的踪迹,一个时时寄托着怨恨和憎恶的影子常在我眼前飘盈,当我知道他就在同一个城市的一所高等学校教书时,我不愿也不敢去见他。

　　然而,我得感激他。因为靠母亲的力量是无法让我读大学的。记得好像是经过我的母校(中国人民大学)与他所在学校组织上的协助,达成了由父亲供给我与上师范学校的二哥生活费用的协议。不管怎么说,他供养我大学毕业。

　　从那时起,我开始逐步了解他。而我为他做的第一件事,就是说服我母亲,做她的代理人,同意在法律上结束这早已名存实亡的婚姻。因为一夫两妻的尴尬处境,像一条绳子捆住父亲的手足,使双方家庭都极不愉快,而且影响他政治上的前途。记得受理这案件的法院极其有趣而充满温情,审判员竟然同意我的要求,由我代为起草判决书主文的初稿,以便在判决离婚时,谴责父亲道德上的不当,使母亲的心理上获得平衡。那一张薄纸可以使母亲几十年的悲苦得到宣泄。

　　这张离婚判决书似乎也使我们本来似有若无的父子关系更趋向于消亡。从1960年至80年代,悠悠几十载,我们便这样寡淡到连朋友也不如地度过了,度过了。

　　也许,毕竟血浓于水,亲情谁也不能割断。我们父子间真个是"不思量,自难忘"。每当我有新作问世,哪怕只是一篇短短的千字文,他都格外欣喜,剪下来,藏起来,逢年过节约我们见面时,喜形于色地述说他对我的作品的见解。我呢,从不讳言我有这样一位父亲,每逢到石油部门去采访,都坦率地承认我是石油战线职工的家属,并且"为亲者讳",从不提起我们之间的龃龉,仿佛我们从来恩爱无比,是一对令人羡慕的父子。

　　父亲生前是北京石油学院的教授,曾经是中国第一支地球物理勘探队的创建人和领导者,也曾经为石油学院地球物理勘探系的创建付出了心血。他退休后依旧孜孜于事业的探求和新人的培养,据他的同事和学生说,他是一个诲人不倦、亲切和蔼和事业心极强的好教师。他死后,《光明日报》发表了一篇不短的文章,纪念和表彰他一生的业绩。

他的一生是坎坷的。在旧中国,他所用非学,奔波于许多地方,干一些与他的所长全不相干的事,以糊口。只有新中国成立后,他才获得了活力,主动地要求到大西北去做石油勘探工作,为祖国的石油工业竭尽自己的力量。他的一生或许是中国知识分子的一个缩影。他毕竟死于自己心爱的岗位上,这应当是他最大的安慰。

　　人生是个充满矛盾的路程。在爱情与婚姻上,他有过于人,给两位不应得到不幸的女人以不幸,但他自己也未必从这不幸中得到幸福。他的家庭生活始终徘徊在巨大的阴影中。这阴影是他造成的,却也有他主宰不了的力量使他蹀躞于痛苦而不能自拔。他在生活上是懦弱的。他的多蹰躇而少决断,使他终生在怪圈中爬行,唯有工作、科学,使他的心冲破了自造的樊篱,他的才智也才放出了光彩。

　　当他的第二位妻子,我从未见过面的另一位"母亲"悄然而逝的时候,不知道什么原因,我对他的一切憎恶、歧见,一下子消失净尽。对于一个失去了伴侣、老境凄凉的他,油然生出了揪心扯肺般的同情和牵挂。我第一次主动给他写信,要他节哀,要他注意身体,要他放宽心胸,我会侍奉他的天年,还希望他搬来同我一起住。为什么会如此,我至今也说不清。而且,我从此同两位异母妹妹建立了联系,虽然关系不比同母兄妹更密切,但我在感情上已经认定,除了我同母的妹妹之外,我还有两位妹妹。从那时起,我们父子间感情的坚冰融化了。我把过去的一切交给了遗忘,而他,也尽力给我们以关怀,似乎要追回和补偿他应给而没有给我们的感情。

　　我大约同他一样在感情上是脆弱的。当我第一次接到他的电话,他嘱咐我不要太累的时候,我竟然掉下了热泪。这是我生平第一次为父亲流泪,我终于有了一位实实在在的、看得见摸得着、可以像别人的父亲那样来往的父亲。在我年届半百的时候,上天给了我一个父亲,或者说生活把早已失去的父亲还给了我。我从我的已长大成人的儿子们的眼光中看到了惊诧,他们同我一样感到突然,他们的爷爷从模糊的传说的迷雾中走出来清晰地站到了面前。他们甚至有些羞涩和不知所措。不知道该怎样面对一个真实的祖父。对我来说,父亲曾经是个迢遥而朦胧的记忆,除了憎恶便是我不幸的童年的象征,是我母亲那点点热泪的源泉,是她大半生悲苦的制造者。她那如花的青春和一生的愿望都被父亲断送。而今,另一副心肠的父亲,孤单地站在我面前,他希求谅解,他渴望补偿,却再难补偿。我,作为母亲的儿子,一下子"忘了本",扔掉了所有的怨恨,孩子一样地投到了老爸的怀抱。这或许是我太渴望父爱,太希求父爱的缘故吧。

　　此后,他不断给我电话和书信,给我送药,约我们见面,纵论家国大事,也关心我的儿子,表现出一个父亲应有的爱心。

　　我衷心地感激上苍,在我施父爱于儿子的时候,终于尝到了父爱的金苹果。虽然太迟、太少,总算填补了一生的空白。

　　上苍又是严酷的。这经过半个世纪才捡回来的父爱,又被无情地夺走了。

　　去年五月,半夜里被电话惊醒,知道父亲突然病危住院,病因不明。我急急地跑到医院,发现他已经处在濒死状态,常常陷入昏迷。他突然莫名其妙地全身失血,缺血性黄疸遍布全身。但他不相信自己会这么快走向坟墓，依旧顽强地遵从医嘱：喝水，量尿，直到他预感自己再也无法抵抗死神时，才开始断断续续述说自己的一生。在我同他不多的交往中，我第一次发现他有如此的勇气和冷静。面对死神，他没有丁点儿的恐惧，他平静地对我和我的异母妹妹述说自己的一生。他说他的父母，他的故乡；说他怎样在穷苦中努力读书，一心要上学；说他的坎坷，说他的愿望；他喟然感叹："我这一生真不容易……"他还要求为他拿来录音机，不知是要把自己最后的话留给我们，还是再听一遍他关于1990年自己该做些什么工作的设想（他死后我翻检他的笔记本，见扉页上赫然写着：1990年要在科研上作出新的成绩，写出几篇文章）。听着他断续的话，我再也忍不住，跑到走廊里，让热泪滚滚流下。

他去世的那天凌晨，我跑到他的病房，妹妹一下子抱住我大哭。我伏在他还温热的胸脯上一声声叫着"爸爸"，想把他唤回，他的灵魂应当知道，那一刻，我喊出了过去几十年也没喊过那么多的"爸爸"；我失声痛哭，我不知是哭他还是哭那刚刚得到又遽然而逝的父爱……

他走了。从他告别人生的谈话中，发现他虽有遗憾，但没有惆怅地离开了这个世界，却留给我和我的兄妹们无法述说的隐痛。从小和他生活在一起的两位妹妹，因为失去了他而陷入孤寂；我们则把刚刚得到的又还给了空冥，我们兄妹都突然被抛向了失落。而这失落是我生平第一次体味到的。

他的丧仪可谓隆重，所有的人都称赞他的品格和学识。只有我们才知道他怎样从一个孩子们心目中的坏父亲成为一个为他心痛流泪的好父亲。这是几十年岁月的磨难才换来的。

他把糖尿病遗留给我，让我总也忘不掉他。然而我不恨他，反而爱上了他，并且从他身上看见了良知的光辉。当一个人抛弃了他的过失并且竭力追回正直的时候，就能无愧地勇敢地面对死亡。何况，他生前还那么努力地工作，正如《光明日报》的文章所说的那样，是一支"不灭的红烛"。

我早就应当写这篇文章，然而我不知道怎样分清对他和对母亲的感情。忘记他的过去，似乎有悖于母亲的恩德，然而只记得他的过去，似乎又对不住他后来的爱心。噢，妈妈，我是最最爱您的，相信您会懂得儿子的心，这也正是您教诲我的，应当始终记住别人的好处。况乎，他是我的父亲。

我曾经不爱而今十分爱恋的父亲，您的灵魂或许还在云头徘徊。您可以放心，我会爱一个过而能改、勤勤恳恳为民族为祖国工作的知识分子，爱一个用余生补偿父爱的父亲。愿您安息！

[中国]苏叔阳/文

苏叔阳（1938～　），又名余平夫，笔名舒扬。当代著名剧作家、小说家。代表作有电影剧本《夕照街》《春雨潇潇》等，话剧《左邻右舍》等，长篇小说《故土》等，散文《理想的风筝》。

《早该说的一些话》是苏叔阳饱含真挚的感情所写的一篇怀念父亲的散文，

作者真实地讲述了他与父亲的情感纠葛。正如作者在文章开头所说的那样："我对先父的感情并不特别深厚，甚至于可以说，相当淡漠。"直至后来作者通过对父亲的重新认识，终于明白"只有我们才知道他怎样从一个孩子们心目中的坏父亲成为一个为他心痛流泪的好父亲。这是几十年岁月的磨难才换来的"。

文章从对父亲的最初印象写起，再写及母亲，从母亲再过渡到父亲。感情也在逐渐转变，由最初的漠然甚而敌视，到后来的"血浓于水"，直至父亲离世时的"热泪滚滚流下"，感情的脉络清晰自然，层次分明。

写父爱，作者欲扬先抑，先从母亲的一生写起，让人了解母亲因父亲的作为而遭受了一生的不幸。母亲的每一根白发，都是"她辛苦和奋斗的记录"。在对父亲有了最初的印象后，作者转笔写因自己上学，提及父亲对"我"学业上的资助。父亲的形象由初始的冷漠到有了与亲情第一次接触后的蜕变。而后，层层写来，父亲的形象逐渐清晰而丰富起来，"我"对父亲的看法与认识也得到了转变和升华。

全篇贯穿始终的是情感的脉络。没有高深的理论，没有华丽的铺垫，有的只是儿子对于父亲的情感的点滴记录，感人至深。

这样的散文读来让人流泪，但同时也给人以启迪。

朱门巧妇（节选）

◇ [美国]理查德·布鲁克斯

读点

两代人两种思想的碰撞诠释了爱的真谛。
故事情节顺理成章，符合逻辑。

剧情介绍：

　　布雷克在大学时是一名出色的运动员，现在却时常怀念昔日光辉的日子。某一晚，他在黑暗中尝试跳栏而弄伤腿，被迫要用拐杖。翌日，他与妻子玛姬为了庆祝布雷克父亲的 65 岁生日，回到他在密西西比州的老家。布雷克父亲刚做完健康检查，健康很糟却不自知，而他的下一辈，包括长子库勃与其妻梅，却觊觎他的财产——两亿七千英亩的土地。

　　在等待父亲生辰期间，布雷克只顾喝酒，而不理会妻子。原来玛姬因嫉妒丈夫与他好友史基勃的友谊，而去诱惑史基勃。当布雷克从史基勃口中得知妻子背叛他后，他产生了反感，不再接史基勃的电话，导致史基勃自杀。

　　布雷克因好友之死而自责，长年酗酒。布雷克对妻子玛姬逐渐冷漠起来，玛姬像只待在热铁皮屋顶上的猫一样，对丈夫很是不满，两人常常吵架。

　　父亲对每天喝到醉醺醺的儿子看不过眼，尝试跟他作长谈，布雷克一再拒绝，父亲将话题转到史基勃身上，此时外边下起大雨。布雷克宣称玛姬与史基勃偷偷上床，父亲找她来对质。玛姬本人则极力否认，说当时只是想用上床来破坏布雷克与史基勃的友谊，但两人最后什么也没发生。

　　转眼间，父亲知道自己得了绝症，很失意地躲到储藏室。布雷克去储藏室找父亲聊天，聊了很多对过去的怀念，两人在对谈中解开许多心结。布雷克开始不想继承产业，因为他觉得世上一切都很虚伪，经过父亲的开导，他开始了解生活的意义。

　　两人走出储藏室时，外面雨过天晴，弥漫着清新的空气。父亲和布雷克走入房间内，父亲告诉梅和库勃，布雷克是未来继承人。

　　选文的背景：布雷克是他父亲最疼爱的儿子，可悲的是父亲不懂得怎么去爱人，他所懂的只是给妻子、儿子买珠宝、古董、土地，但物质代替不了感情的。儿子痛心疾首的责备也许能使他清醒过来,可惜为时已晚,他已是垂危之躯了。

父亲:你的样子很悲伤,是为我还是为你?

布雷克:为你,爸爸。

父亲:很好。那么你会想念我的,孩子。

布雷克:你为什么让妈妈买这所有的一切?

父亲:人是终归要死的动物。所以一旦有钱,就买呀,买呀,买呀。他买来所有的东西,因为他希望有一天他能买回生命,而这是不可能的。我突然注意到你不再叫我老爸了。如果你需要老爸,为什么不找我?为什么去寻求史基勃的帮助而不找我?我是你父亲,我是你老爸。为什么不找我?我爱你。

布雷克:你不知道爱是什么。对你来说,它只不过是字母,四个字母(注:"爱"的英文为 love)而已。

父亲:噢,你继承了你母亲的健忘。有什么你要的东西我没给你买来?

布雷克:你买不到爱!你给你自己买了 10 万元的古董。看看它们,它们爱你。

父亲:谁说这些东西是为我自己买的?它们将来都是你的。

布雷克:我不要。浪费。(变了声)浪费。废物!废物!废物!

父亲:别伤心。不要哭了,孩子。很奇怪我从没见你哭过。告诉我怎么啦?

布雷克:你明不明白我从来不想要你的房子,也不想要你的钱或者其他的东西。我要的只是一个亲密无间的父亲。我要你爱我。

父亲:我没有吗?

布雷克:没有。你不爱我,不爱库勃,甚至不爱妈妈。

父亲:谎话。我爱你们。我给你们一切……

布雷克:东西!东西。爸爸,你给我们东西,给

批:父亲是爱儿子的,但不明就里,故有这样一问。

批:不满意父亲只提供物质享受!

批:因为生命买不回来,所以使用物质来满足精神上的安慰。

批:"老爸"多的是发自内心的敬仰,"爸爸"虽亲切但少了敬仰。

批:对儿子找别人帮助而不找自己的行为感到无法理解。

批:"四个字母",强调父亲不懂得爱的内涵。

批:父亲依然把注意力放在物质上。

批:物质怎么能代替爱?糊涂的父亲!

批:反复手法,抱怨父亲不懂得爱,情绪激动。

批:依然不懂得怎么真正地去爱家人。

批:说出内心的渴望,表现出爱不是金钱物质能够代替的。

批:所谓的"一切"不过是冰冷而没有感情的东西而已。

我们房子,给我们价值连城的花瓶,给我们珠宝。你给我们东西,爸爸,而不给我们爱。

批:强调"爱"的重要与特别。

父亲:我给,我给的是一个帝国啊,孩子。

批:父亲在为孩子创造基业。

布雷克:喔,是的。你在建立你的事业帝国。可你不知道替你工作的人的名字,你不知道他们是否有了孩子。你从不看看他们的脸是什么样子。

批:只关心自己的事业如何,但并不体察下属、关心下属,甚至连他们是谁也不知道。

父亲:什么! 什么脸不脸的! 你不能靠记住他们的脸而建立一个帝国。

布雷克:是啊。建立帝国的人死时,他的帝国也完了。

批:暗示失去了民心,再大的事业都会灭亡。

父亲:不,我不会。这就是我要你和库勃的原因。

布雷克:看看库勃。这就是你所希望的吗? 再看看我。我不知道信奉什么。一个人没有信仰,活着又有什么用? 生活必须要有目的,有意义。看看我,看在上帝的分上,趁现在还不太迟,看看我,看看真实的我。看看我,我是一个失败者,我是一个酒鬼,我是你在市场上买得到的任何一件物品。我一文不值。

批:因为只有物质享受,而缺少爱,于是人生便失去了信仰,生活便失去了意义,但这并不是布雷克所想要的。缺少这些,人就和没有生命的物品一样,突出内心的悲哀。

父亲:你和库勃都在责备我吗?

布雷克:不,爸爸。没人这样……只是……我们相识多年,可如同陌路。你拥有两亿七千英亩土地,你拥有二十万元钱,你有妻子,有俩孩子,可是你不爱我们。

批:虽为兄弟,但生活追求并不一样。

父亲:我以我的方式爱你们。

批:父亲固执地坚持自己的观点,再次体现两代人思想上的鸿沟。

布雷克:不,大人。你不需要我们。

(佚名/译)

人性的暴露与批判

理查德·布鲁克斯（Richard Brooks，1912年5月18日~1992年3月11日），美国电影导演、编剧。其最出色的作品是《学校风云》（1955）和《朱门巧妇》（1958，一译《热铁皮屋顶上的猫》）。

《朱门巧妇》改编自田纳西·威廉斯的同名戏剧，去除了原作中男主人公的同性恋情节。

在这部影片中，作者细致地从描摹人物之间对话中充分展示出电影的张力，揭示人物在面对越来越高度发达的工业化社会时，在追逐利益的过程中暴露出的人性的缺陷以及信仰丧失后的自我堕落、逃避现实的消极人生观念。

电影必须有冲突情节才能向前发展，而冲突又要通过对话来呈现。节选部分主要表现了布雷克与父亲在"爱"的内涵上产生的分歧，父亲认为他以自己的方式爱妻子和儿子，为此，建立庞大的事业帝国，拥有了无限的财富，妻子和两个儿子有享不尽的荣华富贵，想买什么就买什么，所以父亲认为他是爱妻子和两个儿子的。而布雷克认为父亲根本就不爱他们，爱的是金钱，是财富，从父亲那里他们得不到人世间最宝贵的亲情。

影片一个重要的主题就是对金钱至上的批判。人一旦拥有了财富，是否会变得飞扬跋扈，为富不仁，可以随意地践踏别人的情感与尊严，而丝毫不在乎他人的感受？剧中的父亲就是这样一个人物，他傲慢无礼、刚愎自用，可以对任何人指手画脚、颐指气使。原因很简单，他掌握着家里的经济命脉。换言之，他的钱可以使他有权力凌驾于他人之上，不受常理的限制，不受规范的管制。如果有人胆敢指责他的无理行径，他就拿继承权作为要挟使其就范。这里强调了一种理论，人生的目标就是无限地攫取金钱、土地和权力。在物质财富面前，任何东西都可以忽略不计，哪怕是美好的爱情和亲情。剧作给我们展示了一个物欲横流、道德沦丧的世界。而布雷克恰恰是个叛逆者。

剧作是一面镜子，映像出当时美国社会中人性的浮躁。（京涛、殷传聚、刘宇）

人生的角色

一个人的一生中扮演着好几个角色。他的表演可以分为七个时期。最初是婴孩，在乳母的怀中啼哭呕吐。然后是背着书包、满脸红光的学童，像蜗牛一样慢腾腾地拖着脚步，不情愿地呜咽着上学堂。然后是恋人，像炉灶一样叹着气，写了一首悲哀的诗歌咏着他恋人的娥眉。然后是一个军人，满口发着古怪的誓，胡须长得像豹子一样，爱惜着名誉，动不动就要打架，在炮口上寻求着泡沫幻影一样的名誉。然后是法官,胖胖圆圆的肚子塞满了阉鸡,凛然的眼光,整洁的胡须,满嘴都是格言和老生常谈,他这样扮演着他的角色。第六个时期变成了精瘦的趿着拖鞋的龙钟老叟,鼻子上架着眼镜,腰边悬着钱袋,他那年轻时候节省下来的长袜子套在他皱瘪的小腿上,显得宽大异常,他那琅琅的男子口音又变成了孩子似的尖声,像是吹着风笛和哨子。终结这段古怪的多事的历史的最后一场,是孩提时代的再现,全然的遗忘,没有牙齿,没有眼睛,没有口味,没有一切。

[英国]莎士比亚/文,佚名/译

品 读

　　威廉·莎士比亚(William Shakespeare,1564 年 4 月 23 日～1616 年 4 月 23
日),英国文学史上最杰出的戏剧家,也是西方文艺史上最杰出的作家之一,全
世界最卓越的文学家之一。
　　代表作有四大悲剧《哈姆雷特》《奥赛罗》《李尔王》《麦克白》,四大喜剧《仲
夏夜之梦》《威尼斯商人》《第十二夜》《皆大欢喜》,历史剧《亨利四世》《亨利五
世》《理查三世》,等等。
　　本·琼森称他为"时代的灵魂",马克思称他和古希腊的埃斯库罗斯为"人
类最伟大的戏剧天才"。

祝福（节选）

◇[中国]夏衍

读点

强迫拜堂,揭露旧社会买卖婚姻的丑态。
细节传神,抒发同是天涯沦落人的感伤。

剧情介绍:

勤俭、善良的祥林嫂在丈夫死后不到半年,被婆婆与卫老二串通好以80吊的价钱卖给了另一个山村的贺家。祥林嫂连夜出逃,逃到鲁镇后,在阮大嫂的帮助下来到鲁四老爷家帮工。她感到绝路逢生,在鲁家做了些日子后,面色也红润了。

第二年春天,卫老二在鲁镇发现了祥林嫂的行踪。过了一段时间,祥林嫂在河边淘米洗菜时,婆婆和卫老二带着山里大汉来把她劫到船上。婆婆和卫老二拉着阮大嫂到鲁四老爷家,谎称农活忙,要把祥林嫂接回去。

在贺家,卫老二等用对付猛兽的姿态,连拖带推地强迫祥林嫂"拜天地",祥林嫂猛一挣扎,头撞桌角,鲜血直流,昏厥后被送进"新房"。

第二天,祥林嫂感到无家可归,但又为贺老六的朴实、诚挚的态度所感动,与"这个受苦人"结合了。后来,她还生了孩子,人也胖了些,神色也愉快了。

但好景不长,王师爷索债收房,贺老六与王师爷发生冲突时因顽疾发作而亡。这中间,祥林嫂为了让孩子避开大人的冲突,让阿毛到门外剥豆。阿毛贪玩走远,结果被狼衔走了。

祥林嫂走投无路,不得不再度来到鲁家帮工。在鲁四老爷看来,祥林嫂是"克夫命",用她是不吉利的,像"祭天地"一类的事是根本不能让祥林嫂沾手的。

这时,祥林嫂手脚也笨了,脑子也坏了,也自感是一个"晦气"的人。听鲁家女佣柳嫂说,因为她嫁过两个丈夫,所以死后会在阴间被两个男人用锯锯开。柳嫂又说,到土地庙捐一门槛,就可以赎罪。于是祥林嫂有了生活的最后目标,那就是赎罪,以求死后平安。

于是,祥林嫂用好不容易攒下的10吊钱去"捐门槛",免得死了再受罪。待她"捐门槛"后,鲁四老爷照样不让她沾手,她惊呆了。

祥林嫂绝望了,流落街头,靠乞讨为生。在一个大雪之夜,在鲁镇的一片祝福声中,祥林嫂倒下了,死去了。

本文节选自电影剧本《祝福》中抢亲和和解这两场戏。

十九

（淡入）山坳里,贺老六的木屋前面的"稻地"（注:浙东土语,即屋前空地）。摆着三张板桌、条凳,桌上已放碗筷……

批:先展示贺家婚礼现场,预示"热闹"的婚礼即将到来。

尽管是穷人家,贺老六家里也点缀了一下,板门上贴了一个红"囍"字。贺客近十人,在稻地上嗑瓜子。一个女客带了小孩上。

批:介绍贺老六家境贫苦,揭示社会背景。

女:"老六,恭喜恭喜!"

贺老六是一个瘦长的猎户,善良而老实的面貌,欢喜地:"多谢多谢,请这边坐吧。"

批:刻画贺老六的善良老实。

一个乡下老头子向贺老六的哥哥唱喏:"老大,恭喜恭喜,老六成家了。"

老大回礼:"多谢多谢。"

批:言辞不多,老实木讷。

小孩子们起哄:"新娘子来了,来了。"

批:热闹的场面即将到来。

女:"快来了吧,新娘子?"

老大:"快了,快了。"——去招呼别人。

另一男客和女客低语,女的笑着:"那还不是老一套,二婚头出嫁,总得哭呀闹呀……吵一阵的。"

批:人物的话表现了当地的婚嫁习俗。

一个小姑娘凑上来:"新娘子是'二婚头'?"

批:也表明人们看不起"二婚头"。

女的怕贺老六听见,一把将小姑娘推开。

远远的人声。

一个小伙子抓住贺老六:"六哥,抢亲抢亲,得新郎亲自去背啊!"

批:当地的婚嫁习俗也。

老六有点害臊。

批:表明人很老实。

一顶小轿,卫老二和三四个壮汉押着,来了。大家拥上去。

批:野蛮的抢亲!

卫老二几乎是用对付猛兽的姿态,一上去就抓住祥林嫂的两只手,连拖带推,往屋子里送。

批:野蛮山狼,也说明祥林嫂曾进行过反抗。

祥林嫂挣扎着,很明显,她已经抗拒挣扎了很

批:简要刻画出祥林嫂反抗的强

久,嗓子哭哑了,乱头发披在额上,双脚顿地。

看热闹的小孩起哄,拥到门口。

祥林嫂用破嗓子挣扎出一句话来:"强盗!强盗……青天白日,你们……"

卫老二:"不用闹了,今天大吉大利……贺老六人好,有本事,嫁了他,总比做老妈子好……"

卫老二使劲一推。

祥林嫂:"放我回去,放我回去!我不……"

祥林嫂哭喊。

卫老二:"回去?回哪儿?婆家不要你了,得了钱了……"

有一个上了年纪的乡下人——贺老六的大哥喊:"吉时到了,拜天地……"

一个小伙子拉贺老六和祥林嫂并站,卫老二押着祥林嫂站在香案前。

有人喊:"掌礼——"

一个老年人:"新郎新娘拜天地……"

祥林嫂挣扎得厉害,卫老二满头大汗,抓住她。她猛不防,一头撞在桌角上。

人们惊呼。

贺老六也大出意外。

贺老大拦开看热闹的人。

祥林嫂满面流血,昏厥过去了。

一个老太婆毫不犹豫地抓一把香灰合在伤口上。

卫老二狠狠地把坐在地上的祥林嫂一把抓起,对贺老六:"别怕,拜天地!"

年轻人又把老六拉回来,祥林嫂被人押着,傀儡般作拜天地之状。

老太婆低声絮絮地说:"到底是在读书人家帮过工,有见识……(想了想)一女不嫁二夫么……"

祥林嫂人事不知地被送入阴暗的"新房"。

烈,为撞香案埋下伏笔。

批:面对强悍的抢亲者,这只能是无力的控诉。

批:前面"连拖带推",这里相劝,软硬兼施。

批:继续"押着",是要她完成婚礼仪式,婚礼一完成他就算完成"使命"了。

批:以死抗争!

批:侧面写祥林嫂反抗之烈。

批:冷酷无情!

批:荒唐的闹剧。

批:一语道破天机——夫权!

批:根本不顾祥林嫂的死活。

百姓故事 199

老六又急又窘，一切只凭卫老二摆布了，自己插不上手，只能对客人们说："各位到稻地上吃酒吧，让她息息！"

批：为人老实，不善言辞。

人们一哄而出。一个小姑娘还想进去张望，老太婆一把抓住，往外拖："坐席了！"

（溶入）

二十

贺老六家的"新房"。

晚上，两支"四两头"红蜡烛已经点了一半。祥林嫂人事不省地躺在床上。

批：撞得严重，表明其宁死不从的反抗精神。

贺老六凝视着她。

忽然，祥林嫂抽搐了一下，惊醒了，又啜泣。

贺老六走近一点，低声地："好一点了么？"

批：关心，老实。

祥林嫂看见他，拼命挣起来，惊叫："走开！走开！让我回去！……"

批：心存敌意，仍旧反抗。

祥林嫂力竭倒下。

贺老六去扶她，她挣扎避开，又哭。

贺老六无法可想，自己搔搔头。看她不动了，把一条被子盖在她身上。

批：老实！本分！体贴！

（摇到）一对蜡烛。

（溶入）蜡烛已经点完了。

（摇到窗外）天亮了。鸡啼。

祥林嫂躺着。

贺老六显然一夜没睡，提了一壶热水，手里拿着两个烤熟的山芋进来。

批：一夜都在照顾受伤的祥林嫂！

祥林嫂听见门响，惊醒，茫然地看了一眼贺老六，反射地坐起来，想避开他。

批：依然心存戒备。

贺老六轻声地："好一点了吗？你饿了吧，来先吃点东西吧。"

批：贴心的关心。

祥林嫂用一种哀求的声音："求求你，让我回去吧……"

贺老六似乎已经想了好久了，说："你一定要回

批：无可奈何，善良老实，不愿强人

去也好，你起来洗洗脸，吃点东西，我送你回去。" 所难。

出乎祥林嫂意料，她将信将疑："真的让我回去？"

贺老六点头——显然，他是失望而痛苦的："嗯，(稍停)你到鲁镇呢，还是到你婆婆那儿去呀？我送你去。"（给她倒了一碗热开水） 批：虽然很无奈，但也是真诚的。

祥林嫂呆住了——半晌，忽然哭起来。 批：内心矛盾，前路迷茫。

贺老六走近她，站在她身边，几秒钟后，才说："你头上还痛吗？喝点水吧！" 批：关心体贴！

祥林嫂抬起头来，望着贺老六…… 批：对这个男人产生亲近感。

（特写）贺老六老实而又有点惶惑的表情。

贺老六把一碗开水递过去——

祥林嫂迟疑了一下，伸手去接…… 批：态度发生了转变。

（淡出）（很远很远的音乐）

影视的视觉艺术

夏衍(1900年10月30日～1995年2月6日)，本名沈乃熙，字端先。中国现当代戏剧作家、电影作家、文艺评论家、翻译家、新闻工作者、社会活动家。主要作品有：报告文学《包身工》，戏剧《秋瑾传》《上海屋檐下》《法西斯细菌》等，电影剧本《狂流》《祝福》《春蚕》《林家铺子》等，译作《母亲》等。

《祝福》剧本写的是浙东农村妇女祥林嫂在"四权"的束缚下，经受了数不清的苦难和凌辱后不幸死去的悲剧。剧本通过封建礼教吃人的血淋淋的事实，愤怒谴责了以鲁四老爷为代表的封建制度和社会，也批判了社会对于祥林嫂的冷漠、歧视和嘲弄。

《祝福》的最大成功，在于出色地塑造了祥林嫂这个银幕上的典型人物。影片抓住祥林嫂生活经历中几个不同的坎坷，将笔触深入到人物的精神世界，有层次、有节奏地描绘人物的爱与憎、喜悦与悲痛、忍受与反抗等不断变化起伏的思想、感情、情绪以及由此产生的动作，因此使人物性格十分鲜明。影片对"抢亲""和解"的描写，含蓄、流畅、细腻。贺老六从苦恼到"我送你回去"，祥林嫂从恐惧、迷茫到心底漾起一丝微笑，伸手接过贺老六递过的茶水，对话不多，却把此地此时两人各自的复杂心理活动的转化过程和性格色彩充分地揭示了出来。

剧本《祝福》是根据鲁迅同名短篇小说改编的，电影剧本与小说的最大区别在于，电影剧本特别注意视觉形象,让读者"一目了然"。"抢亲""和解"这两节,它不是简单地"介绍"贺老六家境贫苦,而是通过屋前的稻地、板桌、条凳、贺客不到十人、嗑瓜子、阴暗的新房、烤熟的山芋等,使之形象化;它也不是笼统地告诉我们社会背景的粗野、蛮横又愚昧、虚伪,而是通过来客的起哄或讥讽的闲话、押解者的"对付猛兽的姿态"、不管祥林嫂死活拉扯她拜天地的暴行、迫不及待"入席"时的丑陋等来表现,令人触目惊心。尤其出色的是剧本对小说中一笔带过的祥林嫂与贺老六"同是天涯沦落人,相逢何必曾相识"的关键处,作了极具体形象、细致传神的造型表现:在第二十场中,从开始的对立、防范,经过循序渐进的多层面的镜头语言描述,尤其是一些出色细节的运用,使我们不由自主地"进入"了剧情之中,耳闻目睹,感同身受。这场戏,不仅使人物性格充实饱满,也使剧情真实可信,进而加深了作品的文化基础与艺术魅力。(子夜霜、陈学富)

真正的圣诞

8年来,每到大雪纷飞的时候,华森一家便开始忙着打听一件事:谁是这附近最穷苦的一家? 他们每个礼拜天上教堂的时候,华森太太总要把收集到的一些资料记在小卡片上,到圣诞节前的一个礼拜把它交给她的孩子们——约翰和玛丽。两个孩子都上中学,一个高中,一个初中。他们从很小的时候就很欣赏爸爸给他们设计的这个圣诞游戏了——现在他们正式给这个游戏起了一个名字,叫"我们的分享"。

8年前,他们的圣诞游戏也是到12月就开始。那时候,两个孩子也很热衷于一些小卡片——那是他们的礼物清单。他们总是写上:"我要……我要……"直到圣诞前夕,他们都有权把卡片要回来,涂涂改改。有一年,小约翰打开了圣诞礼物,非常不高兴:"爸爸,这不是我写的圣诞愿望呀!"华森先生非常失望:"你要的东西,刚好店里都卖光了。我以为你也会喜欢这个的。"小约翰委屈地诉说着:"让我到班上怎么跟同学说呢? 麦凯的父亲每年给他三个圣诞愿望。你是大学校长,却只给我一样礼物,还这么吝啬。"

华森先生心痛不已,他想起自己的童年:冬天用围巾裹着头,迎着风雪,骑着脚踏车挨家挨户地送报。挣的钱总要留到圣诞节给母亲买件像样的衣服。全家每个人有件新衣服,他已心满意足。倘若父亲还能买来一样全家人都可以玩的二手玩具,他们的圣诞节便是欢天喜地了。可是,他的孩子呢? 每个节日都有礼物,他们的权利似乎远比义务多得多,他们已对"我要……"习以为常。"时代不同了。我们小的时候,有三个圣诞愿望的家庭一样也有。比我们穷的更不会少,只是我们不知道罢了。以前我母亲告诉我,我们有一位邻居老太太直到去世,大家才知道她家里没有烤箱,想想,一个人从来没有吃过感恩节的火鸡!"华森太太安慰着垂头丧气的先生。"从没有吃过感恩节火鸡的老太太"给华森先生一个灵感,他开始了这个"分享圣诞节"的计划。

8年来,他再也不寄圣诞卡了。等到节日的热潮过去,他才开始给每张卡片回信。他的信总是这样子的:"今年我把买圣诞卡的钱用来买了一些吃的,把准备送给您的礼物转送给了某某家人——为他们无力过冬的挣扎,我们至少愿与他们分享我们圣诞的快乐。您说是不是呢?"他们的圣诞卡并没有因之减少,他们从来也不曾失去过朋友,却换来更多的理解。孩子们也更加了解这个世界。"分享"渐渐不成为游戏了。圣诞的意义成为更重大的使命——在他们小小的心灵里多出了这种意识与觉醒——这是华森夫妇最感欣慰的事。

8年来,每一年他们都要选出最需要帮助的两个家庭。他们准备了两个大纸箱,每个箱子里面装满了吃的、穿的和玩的。每样东西,都由两个孩子精心包裹,写上他们朋友的名字。近年来连这两个人家的选择,也交给孩子们去做。

玛丽时常在念了那些卡片之后,沉默良久。以前,她仅仅知道诧异:"啊,我不知道竟有人家大雪天没有暖气。""啊,我不知道竟有人全家都病着,从来没有过一棵圣诞树。"现在,除了自己的世界,她的心里明白——还有别人的世界。别人的世界里,也存在别人的幸与不幸。是的,这世界最糟糕的就是:有钱人的故意冷漠和穷人的嫉妒与仇恨。是不是只有"分享"才能冲淡那些尖锐的对比?孩子们不甚明白,但是他们每年都说:"等我长大了,我也要这么做。"

华森一家,总在圣诞节的前两天,便开着车到孩子们选好的那两个人家去。约翰和华森先生抬着大纸箱,华森太太按了门铃,玛丽对开门的人说:"圣诞快乐!"他们留下纸箱,在那些惊愕得连他们的姓名都没有想到要问的一家人还来不及觉得难为情之前,便又开车走了。

8年了,在华森夫妇和孩子们日渐深厚的同情心里,一年比一年更明白圣诞节的意义。

[美国]喻丽清/文

品 读

喻丽清(1945~　　),出生于浙江金华,幼年随父母迁居台湾,毕业于台北医学大学药学系,后定居美国。她是华文作家中成绩斐然的一位,也是作品最出色、最耐读、最让人爱不释手的一位当代作家。她的作品,爱与自由、寂寞与困惑、生命的静美与哀愁贯穿其中。《真正的圣诞》是体现了人文关怀的佳作。

这篇小说采用了倒叙的方法,先回顾了华森先生一家8年来的"圣诞游戏"。这给读者心中造成一种悬念:华森先生一家为什么8年来一直以这样特殊的方法度过他们的圣诞节?紧接着转入对8年前圣诞节的回忆,又转入华森先生对自己年少时圣诞节的回忆,从而解开读者心中的疑惑,向人们道出了"分享圣诞节"计划的由来。

孩子们不应只是索取,盲目攀比,要乐于和别人分享快乐。让孩子们开始走进别人的世界,与更多的人"分享"圣诞的快乐。在这个过程中,孩子们就会明白在这个世上,除了自己的世界,还有别人的世界。别人的世界里,也存在别人的幸与不幸。在他们日渐深厚的同情心里,孩子们一年比一年更懂得圣诞节的真义,那就是在这个世界上存在唯一不会因习惯而迟钝或因时间而消退的快乐之道——爱与同情。

让孩子多了解社会,才能培养同情心和爱心。教育不是空洞的说教,要身体力行与孩子共同成长和进步。

动画世界

狮子王（节选）

◇ [美国]艾琳·梅奇　乔纳森·罗伯茨

琳达·沃佛尔顿

读点

20 世纪最经典的动画剧作之一。

动物界的争权夺利、阴谋残暴暗示着人类的丑
陋。

富有人性化的动物形象。

剧情介绍：

在广阔的非洲草原上，狮王木法沙和王后沙拉碧产下了小王子辛巴。魔法师拉法奇捧起一捧细沙撒在小辛巴头上，为他举行洗礼。所有的动物都庆祝小王子的诞生，唯独木法沙的弟弟刀疤却没有参加小王子的出生大典，他嫉恨辛巴的诞生，开始盘算怎么篡夺王位。

辛巴一天天地长成了一只健康活泼的小狮子。有一天，木法沙带着辛巴巡视辽阔的国土，他们来到荣耀石的顶峰，俯瞰整个荣耀国，有一天将由辛巴统治这个国度。木法沙告诉辛巴所有生灵都生活在微妙的平衡之中，这就是生命循环。木法沙还警告辛巴不要跨出荣耀国半步，走入邪恶的土狼的领土。

坏心眼的刀疤诱使辛巴到国界外的大象墓地去探险，辛巴骗妈妈说要和好朋友娜娜出去散步。他们在途中甩掉了妈妈派来保护他们的管家沙祖，一起向着神秘之地走去了。这时候，刀疤安排好的三只土狼凶神恶煞地出现了，辛巴和他们展开了搏斗。就在这危急时刻，国王木法沙旋风一样出现了，土狼逃走了。辛巴惭愧地向爸爸道了歉。

刀疤的阴谋没有得逞，便决定谋杀木法沙。刀疤向土狼们承诺，如果他们帮他杀死木法沙，他们可以顺理成章地进入狮子王国。几天后，刀疤引诱辛巴到了一个山谷，然后指使三只土狼追击野牛。刹那间，数以百计的野牛沿着峡谷如洪水般朝辛巴狂奔过来。刀疤向木法沙报告险情，木法沙及时赶到，救出了辛巴，但他自己却被野牛群逼得爬向了悬崖。木法沙向刀疤求救，刀疤狞笑着把木法沙推下了悬崖。

野牛群过去了，辛巴发现了死去的父亲，心里充满了愧疚，以为是自己害死了父亲。刀疤说辛巴害死了狮王，让他永远离开荣耀国，不要再回来。这时候，土狼又追上来了，辛巴走投无路，只好跳下了悬崖。

　　就在昏迷的辛巴要被秃鹰们分食的时候,一只叫丁满的猫鼬和一只叫彭彭的野猪赶走了秃鹰,救起了辛巴。丁满和彭彭把他带到了他们的家。辛巴逐渐长成了一只威武的雄狮,但他始终忘不了在狮子王国那可怕的最后一天。

　　一天,在森林中散步的辛巴遇到了儿时的好友娜娜。她告诉辛巴,刀疤已经称王了,并且和土狼勾结在一起。辛巴很难过,他不愿意再面对痛苦的过去。这时候,魔法师拉法奇出现在辛巴的面前,鼓励辛巴重新面对生活,勇敢地承担起自己的责任。

　　辛巴鼓足勇气回到了狮子王国,看到王国的草原一片荒凉,土狼在王国里到处横行霸道,刀疤威逼王后沙拉碧为他找食物。这时候,辛巴出现了,他怒吼一声,刀疤被吓坏了。刀疤故意诬陷是辛巴害死了木法沙,辛巴心一慌,差点滑下了悬崖。刀疤得意忘形,说出了事情的真相。

　　这时候娜娜和丁满、彭彭一起赶跑了土狼,辛巴愤怒地扑向刀疤,刀疤从悬崖上跌了下去,成了背叛他的土狼的食物。

　　一场暴雨倾盆而下,辛巴站在荣耀石上仰天长啸,威风凛凛。辛巴坐上了王位。狮子王国又恢复了往日的宁静。不久,王后娜娜生了一个可爱的小王子。

　　本片段叙述的是刀疤谋杀兄长木法沙并嫁祸于辛巴的故事。

[山谷外日]

木法沙和沙祖在山谷上巡视。

沙祖:哦!陛下,兽群是在移动。　　　　批:发现异常情况,这是刀疤设计
　　　　　　　　　　　　　　　　　　　　的杀害狮王木法沙的阴谋。
木法沙:奇怪……

刀疤跑了过来。

刀疤:木法沙!快!兽群在峡谷那里受惊了,在　　批:刀疤指使土狼追击野牛,使辛
奔逃。辛巴在那里!　　　　　　　　　　　巴处于奔跑的兽群的险境之
　　　　　　　　　　　　　　　　　　　　中,再引诱兄长国王去救辛巴,
木法沙:辛巴?　　　　　　　　　　　　　以达到谋杀兄长的目的。

[大峡谷外日]

辛巴在兽群前奋力奔跑着。　　　　　　批:情势危急,扣人心弦!

辛巴逃到一棵树上。　　　　　　　　　批:急中生智!

沙祖飞了过去。

辛巴:沙祖!救命!

沙祖:你父亲就在途中!抓住!　　　　批:坚持着就有希望。

辛巴:快啊!

木法沙和刀疤在峡谷岩架上。

沙祖：在那里！在那里！在那棵树上！ 　批：为木法沙指点辛巴的方向。

木法沙：抓住！辛巴！

在峡谷中，辛巴在残破的大树上摇荡。 　批：摇摇欲坠，异常惊险！

辛巴：啊！

木法沙奔跑进入兽群救辛巴。 　批：救子心切。

沙祖：哦！刀疤，这太可怕了。我们该做点什 　批：刀疤是阴谋的制造者，与其商
么？我们该做什么？啊……我回去叫人！对！我就 　　议无异于与虎谋皮。
这么做！

刀疤反拍沙祖，把他推到岩石崖下。 　批：凶相毕露。

木法沙在进峡谷的路上，被兽群一次次撞击。 　批：冒着生命危险救儿子。

木法沙跳跃起来抓住辛巴，把他扔到安全地带。

辛巴：爸爸！

但是木法沙自己又被兽群拥撞下去，他艰难地 　批：儿子得救了，自己却身陷险境。
向上攀登峭壁。

而在岩架上面的是刀疤。 　批：刀疤守候在岩架上面，说明他
　　　　　　　　　　　　　　　　　　　　　　　早已预谋好了。

木法沙：刀疤！弟弟！救救我！

刀疤表情轻蔑，突然用爪狠狠地抓在木法沙的 　批：要置木法沙于死地。
前脚上。

木法沙痛苦的吼声。

刀疤：愿国王万岁。 　批：言外之意是，国王你去死吧。

刀疤把木法沙丢了出去。木法沙从山崖上跌落 　批：杀死兄长，是为了篡位。
下去。

木法沙：啊！……

辛巴：不——！

峡谷的兽群经过，灰尘密布。 　批："灰尘密布"，写出奔跑的兽群
　　　　　　　　　　　　　　　　　　　　　　　的浩大声势。

辛巴跑到峡谷地。木法沙静静地躺着。

辛巴：爸爸！……爸爸？

辛巴忧愁地接近他父亲的身体。 　批：辛巴心中充满了忧伤。

辛巴：爸爸？……爸爸，我们回家。

辛巴像以前叫父亲起床一样试图唤醒木法沙。 　批：辛巴试图唤醒父亲，但是他已
他用头摩擦着，用力拉着木法沙的耳朵，但是父 　　经死了。
亲没有反应。

辛巴：救命！救命！有没有人！任何人……救命！

辛巴哭着折回到父亲身边，探头缩在父亲的手掌下。 　　批：父亲的惨死使辛巴悲痛万分。

刀疤从灰尘中出现。

刀疤：辛巴……你做了什么？ 　　批：嫁祸于人，极其阴险！

辛巴：有很多动物！他想救我！这是意外，我……我不是故意的。 　　批：辛巴以为是自己害死了父亲。

刀疤：当然，你当然不是故意的。没有人故意让这样的事情发生……但是国王死了。而且如果不是因为你，他现在还活着？你的母亲将会怎么想？ 　　批：先对辛巴表示理解，实际是为了表明国王的死责任完全在于辛巴，再提及王后的感受，意在让辛巴离开狮子王国。

辛巴：那我该怎么办？

刀疤：跑，辛巴。跑得远远的！再也不要回来！ 　　批：赶走辛巴，自己就可以成为狮子王国的国王。

辛巴盲目地奔跑离开。

三个土狼出现在刀疤身后。 　　批：土狼，刀疤的帮凶！

刀疤：杀了他。 　　批：赶尽杀绝，以绝后患。

土狼飞快地窜出。辛巴回头看到土狼追了过来。 　　批：刀疤与土狼狼狈为奸，辛巴被逼无奈，只得跳下悬崖。

辛巴来到山谷的边缘，一个陡峭的山崖。

辛巴跳了下去，在岩石上翻滚着。

（佚名/译）

富有人性化的动物形象

《狮子王》(*The Lion King*)，1994 年 6 月 15 日在美国首次上映，是华特迪士尼公司的第 32 部经典动画长片。本片创作是从莎士比亚的《哈姆雷特》获得的灵感，制作时，利用了当时最先进的 2D 动画技术(当时，动画人物设计师曾深入非洲观察和写生三年之久)，并且配上宏伟的交响乐，并融合非洲当地的古典音乐，成为迪士尼动画的里程碑作品之一。

《狮子王》塑造了许多富有人性化的动物形象。

比如木法沙。

木法沙是辛巴的父亲，强壮、聪明、勇敢的他是一个真正的领袖，对于"生命轮回"有着最深刻的理解。他那深沉的智慧和浑厚的嗓音给所有的人以深刻的印象。他用爱统治着荣耀圣地。对于儿子辛巴的顽皮,他深知何时应给予斥责,而何时又可以一笑了之。但他万万没想到亲弟弟刀疤会为获得王位而不择手段。他去世后成为荣耀王国的守护神,并在辛巴最需要帮助时给了他新的勇气。本文选段中,主要表现其疼爱儿子辛巴、不惧危险而勇敢地救助辛巴,表现出了伟大的父爱。

比如辛巴。

他是荣耀王国的新国王。像所有的小孩一样,辛巴顽皮、喧闹、不畏一切,整天和好友娜娜东奔西跑,南追北闹,他相信自己可以做任何事情。当一个和父亲木法沙一样伟大、令人尊敬的国王是他的梦想。父亲的去世曾经一度使他迷失方向,被驱逐出境的他和丁满、彭彭过着世外桃源一样的生活。直到娜娜的出现、父亲的魂灵及魔法师拉法奇的指点,这个年轻的王子才领悟到了他如父亲般的勇敢、智慧和应有的责任。在好友的帮助下,他回到了狮子王国,挑战叔父刀疤,并杀死了他。在本文选段中,主要表现其误认为是自己害死了父亲,突出其内疚和痛苦。正因为其深深的自责,才使他曾一度迷失了自我,忘记了自己的责任。

比如刀疤。

刀疤是辛巴的叔父。在辛巴出生前,他原是第一顺位的王位继承人。枯瘦的身形下,暗藏着狡猾卑鄙的用心。辛巴的出生使得他失去了继承王位的权利,野心勃勃的他串通大象墓地的土狼,设下阴谋企图害死年轻的辛巴,由于木法沙的及时赶到才救了辛巴一命。他一计不成,又生一计,将侄子骗到山谷,并让土狼将野牛群赶入谷中。为救儿子,木法沙闯入狂奔的野牛群中,虽然救出了儿子,但他被弟弟刀疤丢下了悬崖。刀疤又嫁祸于不知情的辛巴,将之驱逐出荣耀国,从而理所当然地登上了王位。然而,他却万没想到不久以后会被辛巴打败。在本文选段中,主要表现其杀害兄长的残忍和嫁祸于辛巴的狡诈。(子夜霜)

国王与小鸟(节选)

[密室]

国王:我的密室,太好啦。

国王打开留声机,播出一首歌颂国王的歌。观赏牧羊女的画像。拿起画笔,将画像上的斗鸡眼改掉。

小鸟在窗外嘲笑国王,国王愤而砸碎镜子。

入夜,小鸟给孩子们唱着催眠曲。

月亮出来了,一切那么安静。

壁炉里的火焰静静地燃烧着。

国王沉睡了。

牧羊女:爱情哪,总要有所选择。

扫烟囱工:要选择值得爱的人。

牧羊女:你呢,你爱谁?

扫烟囱工:我? 我只爱你。你呢?

牧羊女:跟你一样,我也只爱你。你是最好的扫烟囱的人。

扫烟囱工:你是最美的牧羊姑娘。

牧羊女:那别的姑娘呢?

扫烟囱工:我做梦都没想过。

石像:啊,我的经验是绝对可靠的,我跟你反复说过,你俩根本不相配! 你俩的颜色不一样。再说,一个是牧羊女,一个是扫烟囱的,说什么也不行,不行!

国王的画像:我爱你,牧羊姑娘,我是国王。得了,别跟这黑小子浪费时间了,我是国王,我爱你。我们结婚吧,这没什么好犹豫的。你说呢?

石像:这是明摆着的事,再说书上也是这么写的,牧羊女就得嫁给国王。嘿! 别啰唆了! 我决定,结婚典礼就在这儿举行,今天夜里12点钟声一响就开始! 说定啦。(睡着)

扫烟囱工和牧羊女从画像上逃跑。

石像:我的经验是绝对可靠的,他们跑不了,这儿全都上了锁,再说也没有门。没关系,他们走不远,看着吧,过了一会儿,他俩就会回到这儿来的。

国王的画像打开水罐,壁炉里的火被浇熄,两人从烟囱中逃了出去。

国王从画像中爬出来。

国王的画像:他们在哪儿?

石像:要是我的经验还可靠的话,我想他们准是走了。

牧羊女:啊,真想不到这儿会这么美。

(牧羊女望着群星璀璨的天空)

石像:你放心,天下这么大,到哪儿去找安身的地方啊。他们还年轻,会害怕,一定会回来的。再说,不管怎么样,事到如今你也只好认了,因为你没办法从这儿出去。

国王的画像:等着瞧吧!

(国王将石像从马背上推下来,自己骑上去。石像摔破,惊醒了国王。石马跳入画像上的河流中,屋里一片狼藉。国王起来察看)

石像:啊,你在这儿,真该恭喜你了。你干的好事,你摔断了我的腿,也没能跑出去嘛! 我上了年纪,学问高深,你摔断了我的腿,你会遭殃的。我为什么不狠狠地揍你的屁股!

国王按按钮,石像掉下。

国王的画像从水中湿淋淋地爬出来。

国王惊恐万状,按按钮。

国王:警察! 警察! 警察!

(国王四处逃避,国王的画像按按钮,国王掉下,画像取代了国王)

警长:听候吩咐,我的陛下。出什么事了?

国王的画像:一个我非常喜爱的迷人的牧羊姑娘,被一个扫烟囱的穷光蛋抢走了! 我要,我要求,我命令你们在最短的期限内把他们找到,就这样!

[法国]保罗·古里莫、雅克·皮沃特/文,佚名/译

品读

保罗·古里莫(Paul Grimault,1905年3月23日~1994年3月29日),法国动画电影大师,也被誉为法国当代最杰出的动画导演。《国王与小鸟》于1950年拍摄完工,1952年荣获第13届威尼斯双年展评委会大奖。

《国王与小鸟》是根据安徒生童话《牧羊女和扫烟囱工人》改编的。选文节选的是《国王与小鸟》开头部分。

《国王与小鸟》叙述了这样一个故事:

在一个遥远的地方,有一个叫作塔吉卡迪的王国,国王夏尔是世袭到十六代的国王,所以人们都叫他"夏尔第五加三等于第八,第八加八等于第十六"。夏尔第十六是一位心胸狭窄、专横狠毒的人,而且愚蠢无比。他长着两撇骄傲的胡子和一双难看的斗鸡眼,他喜欢独处,每天最好的消遣就是狩猎残杀。

他的王国有一座数百层楼高的庞大建筑群,耸立在王国的土地上。这些建筑的底层,暗无天日,住的都是贫苦百姓,中层是包括监狱、苦役场、死囚牢、税务处和宫廷事务在内的紊乱而又复杂的国家机构。

在王宫的顶上有一只筑巢的鸟,鸟的妻子是被国王射死的,因此鸟充满了对国王的仇恨。鸟哺育着自己的孩子,同时伺机对国王进行嘲笑和斗争。

夜幕降临了,国王进入了自己的密室。在这里,他才能稍微放松一下紧张的神经。现在,国王面对着画师为他画好的画像端详起来。这幅画像画得十分逼真,也长着一对斗鸡眼,国王气愤地扳动机关把画师送入了陷阱。

国王拿起画笔把斗鸡眼改成了正常的眼睛。国王的这一举动被窗外的鸟看在了眼里,轻蔑地嘲笑国王。

夜深了,国王睡着了。这时,密室里却渐渐热闹起来:墙上的两幅画中的主人公——牧羊女和扫烟囱少年谈起了恋爱,惹得说教者石像发了一通不赞成的议论。国王的"画像"也活动了起来,他爱上了牧羊女,并以国王的身份提出要和她结婚。趋炎附势的石像立刻宣布婚礼在午夜 12 点举行,扫烟囱少年带着牧羊女逃出了密室。"画像"寻找牧羊女的声响惊动了国王。两个独裁者不期而遇,国王按动警铃呼唤警察,"画像"却按动开关把真正的国王送入了陷阱。警察们匆匆而来,国王的"画像"命令他们紧急搜捕牧羊姑娘和扫烟囱少年。

牧羊姑娘和少年在机智和富于正义感的鸟的帮助下继续逃亡,警察则在四处搜捕。姑娘和少年到达了建筑群的下层,贫苦百姓从他们嘴里得知,鸟仍然生活在王国里,宇宙还有太阳,从而激起了他们对幸福的向往和改变生活的希望。

"画像"已经知道了姑娘和少年的行踪,并乘坐巨型的机器人追赶到了下层。姑娘、少年和鸟都被抓住了。"画像"把姑娘留在了身边,把少年和鸟还有一个摇风琴的贫苦盲人一起关进了狮群聚居的牢房。

狮子是威猛的。鸟的富有煽动性的言辞使这些狮子充满愤怒,它们在鸟和少年的带领下冲出了牢房,向国王"画像"兴师问罪。

这时,王宫里一片喜庆气氛。"画像"与牧羊女的婚礼正在进行,一群造反者冲了进来。"画像"一看到这情景,急忙抱起牧羊女跳上机器人逃走。鸟把扫烟囱少年送上机器人,自己又占领了机器人的操纵室。于是,"画像"被机器人的强力鼓风机吹上了天空,王国的庞大建筑群也随即被鸟所操纵的机器人捣毁,成了一堆瓦砾。

王国的独裁者和建筑群一起被毁灭了,在一抹残阳中,只有机器人还在忧伤地坐在废墟上。

《国王与小鸟》这部动画片在一定程度上影射了著名的"法国大革命",尤其像"夏尔第五加三等于第八,第八加八等于第十六"的称谓是对法国皇帝路易十六的一种暗喻,而阴暗的地下城则令人想起了巴士底狱。

幽灵的威胁(节选)

◇[美国]乔治·卢卡斯

读点

在这里,你可以看到有梦想就终能成真的那一天。

在这里,你可以看到人世间最真最纯最美的一种情。

剧情介绍:

很久以前,在遥远的银河系,银河共和国国会正在为星际贸易通道上的税收问题进行着激烈的争论,贪婪的贸易联盟派出无敌战舰,企图封锁一切运往纳布星的货物,并绑架了纳布星的女王阿米达拉,逼她签署出卖纳布星利益的协议。阿米达拉不肯屈服于暴力,要求由大共和国解决争端。

负责维护银河系星座之间正义和平的杰迪武士奎刚及奥比温受命去排解双方的纠纷。期间,他们因援助阿米达拉也遭到贸易联盟和西斯武士达茨·莫罗的追杀。由于飞船出现故障,他们降落在塔土尼星,结识了聪明善良的男孩安尼肯。

安尼肯虽是奴隶之子,但天生就有运用宇宙能量的特殊才能,且一心想成为勇猛果断的杰迪武士。奎刚非常喜爱这个聪明勇敢的少年,便将其带出了塔土尼星,竭力说服长老同意自己训练他。

在安尼肯和刚格人的帮助下,纳布星战胜了贸易联盟的机器人部队和西斯武士,但奎刚却被凶猛残暴的莫罗夺去了生命。奥比温遵照奎刚的遗愿,收安尼肯为徒。但他怎么也想不到,自己的徒弟长大后竟成为了邪恶的黑武士。

《星球大战前传I·幽灵的威胁》(1999)是继乔治·卢卡斯《星球大战》三部曲[《新的希望》(1977)、《帝国反击战》(1980)、《武士归来》(1983)]之后的又一部科幻巨作。

选文情节背景:奎刚在塔土尼星发现了身为奴隶的安尼肯,知道安尼肯具有非凡的能力,决心将他培养成为一名出色的杰迪武士。他将安尼肯从奴隶主手中解救出来。获得自由的安尼肯为了梦想——成为杰迪武士,即将离开自己的母亲。

选文写的是安尼肯与母亲分别的情节。

安尼肯:妈妈,我们把馅饼卖掉了,看我们的钱。 批:安尼肯身为奴隶,生活艰难。

妈妈:噢,我的天,真是太好了,安尼肯。

奎刚:他自由了。 批:奎刚说安尼肯已自由了,安尼

安尼肯:什么? 肯听到这一喜讯,吃惊得不敢

奎刚:你不再是个奴隶了。 相信。其心理反应和神态表情

安尼肯:你听到了吗? 符合人物的身份、追求。

妈妈:安尼肯,现在你可以实现你的梦想了。你 批:望子成龙之心,天下父母,概莫
自由了。(对奎刚)你们想让他一起走吗?他会成为 能外。
一个杰迪武士吗?

奎刚:是的。我们的相逢绝非偶然,绝非意外。 批:奎刚发现安尼肯的巨大潜能

安尼肯:你的意思是让我同你一起乘你的星际 后,就已决定将他训练成一名
船去吗? 杰迪武士。

奎刚:安尼肯,要训练成为一个杰迪武士要面对 批:成功需要磨炼、拼搏,而成为杰
很大的挑战,即使成功了,你的生活也不会一帆风 迪武士后的道路或许更为艰
顺。 险。

安尼肯:但我想去,那一直是我想做的事情。妈 批:梦想和亲情难以取舍,问母亲,
妈,我能去吗? 实乃放心不下母亲。

妈妈:安尼肯,路就在你的脚下,你自己决定。 批:让孩子自己决定,实乃鼓励!

安尼肯:我要去。 批:铿锵有力,写出了安尼肯对理

奎刚:那么,整理好你的东西,我们的时间不多 想的坚定与执着。
了。

安尼肯:妈妈怎么办?她也自由了吗? 批:难舍的亲情,金子般的孝心!

奎刚:我尽力使你妈妈获得自由,安尼肯,但目 批:既让安尼肯放心,又如实说明
前瓦图还不同意。 现实情况。

安尼肯:你会和我们一起,是吗,妈妈?

妈妈:孩子,我的家在这里,我的未来也在这里, 批:既是对孩子的安慰,也是对孩
现在是你放手高飞的时候了。 子的鼓励。

安尼肯:我不想有什么变化。

妈妈:变化是不可逆转的,就像你不能阻止太阳 批:既有哲理式的教导,也有亲情
西斜一样不能阻止事情的变化。我爱你,快走吧。 式的勉励。

(对奎刚)谢谢你!

奎刚:我发誓我会照顾他的。放心吧,行吗?

[在安尼肯的房间里,他正在收拾行李,机器人3PO出现了。

机器人3PO:哦!你好,安尼肯主人。

安尼肯:好了,3PO,我获得了自由,要乘星际船走了。

机器人3PO:安尼肯主人,你是我的制造者,我祝你一切顺利。可我还是宁愿我可以被多完成一点。

安尼肯:对不起,我没有做完你,像封上壳或其他什么的。我会怀念制造你的那些日子。你一直是一个很好的伙伴。我相信妈妈不会卖掉你或其他东西。

机器人3PO:把我卖了?

安尼肯:再见!

机器人3PO:哦,我的天!

安尼肯:(他准备离开)我做不到,妈妈。我就是做不到。

妈妈:安尼肯。

安尼肯:我还能再见到你吗?

妈妈:你心里是怎么想的呢?

安尼肯:希望能,我想。

妈妈:这样我们就会再见面。

安尼肯:我会回来让你获得自由,妈妈,我发誓。

妈妈:勇敢些,别往后看。别往后看。

(佚名/译)

批:这不仅是为了安慰安尼肯的母亲,也是发自内心的。

批:机器人同安尼肯的告别,孩子的天性。

批:这样可以做更多的事情。

批:向机器人道歉及安慰机器人不会被卖掉,写出了他的善良。

批:机器人也舍不得安尼肯离开。

批:安尼肯舍不得离开妈妈,妈妈也舍不得儿子离开。这是一个十分精彩、十分感人的告别场面,一边是依依不舍的赤子之心,一边是强忍悲痛的慈母之情。在这里,我们看到了人世间最纯真的孝心,看到了人世间最纯真的母爱。

有梦想就要勇敢去追求

乔治·卢卡斯（George Lucas,1944年5月14日~），美国电影导演、制片人和编剧。最著名的是史诗式作品《星球大战》系列和《法柜奇兵》系列。

《星球大战》三部曲讲述了天行者卢克带领义军与黑暗帝国斗争的故事，而《星球大战前传》三部曲[《幽灵的威胁》(1999)、《克隆人的进攻》(2002)、《西斯的反击》(2005)]追述黑暗帝国的由来——天行者卢克的父辈们的故事。《前传I:幽灵的威胁》的主人公正是卢克的父亲安尼肯，作为一个天赋超常的小奴隶，他通过奋斗争得了自由，开始追随武士的生涯。前传II、III讲述他如何进入黑暗一方，成为黑武士的故事。

安尼肯虽然是一个奴隶的儿子，但他始终有一个梦想——成为杰迪武士，为了表现安尼肯勇敢追梦的形象，影片主要遴选了两个场景：一是杰迪武士奎刚解救安尼肯，使他获得自由；二是安尼肯收拾行李，与机器人3PO和妈妈告别。当奎刚对安尼肯说"你不再是个奴隶了"时，安尼肯异常欣喜，急切地向妈妈说"你听到了吗"，既是让妈妈验证，又是向妈妈报喜，因为只有获得人身的自由，才能自由地去追梦。

要去追梦，就不得不离开家，安尼肯有两个人舍不得：机器人3PO和妈妈。机器人3PO是他亲手制造的，妈妈是他最亲的人。影片安排这两个人物是很有用意的，尽管机器人3PO对安尼肯很留恋，但安尼肯为了梦想，还是毅然离去；尽管安尼肯对妈妈非常依恋，但妈妈却不断地鼓励儿子勇敢地走自己的路，这真是一个令人敬佩的妈妈。这部影片告诉我们，有梦想就要勇敢地去追，不要因为有些事放不下而犹豫不决，也不要因为有些人离不开而错失良机，只有迈开追梦的步伐，才有梦想成真的那一天。（京涛、肖优俊、王连仓）

星球大战计划

刚才，我对大家谈了我对我们必须共同正视的国家安全问题的看法。在这间椭圆形办公室工作的我的前任们，曾在其他场合向你们叙述过苏维埃政权所造成的威胁，并提出了对付这种威胁的措施。不过，自核武器出现以来，这些措施旨在通过承诺报复来威慑侵略者——因为据认为，任何一个理性的国家，决不会发动一场不可避免地会给自己造成无法接受的损失的战争。这种通过进攻性的威胁来达到稳定的做法已经奏效。在过去30年里，我们和盟国的朋友们已成功地阻止了核战争。然而，在最近几个月，我的顾问们，特别是参谋长联席会议的成员们，都不断向我强调了我们所面临的暗淡未来。

在对这些问题进行讨论的过程中,我越来越深信,人类精神必定能超越那种以威胁别人生存来对付其他国家和人民的做法。我认为,我们必须全面审视一切机会,去缓和紧张局势,使双方的战略态势日趋稳定。我们所能做的最重要贡献之一,当然就是削减一切武器,特别是核武器。我们正在同苏联进行一系列谈判,以便促使双方都能削减武器。一星期以后,我将向你们汇报我对这个问题的看法,但今晚我可以奉告各位,我已全身心地投入进去了。

如果苏联愿意和我们共同努力裁减军备,我们将能成功地稳定核力量的平衡。尽管如此,仍有必要依赖报复的幽灵——依赖互相威胁,这对人类来说是可悲的。

拯救生命难道不比复仇更好吗? 我们难道不能用我们的全部能力和智谋,获得一种真正持久的稳定,来表明我们的和平意图吗? 我认为我们能够做到——实际上,我们必须做到!

在与我的顾问们,包括与参谋长联席会议的成员进行谨慎的商议之后,我相信我们有办法做到。让我与你们共同展望这个充满希望的未来,那就是,我们将着手一项规划,用防御手段来对付可怕的苏联导弹的威胁。我们将求助于强大的技术力量,这种力量曾扩展了我们伟大的工业基础,并使我们得以享有如今的生活质量。

到目前为止,我们一直把威慑战略放在报复威胁的基础上。然而,如果自由人民能够生活安定,并且知道他们的安全不必再依赖美国立即用报复来制止苏联的进攻威胁,知道在战略弹道导弹到达我国或盟国的国土之前就会被拦截并摧毁,那该有多好!

我知道,这是一项艰巨的技术任务,也许在本世纪结束以前不可能完成。可是,当今技术已经日臻完善,我们有理由开始这项工作。这需要在许多方面费时多年,或许几十年。我们会遇到失败和挫折,也可能获得成功和突破。在这个过程中,我们必须不断地保持核威慑,以维持一种灵活的应变能力。然而,为使世界免遭核战争的威胁,难道不值得投资吗? 我们知道,值得投资!

同时,我们将继续寻求真正的核裁军,只有通过战略部队的现代化,才能确保以强者的地位来进行谈判。另外,我们必须采取措施,通过改进非核力量,减少由常规军事冲突逐步升级为核战争的危险。美国现在已经确实拥有这样的技术,可使我们常规的非核力量得到具有重大意义的改进。只要大胆采用新技术,我们就能大大减少诱发苏联威胁进攻美国及其盟国的可能性。

今晚,按照反弹道导弹协约规定的义务,认识到我们需要与盟国进行密切的协商,我正在采取重要的第一步措施。我将指导一项全面深入的工作,以确定一个长期的研究与发展计划,消除由战略核导弹造成的威胁,为采取军备控制措施铺平道路,最终消灭武器本身。我们既不寻求军事优势,也不追求政治利益。我们唯一的目的——全体人民共有的唯一目的——是寻求减少核战争危险的途径。

同胞们,今晚我们开始从事的这项工作,将会改变人类历史的进程。这会有风险,其结果需要花费时间。但是,有你们的支持,我相信,我们能够做好这件事。

[美国]罗纳德·里根/文,徐庆国/译

品读

罗纳德·威尔逊·里根(Ronald Wilson Reagan,1911年2月6日~2004年6月5日),美国政治家,第40任美国总统(1981年1月20日~1989年1月20日)。里根曾担任过运动广播员、救生员、报社专栏作家、电影演员、励志讲师,演说风格高明而极具说服力,他被媒体誉为"伟大的沟通者"。

"星球大战计划"是1983年3月23日里根总统在向全国作题为《和平和国家安全》的演说中提出来的,当时称之为"战略防御倡议"。里根号召美国科学家和工程师研制出用于国土防御的反弹道导弹系统,在空间拦截和摧毁进攻美国的战略弹道武器和航天武器,彻底消除战略核导弹的威胁。

"星球大战计划"是美苏冷战对抗的产物,这个计划拟利用美国空间技术优势,建立一个以近地外层空间为基础的多层次的太空综合性战略防御体系,这个体系可以把对方袭来的核导弹击毁在到达美国本土之前。美国制订"星球大战计划"的目的是:加强美国本土防御;利用空间优势建立美国核威慑,为美国称霸世界奠定基础;用军工带动民用工业,提高经济实力,加强同西欧、日本的竞争;迫使苏联增加军备开支,削弱其经济力量。据估计,"星球大战计划"将耗资5000亿至8000亿美元,至美国宣布放弃这一计划时,已花费了300亿美元。

美苏军备竞赛,虽然最终以苏联的解体而告结束,但也使美国经济背上了沉重的包袱。美国经济自20世纪80年代中期开始陷入"三高一低"(即高财政赤字、高国债、高贸易逆差、经济增长率低)的困境中,美国从最大的债权国沦为最大的债务国,丧失了世界最大出口国的地位,1992年联邦政府的财政赤字创2900亿美元的历史最高纪录。

1993年,克林顿上台后,为了振兴美国经济,决定放弃"星球大战计划",把节省下来的资金用于减少赤字及改善非军事工业。同时,放弃"星球大战计划"也与美国基本军事战略的变化有关。1991年底苏联解体后,美苏冷战随着另一个超级大国的不复存在而告结束。这样,美国认为对它的安全产生威胁的已不再是昔日的主要对手苏联,而是类似于海湾战争的地区冲突。

夏洛特的网（节选）

◇ [美国] 苏珊娜·格兰特

读点

爱和友情点亮智慧之灯，创造了生命的奇迹。
用一种温润化的手法表现出了对生命的悲悯和
尊重。

剧情介绍：

　　小女孩弗恩家的母猪在春天生下了一窝11只小猪，母猪只有十个奶头，最瘦弱的一只小猪没奶吃，弗恩爸爸艾瑞伯先生准备将其杀掉。然而8岁的弗恩乞求爸爸让它活下来。弗恩救下了小猪，给它取名威伯，亲自喂养。

　　随着小猪慢慢长大，弗恩不能再在家里养威伯了，弗恩只好把威伯送到隔壁的谷仓里继续饲养。在那里，威伯碰到了牛、羊、鹅、老鼠、蜘蛛，并与它们结成了好朋友。威伯的友好使谷仓里的动物组成了一个幸福的大家庭。

　　春天的猪是不会看到冬天的，这一点威伯并不知道，当威伯从其他动物口中得知，春天出生的小猪圣诞节前就会被杀掉制成熏肉时，它求助于蜘蛛夏洛特。夏洛特承诺会让威伯看到冬天的雪。在老鼠的帮助下，夏洛特织出了各种各样神奇的字来形容威伯，比如"好猪""了不起的""光芒四射的"和"谦卑的"，来提醒人们威伯不是一只普通的猪。

　　在夏洛特的努力下，威伯不仅活下来了，而且参加了桑莫瑟郡园游会，并在会上获得了一枚奖章。由于蜘蛛生命短暂，夏洛特在产下一堆卵后离开了……威伯承诺要把它的卵带回谷仓。当夏洛特的孩子们破壳而出时，小蜘蛛们纷纷离开谷仓，去寻找自己的归宿。有三只小蜘蛛选择留了下来。

1. 艾瑞伯先生家的农场里

弗恩：你在做什么？

艾瑞伯先生：弗恩，快上床睡觉。

弗恩：<u>你不会杀死它，对吧？</u>

批：写弗恩的担心，表现其善良。

艾瑞伯先生:它只是一只小猪,快回去睡觉。

弗恩:这不公平,它天生就长得小。

艾瑞伯先生:小心点!

弗恩:我天生长得小,你会杀我吗?

艾瑞伯先生:当然不会。一个小女孩和一只小猪不一样。

弗恩:没有什么不一样!这不公平,也没有天理。你怎么能这么冷酷无情?

艾瑞伯先生:过来,我给你看样东西。看到了吗?瞧,十一只小猪,只有十个乳头。小乖,母猪没办法帮它喂奶。

弗恩:那我就帮它喂奶。我会帮你喂奶,好好照顾你……绝对不会让你杀死它。

2. 艾瑞伯先生家里

艾瑞伯先生:弗恩,抱歉,你养它够久了。

弗恩:什么?

艾瑞伯先生:它不是小猪了。家里不能养一只三百磅的宠物猪。

弗恩:不。它不能待在畜棚里,好不好?

艾瑞伯先生:不行。

弗恩:拜托啦!

艾瑞伯先生:不,不行。你知道我在卖牲口买全新农具。农庄很快就没地方养猪了。

弗恩:我承诺要照顾它。

艾瑞伯先生:我准许你不必守承诺。

弗恩:我不是承诺你,我是承诺威伯。

3. (隔壁)霍曼家的谷仓

威伯:你好。

田普顿:你是一只猪。你是一只猪耶。有猪就等于有馊水,老鼠很开心。

批:言外之意会杀了这只小猪。

批:父女对话,传达人道主义的博爱与平等思想。所有的生命均是平等的,是同等珍贵的,人类不应该妄自尊大,擅自批判其他生命的高低贵贱、有用无用。生命的价值,在其本身,而不在于其所依存的形式。

批:一个"乖"字,充满了父亲对孩子的爱怜,"母猪没办法帮它喂奶"说明客观原因,而并非父亲的无情。弗恩则决定自己帮这只小猪喂奶,感受亲情温暖的弗恩把这份"亲情"传递到这只可怜的小猪身上。

批:言外之意要把这只猪赶到畜棚里,因为它已经不是小猪了。

批:弗恩已经与威伯结下了深厚的友谊。

批:"卖"字表明包括猪在内的牲口,只是人类的附属品。

批:这是生命的承诺,表达了弗恩内心的善良与真诚。对话本身传达的是人道主义的博爱与平等。

批:自私自利的老鼠,"耶",一个语气词,表明它并不看重威伯,但威伯:我叫威伯,你有名字吗? 或者你只是一只老鼠?

田普顿:你说我只是一只老鼠? 给我听好,老鼠才是老大。我们很早就来,以后也不会走。下次你最好别说我只是一只老鼠。

威伯:你都自称是老鼠。

田普顿:我可以这么说,你不能。

4. 霍曼家的谷仓

威伯:晚安,晚安,晚安!

夏洛特:晚安。

威伯:谁在说话? 你是谁? 你在哪里? 你会隐形吗?

夏洛特:不,我是夜行动物,晚上工作,你应该睡了。我要专心工作,晚安。

威伯:我睡不着,告诉我你是谁。我只是很孤单。

夏洛特:我看得出来,你是只很乖的小猪。这样吧,乖乖睡觉,让我工作。我们明天再交谈。

威伯:交谈?

夏洛特:也就是聊天。

威伯:太好了! 晚安……晚安……

夏洛特:晚安!

5. 霍曼家的谷仓

威伯:为什么会有人讨厌夏洛特? 它织漂亮的网,替谷仓除害虫。

田普顿:看看它,你不觉得它有一点……该用什么字来形容? 恶心呀!

威伯:我觉得它很美丽。

三缪(羊):拜托,它丑得要命。我们在说同一只可怕的生物吗?

批:有"猪"就有"傻水",就有利可图,这是它的开心之源。

批:妄自尊大,小觑他人。

批:连续四问,说明蜘蛛夏洛特的微小,以至威伯发现不了它。

批:"孤单"难入眠,威伯渴盼与他人交往。

批:善解人意,一个"乖"字,传递温暖。一段不同寻常的友谊就此开始。

批:它织网能替大家除害,在威伯看来夏洛特值得大家尊敬。

批:心地善良的威伯觉得夏洛特很美丽,其他动物如老鼠、羊、牛却讨厌夏洛特,说它"恶心""丑得要命""可怕""可悲",这是以貌取人。这些动物的评价,威伯:我猜不是吧!

田普顿:真是无药可救!

<u>碧斯(牛):这是一段可悲的友谊。</u>

6. 霍曼家的谷仓

威伯:田普顿,你在说什么?

田普顿:冬天一到,你就会被送进熏肉厂。你出来听到的第一句话会是:"嗯,猪肉香肠真好吃! 熏肉也煎得又香又脆!"

威伯:原来是这么一回事。那不是用来做北京烤鸭? <u>人类很爱小猪,不会杀死我。</u>

田普顿:他们是很爱吃猪肉。

夏洛特:真尴尬,对吧?

威伯:夏洛特,这是真的吗?

夏洛特:春天的猪很少能看到冬天下雪。

威伯:我不信,我不肯信。这不公平! 我想活,我想看到下雪。

夏洛特:你会看到的。我向你承诺,我不会让你被杀死。

威伯:你这么小,人类那么大,你要怎么阻止他们?

夏洛特:不知道,不过这是个承诺,我一定会信守承诺!

批:传递可怕的信息,足见田普顿从不顾及他人的感受。其较为阴暗的内心与夏洛特的热心帮助形成鲜明的对比。

批:善良的弗恩一直对威伯很好,所以它自然这样认为了。

批:夏洛特委婉地说出了猪的最终命运,威伯则表达了其强烈的求生愿望。夏洛特却许下了一个在威伯看来不能实现的承诺。而夏洛特却有一诺千金的自信。

7. 桑莫瑟郡园游会上

威伯:不,爬下来,我背你回去,我带你回农庄,我会照顾你。

夏洛特:不,我连爬下去的力气都没有。

威伯:你一定要下来,你帮了我这么多。

夏洛特:这是我的荣幸。

威伯:求求你下来,我一定能做什么。

夏洛特:你已经为我做了很多,你把我当成朋

批:这是一组非常悲壮的生命对话。为了兑现自己的承诺,夏洛特耗尽了自己的全部生命,并为此感到荣幸,赞赏创造生命奇迹的是威伯自己。威伯的感恩,让我们感受到了它们彼此互相扶持、互相信任、互相

动画世界　　223

友,你让蜘蛛在大家眼里变得很美丽。

威伯:我什么也没做,你创造了奇迹。

夏洛特:我的蜘蛛网不是奇迹。我只是形容我看到的事情,真正的奇迹……是你!

8. 桑莫瑟郡园游会上

威伯:你看它有多开心,很棒吧?

夏洛特:是啊,真的很棒!

威伯:那是什么?

夏洛特:这个……这是我的心血结晶。

威伯:什么是心血结晶?

夏洛特:心血结晶代表伟大的作品,这是充满养分、防水的卵囊。

威伯:真的吗? 里面有蛋吗?

夏洛特:我的小宝宝,514 个。

威伯:哇噻,514 只小蜘蛛,农庄一定会光芒四射!

夏洛特:威伯,我恐怕它们回不去农庄。

威伯:什么? 你在说什么? 你要把它们留在这里?

夏洛特:没办法,我愈来愈衰弱。

威伯:那是什么意思?

夏洛特:意思是我快死了。

威伯:什么? 你不能死!

夏洛特:我们出生后度过一生,时候到了就会死,这就是生命的自然轮回。

(佚名/译)

关怀的精神,从而共同创造了生命的奇迹。这也让读者深受感染,更加热爱生活,注重自己的承诺,尊重生命。

批:那些默默耕耘、牺牲、奉献的人,是值得学习、敬佩的。生命与死亡,生活的价值与意义在这里得到了最好的诠释。

批:生命会消失,有时候也会轮回。春天又来了,我们仿佛看到成百上千的小蜘蛛,好像勇敢的小伞兵,拖着长长的蛛丝,在和煦的南风中飞向远方。

为别人也是为自己

影片《夏洛特的网》改编自美国著名的散文名家 E. B. 怀特 (1899~1985) 所著的同名童话。《夏洛特的网》讲述了关于友谊、磨难和生命轮回的故事，它不仅是儿童的最爱，也感动了无数成年人。桑莫瑟郡是一个很普通的地方，没有发生过惊天动地的大事。住在那里的居民也很平凡，动物也是一般的动物，但正是朋友之间的许诺、友情创造了奇迹。影片《夏洛特的网》阐述了有关生命的意义：生命是平凡的，而平凡的点滴之间却又蕴含着奇迹。影片结尾有三只小蜘蛛选择继续留在妈妈夏洛特曾经待过的地方，于是，生命在继续，希望在继续，友情同样也在继续。

为别人就是为自己。威伯在能力上实际上只是一只普通的猪，一只只是想看到冬雪的对生命充满渴求的猪。但它肯定夏洛特"织网除害"的功绩，赞叹夏洛特所织的网美丽，使夏洛特从他人"丑陋"评价中获得一份感动。夏洛特从而不惜生命、兑现"承诺"，创造了生命的奇迹。"欣赏"与"感恩"看起来都是为别人，但最终获益的也有自己。

夏洛特，表面上它确实很伟大，为了朋友和承诺，坚持到了生命的最后一刻。但想想看，它也只是一只势单力薄的蜘蛛，在威伯到来之前一直孤独地活着，它也不过是为了证明自己和履行自己的承诺而去呕心沥血地救一只猪。它制造奇迹的动力不可能完全来自自己救朋友的决心，在很大程度上也来自自己的自尊，救威伯也是一个证明自己的绝佳机会。在夏洛特的努力下，威伯看到了它生命中的第一场雪。夏洛特的孩子也能第二年春天诞生，并乘着风飞向蓝天，开始生命的再一次循环，是威伯在做推手，但更是夏洛特不惜生命兑现承诺的回报。

蜘蛛夏洛特的机智勇敢、忠于朋友，能够深刻感染观众。而威伯和夏洛特之间珍贵的友谊则令人羡慕。电影通过农场里面动物之间的友情，折射人类社会复杂的人际网络，隐喻着"什么是朋友"的深刻命题。（周波松、屈平）

世间什么才是最珍贵的

从前，有一座圆音寺，每天都有许多人上香拜佛，香火很旺。在圆音寺的横梁上有个蜘蛛结了张网，由于每天都受到香火熏陶，蜘蛛便有了佛性。经过一千多年的修炼，蛛蛛的佛性增加了不少。

忽然有一天，佛主光临了圆音寺，看见这里香火甚旺，十分高兴。离开寺庙的时候，不经意间抬头，看见一横梁上的蜘蛛。佛主停下来，问这只蜘蛛："你我相见总算是有缘，我来问你个问题，看你修炼了这一千多年,有什么真知灼见。"

蜘蛛遇见佛主很是高兴,连忙答应了。佛主问道:"世间什么才是最珍贵的?"蜘蛛想了想,回答道:"世间最珍贵的是'得不到'和'已失去'。"佛主点了点头,离开了。

就这样又过了一千年的光景,蜘蛛依旧在圆音寺的横梁上修炼,它的佛性大增。一日,佛主又来到寺前,对蜘蛛说道:"你可还好?一千年前的那个问题,你可有什么更深的认识吗?"蜘蛛说:"我觉得世间最珍贵的还是'得不到'和'已失去'。"佛主说:"你再好好想想,我会再来找你的。"

又过了一千年,有一天,刮起了大风,风将一滴甘露吹到了蜘蛛网上。蜘蛛望着甘露,见它晶莹透亮,很漂亮,顿生喜爱之意。

蜘蛛每天看着甘露很开心,它觉得这是三千年来最开心的几天。突然,刮起了一阵大风,将甘露吹走了。蜘蛛一下子觉得失去了什么,感到很寂寞和难过。这时佛主又来了,问蜘蛛:"这一千年,你可好好想过这个问题,世间什么才是最珍贵的?"蜘蛛想到了甘露,对佛主说:"世间最珍贵的是'得不到'和'已失去'。"佛主说:"好,既然你有这样的认识,我让你到人间走一遭吧。"

就这样,蜘蛛投胎到了一个官宦家庭,成了一个富家小姐,父母为她取了个名字叫蛛儿。一晃,蛛儿到了16岁了,已经成了个婀娜多姿的少女,长得十分漂亮,楚楚动人。这一日,皇帝决定在后花园为新科状元郎甘鹿举行庆功宴席,来了许多妙龄少女,包括蛛儿,还有皇帝的小女儿长风公主。

状元郎在席间表演诗词歌赋,大献才艺,在场的少女无一不为他倾倒。但蛛儿一点儿也不紧张和吃醋,因为她知道,这是佛主赐予她的姻缘。过了些日子,说来很巧,一日,蛛儿陪同母亲到庙里进香,正好甘鹿也陪同母亲而来,上完香拜过佛,二位长者在一边说上了话。蛛儿和甘鹿便来到走廊上聊天,蛛儿很开心,终于可以和喜欢的人在一起了,但是甘鹿并没有表示出对她的喜爱,蛛儿对甘鹿说:"你难道不曾记得16年前,圆音寺的蜘蛛网上的事情了吗?"甘鹿很诧异,说:"蛛儿姑娘,你漂亮,也很讨人喜欢,但你想象力未免丰富了一点儿吧。"说罢,和母亲离开了。

蛛儿回到家,心想,佛主既然安排了这场姻缘,为何不让他记得那件事,甘鹿为何对我没有一点儿感觉?

几天后,皇帝下诏,命新科状元甘鹿和长风公主完婚,蛛儿和太子芝草完婚。这一消息对蛛儿如同晴空霹雳,她怎么也想不通,佛主竟然这样对她。

几日来,她不吃不喝,穷究苦思,灵魂就将出窍,生命危在旦夕。太子芝草知道了,急忙赶来,扑倒在床边,对奄奄一息的蛛儿说道:"那日,在后花园众姑娘中,我对你一见钟情,我苦求父皇,他才答应,如果你死了,我也就不活了。"说着就拿起了宝剑准备自刎。

就在这时,佛主来了,它对快要出窍的蛛儿的灵魂说:"蜘蛛,你可曾想过,甘露(甘鹿)是由谁带到你那里来的呢?是风(长风公主)带来的,最后也是风将它带走的。甘鹿是属于长风公主的,他对你不过是生命中的一段插曲,而太子芝草是当年圆音寺门前的一棵小草,它看了你三千年,爱慕了你三千年,但你从没有低下头看过它。蜘蛛,我再来问你,世间什么才是最珍贵的?"蜘蛛听了这些真相之后,一下子大彻大悟了,她对佛主说:"世间最珍贵的不是'得不到'和'已失去',而是现在能把握的幸福。"刚说完,佛主就离开了,蛛儿的灵魂也回位了,睁开眼看到正要自刎的太子芝草,她马上打落宝剑,和太子紧紧地拥抱在一起……

"世间最珍贵的不是'得不到'和'已失去',而是现在能把握的幸福。"

[印度]迪利普·达斯蒂达/文,佚名/译

品 读

世间究竟什么才是最珍贵的?

蜘蛛在圆音寺受香火熏陶也渐渐有了佛性,它悟出世间最珍贵的是"得不到"和"已失去",即使三千年的修行结果都不变,因为它见到的烧香拜佛人向往的就是"得不到"和"已失去"的东西。后来,佛主让它"到人间走一遭",经历了一场人间真挚的爱情,它才终于悟到"世间最珍贵的不是'得不到'和'已失去',而是现在能把握的幸福"。

人们往往就是这样,在得不到的时候,总是垂涎三尺,千方百计、梦寐以求想得到;在拥有的时候,却不去珍惜,视若无物;当一切都成为过眼云烟的时候,又开始后悔了。世间最珍贵的不是"得不到"和"已失去",而是现在能把握的幸福。

窗前的豌豆花园

一个豆荚里,躺着五颗豌豆。这会儿豌豆的颜色是绿的,豆荚的颜色也是绿的,所以豆荚里的豌豆们以为世界都是绿的。

豌豆荚一天一天长大,豌豆也跟着它们的豆荚房子一起慢慢长大。

外面的阳光温暖着豆荚,雨水滋润着它,豆荚里温暖舒适。它们排成一溜儿,舒服地躺着。

又经过好些日子,豌豆们变成黄颜色的了,豆荚也变成黄颜色的了。

就在这时,一个男孩伸手摘了这个豆荚。砰!豆荚裂开了。豌豆都蹦哪儿去了?他在草丛中找了很久,才找到了五颗豆中的一颗,他赶紧把它捡了起来。

男孩看着这颗饱满结实的豌豆,在他的手掌上滚来滚去,怪好玩的。他高兴地说:"我可以用它来当气枪子弹。"说完,马上就把豌豆塞进气枪,"嘭"一下打了出去。

豌豆被弹到了空中,它觉得自己好像在向着太阳飞去。但是豌豆没有落在太阳上,而是落到了一间阁楼的窗户下。那儿铺着长满青苔的旧木板,木板裂缝里积着许多柔软的泥土。它毫不犹豫就跳了进去。

青苔慢慢把豌豆的身体裹住,豌豆就被遗忘在那儿了。

这个小阁楼里住着一个贫苦的女人。她白天替人家清扫壁炉和劈木柴。这个女人唯一的女儿正生着病,躺在阁楼里。她躺在那里一年多了,人很瘦很瘦。

豌豆躺在阁楼的窗户底下,想:"我可以为这个女孩做点什么吧。"于是它就开始发芽,生叶。

春天来了。有一天清晨,母亲正要出门干活,太阳从小窗射进来,照亮了整个阁楼。生病的女孩刚好从最下层的玻璃窗望出去。忽然,她开口问道:"妈妈,从那缝里露出一点绿的东西,随风摇晃着,是什么呢?"

母亲走过去,把窗户打开。她一看,说:"哎呀!这是一颗小豌豆,刚刚露出绿色的小嫩芽!这颗豌豆怎么会飞到这个小裂缝里来的呢?正好,你可以把外面的这块地方当作小花园,慢慢地欣赏。"

说完,母亲就把女儿的床铺移到窗户旁边,好让她能更清楚地看到这棵豌豆苗。然后,母亲才出去干活。

"妈妈,我仿佛觉得我的病会好起来。今天,太阳光很暖和,照在这里,那豌豆苗会长得很快,我的身体也会像豌豆苗这样,很快恢复健康,用不了多久,我就能走到阳光下去了。"

"如果能这样,那真是太好了!"母亲慈祥地回答说。

母亲用一根竹竿,将这棵带给她孩子希望的豌豆苗支撑起来,以免被风吹倒。另外,她又用绳子和一块小木板,像搭桥一样把豌豆苗搭在窗户的木框上,好让它的藤须能盘绕上来。

果然,豌豆苗一天天长大了,并且长得很快。

"呀!豌豆开花儿了!"有一天早上,母亲意外地发现这喜人的景象,就开始对孩子的病充满了希望。真的!女孩最近比以前更有精神了。不但这样,两三天以前,她就能够从床上坐起来,欣赏那属于她的只有一棵豌豆苗的小花园。

又过了一个礼拜,女孩第一次可以在床上坐上一个钟头,享受温暖的阳光。窗户已经打开了,在那里,开满紫色小花的豌豆藤儿探进头来。女孩把脸贴近柔嫩的花瓣,轻轻地吻着它。

她知道,是一颗不知从哪儿来的豌豆,赐给了她这份美丽。

[丹麦]安徒生/文,佚名/译

品 读

汉斯·克里斯蒂安·安徒生(Heinz Christian Andersen,1805 年 4 月 2 日～1875 年 8 月 4 日),丹麦童话作家,世界童话之王。1830 年前后,安徒生先后写了不少诗歌、剧本、小说、游记,但更多的是童话。他一生共写了 168 篇童话,著名的如《拇指姑娘》(1835)、《海的女儿》(1837)、《皇帝的新装》(1837)、《卖火柴的小女孩》(1843)、《丑小鸭》(1844)等。安徒生的童话被译成了 100 多种语言,深受全世界儿童喜爱,成为世界文学的宝贵遗产。

《窗前的豌豆花园》创作于 1853 年,最先发表于 1853 年的《丹麦历书》。

《窗前的豌豆花园》节选自安徒生的童话《五颗豌豆》,《五颗豌豆》写了五颗豌豆的不同命运,其中一颗豌豆落在窗户下木板裂缝里,其他四颗豌豆则是为了衬托,而这颗豌豆。比如,有颗豌豆,它给自己设计一个五色斑斓的肥皂泡前程,结果它落进了臭水沟,虽然膨胀得胖胖的,可是离腐烂也不远了。作者安徒生是用这颗想入非非的豌豆来反衬落入木板裂缝里的朴实的豌豆。

《窗前的豌豆花园》则略去其他四颗豌豆的命运,着力写落在窗户下木板裂缝的那颗豌豆。这颗不事声张的豌豆给生活贫贱的母女带来了喜人的奇迹!有过苦难经历的安徒生不忍目睹不幸者的悲惨际遇、无助和绝望,因此在他童话里,上帝总会给满目悲怆的人间带来慰藉和希望,那些忧戚、凄惶、贫穷、孤独都会在上帝的温暖阳光下悄然冰释。

这颗豌豆落到病女孩窗下的过程极富戏剧性。气枪把豌豆送到病女孩的窗下,非常有意思,非常有味道。一棵豌豆苗在贫穷女孩的心目中就是一个"花园",这种凄婉之美耐人寻味,小女孩有一颗爱美之心,所以这小小的豌豆苗便给她了带来了希望,她的病也便在这希望中好了起来。

这颗豌豆善良而充满爱心,这个小姑娘拥有爱美之心而又善于发现美,他们都拥有了人间最宝贵的东西——爱心。这个故事就告诉我们:在困难的时候不要丧失希望和信心,这样才会拥有美好的生活。

后　记

　　读书，不仅是读读而已，而是关乎读什么、怎么读的问题；读书，不仅是对我们的人生观、价值观、世界观的洗礼，也是对心灵的一种抚慰；读书，不仅可以汲取思想精神方面的营养，也能获得一种审美的享受，并使审美能力得以提升。

　　读什么呢？读古今中外最经典的作品。

　　怎么读呢？欣赏性、评价性地品读。

　　做到这两点，自然能达到读书的目的。

　　读经典作品，读者尤其是学生读者往往觉其美，但美在何处，却说不出来。

　　"品读经典"系列不仅是要把经典作品遴选出来，而且在怎么读经典上为读者作些努力，这些经典作品都有旁批及针对整篇的专题性赏析，同时，比较阅读的作品也都有品读文字。为了更好地服务读者，在"品读经典"系列出版后，我们将在"未来之星"博客上刊发"品读经典"系列各类文体作品的品读要点、品读方法、作品评析的文章。这里我们也期待热心下一代健康成长的教师，能提供有评析文字的欣赏文章，我们适时将在"未来之星"博客刊发。

　　推崇经典、拒绝平庸，是我们一贯的主张，我们历时六载编写了"品读经典"这一系列，根本的目的就是要把最经典的最具阅读价值的作品奉献给我们民族的未来一代——广大青少年读者。当下图书可谓琳琅满目，但是，有品位的太少太少，真正适合青少年读者阅读的更是少之又少。基于此，"品读经典"系列是以世界眼光来审视古今中外作品的，把最经典的择选出来，呈现给青少年读者。

　　"品读经典"系列，学生、老师、学者等前后推荐经典性作品35670余篇，经过数次大浪淘沙式的遴选，推荐的作品最终入选的仅有3%。因此，入选"品读经典"系列的这些作品，可以说，篇篇皆是书山文海里最为璀璨的颗颗珍珠，是经典中的经典。浏览它，如雨后睹绚烂彩虹；欣赏它，如江岸沐温馨春风；品读它，如清晨饮清爽香茗。

历尽千百周折和万千艰辛，"品读经典"系列终于将与读者见面了，然而我们仍觉得有些遗憾。

遗憾之一："品读经典"所选作品的读点、旁批、专题赏析、品读等皆是全国一百多位老师、学者苦心孤诣研究的结晶，虽然经过数个环节的斟酌、修改、再斟酌、再修改，努力使其臻于完美，但是，仍感觉似有不足之处，加之品评作品本来就是仁者见仁，智者见智，也难免有失当之处。因此，我们恳望专家学者及广大读者批评指正，我们表示真诚的感谢。

遗憾之二：为了开阔读者视野，入选的国内经典作品较少，外国经典作品相对较多，然而这些外国经典作品有的还缺少译者，尽管我们努力查寻，有所弥补，但仍然有的作品的译者难以查到。为了帮助读者理解作品，需要作者的一些资料，但有的作者资料仍然未能得以完善。由于所选作品涉及面广、稿件来源复杂及时间地域等因素，出版前我们仍难以与所有作者（包括译者）一一取得联系。本着扩大作品的影响力和为读者打造最具阅读价值的一流读物的原则，冒昧将其转载，在此谨致以最深切最诚挚的歉意，恳请作者谅解！

为了弥补遗憾，出版后我们仍将继续联系作者，同时，也恳请作者或熟知作者情况的读者见到本书后能与我们联系，以便重印时弥补缺憾和按国家有关规定支付作者稿酬。

我们真诚希望所有作者都能联系上，也希望更多的优秀作者和专家学者能支持并参与"让下一代能读到真正有价值的书"的活动，为推动民族文化事业的健康发展贡献一份力量。

未来之星博客：http://blog.sina.com.cn/axbk2009
作者联系信箱：zhbk365@126.com
读者建议信箱：meilizhiku@126.com

本书编写者

图书在版编目（CIP）数据

震撼心灵的镜头：影视卷／子夜霜，京涛，屈平主编．— 郑州：文心出版社，2014.6
（品读经典）
ISBN 978 - 7 - 5510 - 0466 - 4

Ⅰ.①震… Ⅱ.①子… ②京… ③屈… Ⅲ.①电影文学剧本 – 作品集 – 世界 – 现代②电视文学剧本 – 作品集 – 世界 – 现代 Ⅳ.①I135

中国版本图书馆 CIP 数据核字（2013）第 089847 号

震撼心灵的镜头：影视卷

出 版 社：文心出版社
　　　　　　（地址：郑州市经五路 66 号　邮政编码：450002）
发行单位：全国新华书店
承印单位：郑州市毛庄印刷厂
书　　号：ISBN 978 - 7 - 5510 - 0466 - 4
开　　本：720 毫米×1000 毫米　　　　1/16
印　　张：15
字　　数：330 千字
版　　次：2014 年 6 月第 1 版
印　　次：2014 年 6 月第 1 次印刷
定　　价：28.00 元